KJB

Erin Gough gewann 2013 mit dem Manuskript zu ihrem Debüt ›Herzflattern mit Karamell‹ einen Nachwuchspreis. Zuvor veröffentlichte sie Kolumnen und Kurzgeschichten. Sie lebt in Sydney, Australien, und liebt Karamell-Milchshakes und Kaffee über alles.

Weitere Informationen zum Kinder- und Jugendbuchprogramm der S. Fischer Verlage, auch zu E-Book-Ausgaben, gibt es bei *www.blubberfisch.de* und *www.fischerverlage.de*

Erin Gough

Herzflattern mit Karamell

Oder

Wie ich in zwei Wochen mein Leben ruinierte

Aus dem Englischen
von Yvonne Hergane

KJB

Erschienen bei FISCHER KJB

Die Originalausgabe erschien 2015 unter dem Titel
›The Flywheel‹ bei Hardie Grant Egmont, Richmond, Australien

Covergestaltung: bürosüd°, München
Satz: Pinkuin Satz und Datentechnik, Berlin
Druck und Bindung: CPI books GmbH, Leck
Printed in Germany
ISBN 978-3-7373-4028-1

Für Emma Kersey

In Sachen Englischlehrer hätte ich es wirklich schlimmer treffen können als mit Mr Hammer. Er ist ein schlauer Typ mit einem ordentlichen Haarschnitt und einer bewundernswerten Leidenschaft für Zeichensetzung. Seit meinem ersten Tag auf der Highschool habe ich ihn als Lehrer, und im Grunde nehme ich ihm nur zwei Sachen übel: seine Ansichten zum Thema Semikolon und die Tatsache, dass er mein Leben zerstört hat.

Wollen wir mal nicht ungerecht sein: Als er mich für ein Buchprojekt mit Georgina Trump in ein Team steckte, hatte er sicher nicht die Absicht, mein Leben zu zerstören. Mr Hammers wichtigstes Anliegen ist die »Harmonie im Klassenverband«, und ich sehe ein, dass dazu auch gehört, die Kluft zwischen den Rosa-Clutch-Handtäschchen-Trägerinnen und den Clutch-Verweigerinnen bewusst zu überbrücken.

Vom selben guten Willen beseelt, beschloss ich, mir mit Georgina echt Mühe zu geben. Und das, obwohl Georgina nach Mr Hammers Ankündigung »Du arbeitest jetzt mit Delilah zusammen« erst mal so tat, als wüsste sie gar nicht, wer ich bin – dabei gehen wir inzwischen schon über vier Jahre auf dieselbe Schule.

Wenn sie also über Dinge kicherte, die nicht mal ansatzweise witzig waren, blieb ich total tiefenentspannt. Wenn sie mit ihren Freundinnen quer durchs Klassenzimmer Augenverdreh-Blicke wechselte, verzichtete ich großmütig darauf, sie zu erwürgen. Ich lieh ihr sogar meine Notizen, als sich rausstellte, dass sie noch nicht mal das Buch gelesen hatte.

Nach und nach fing sie an, über meine Witze zu lachen, und zwar nicht auf ihre Fake-Gekicher-Art, sondern mit einem leicht peinlichen (und daher entzückenden) Schnauber dabei. Mit der Zeit bemerkten immer mehr Leute, wie gut wir uns verstanden. Unsere Freundschaft schien so unwahrscheinlich, so widernatürlich zu sein, dass sie schließlich zu reden und zu spekulieren begannen.

Die Ausdrücke kannte ich natürlich. Wie auch nicht? Lesbe. Leckschwester. Manche waren echt kreativ, aber das machte sie auch nicht erträglicher, wenn sie aus dem Mund der Netball-Rechtsaußen-Angreiferin kamen, die mich gerade gegen die Schließfächer knallte.

Es dauerte nicht lange, bis solche Sachen mehrmals täglich passierten. Einmal laut ausgesprochen, schienen die Beleidigungen sich zu vervielfältigen. In der Biostunde kamen sie aus den hinteren Reihen zu mir herangeflüstert. Die Kapitänin der Hockey-Mannschaft schleuderte mir einige entgegen, während sie mich aus der Mädchenumkleide rausdrängte. Sie schwebten auf einem Lufthauch aus dem Süßigkeitenladen heraus, am Schulhof entlang und zwischen den Kirchenbänken hindurch.

Und meine neue beste Freundin Georgina? Sie nannte mich auch noch eine »kranke Stalkerin« und bat darum, in eine andere Englischgruppe wechseln zu dürfen.

So viel zum Thema »Harmonie im Klassenverband«.

1. Flamenco Morgana

Wenn dir das Leben auf die Schuhe kotzt, pflegt mein Vater gern zu sagen, *dann such dir was, was dich vom Gestank ablenkt*. Für ihn bedeutet das, im Schlafanzug vor dem Fernseher zu fläzen und sich im abgedunkelten Wohnzimmer den Marx-Brothers-Film *Blühender Blödsinn* als Dauerschleife reinzuziehen. So hat er den ersten Monat verbracht, nachdem meine Mutter June uns im Januar vor einem Jahr sitzengelassen hatte.

Nachhaltig geholfen haben ihm die Marx Brothers aber auch nicht. Dad ist immer noch ein zittriges, antriebsloses Wrack. Meine Frau Mutter hat ziemlich gründlich auf seinem Herzen rumgetrampelt, bis es zermatscht war. Ich hoffe, die Auslandsreise, zu der ich ihn gedrängt habe (der erste Urlaub in den ganzen zwanzig Jahren, seit er unser Familien-Café führt), treibt ihm ein für alle Mal das Elend aus.

Und ich? Im letzten Monat bin ich mehrfach gegen Schließfächer gedonnert worden, ganze Schultische wurden mit Beleidigungen vollgekritzelt, und ich wurde mit mehr Schimpfworten bombardiert, als ich mir jemals merken könnte. Aber jetzt, wo ich das *Flywheel* allein schmeißen muss, ist ein Erholungsurlaub beim besten Willen nicht drin, und ein Slapstick-Streifen aus den Dreißigern kann mich auch nicht retten.

Ein Glück, dass ich meine ganz persönliche Ablenkungsmethode vom Gestank der Lebenskotze gefunden habe.

Ich nenne sie Flamenco Morgana.

*

An sechs Abenden in der Woche sieht mein Zehn-Minuten-Ablaufplan ungefähr so aus:

19.51 Uhr: Mein Herz beginnt vor Vorfreude zu klopfen.

19.52 Uhr: Meine Beine werden an den Innenseiten ganz taub.

19.53 Uhr: Aus dem Augenwinkel erhasche ich einen Blick auf den Berg schmutzigen Geschirrs, der die *Flywheel*-Theke krönt. Ich ignoriere ihn.

19.54 Uhr: Ich schleudere das Geschirrtuch auf den Küchenboden und schleiche mich nach oben in unsere Wohnung.

19.55 Uhr: Ich wate durch den Müll, der den Boden in Dads Schlafzimmer bedeckt, bis zu dem Fenster, das zur Straße hinausgeht.

19.56 Uhr: Ich spähe ins *Charada*, das Tapas-Restaurant auf der anderen Straßenseite.

19.57 Uhr: Ich schaue auf meine Armbanduhr. Gleich ist es so weit.

19.58 Uhr: Ich lasse die drei Gestalten, die sich ihren Weg durchs *Charada* bahnen, nicht aus den Augen: zwei Mädchen in Flamenco-Kleidern und ein Junge mit hochtaillierter Hose.

19.59 Uhr: Die drei nehmen ihre Position auf den verschrammten Dielenbrettern zwischen den Esstischen ein. Aus einem Lautsprecher knistert es laut, eine trillernde Männerstimme beginnt auf Spanisch zu singen.

20.00 Uhr: Sie fangen an zu tanzen.

Das großgewachsene Mädchen mit dem roten Rock heißt Angeline. Ramon, ganz in Schwarz, ist ihr Bruder. Das andere Mädchen, das sich das dunkle Haar in der Mitte gescheitelt und mit einem Schildpattkamm festgesteckt hat, ist die Cousine der beiden. Ihr Name ist Rosa Barea, und sie ist der Grund, warum ich hier stehe und zuschaue – zuschaue und mir dabei vorstelle, wie sie mir beim Tanzen die Arme um die Taille schlingt und ich ihr die Hände auf die Hüften lege.

Die Musik verklingt, und einen Augenblick lang bin ich immer noch bei ihr, im Rhythmus des Tanzes und in der Wärme ihres Körpers gefangen. Einen Augenblick lang spielt es keine Rolle, dass ich in der Schule ein Opfer bin, sie aber eine anmutige Göttin mit den grünsten Augen der südlichen Erdhalbkugel. Einen Augenblick lang liebt Rosa Barea mich, trotz allem, aus tiefstem Herzen.

Während dieses Tagtraums vergesse ich das Elend der

letzten vier Wochen. Ich tanze in den Armen einer wunderschönen Frau.

Dann erblicke ich mein Gesicht, das sich in der Fensterscheibe spiegelt. Ein schlichtes Mädchen mit einer schmutzigen Café-Schürze starrt mir entgegen. Sofort lande ich wieder auf dem Boden der Realität.

Wem versuchst du was vorzumachen, Delilah?, seufzt mein heißer Atem gegen das Glas.

2. Plötzlicher Abschied

Im echten Leben verbringe ich viel zu viel Zeit in abgestandener Luft, genauer gesagt eingeschlossen im *Flywheel*, zusammen mit Hamish Creel, dem faulsten Menschen des Universums.

Es ist Samstagnachmittag, gegen vier, und einer seiner vernachlässigten Gäste zupft an meinem Schürzenzipfel. »Ich hab schon vor einer halben Stunde meinen Kaffee bestellt. Bei dem Typen da drüben.« Ich folge seinem unausweichlichen Zeigefinger mit den Augen, an den Studenten vorbei, die in der Couchecke Poker spielen, am Kuchentresen vorbei, bis ganz nach hinten zur Kaffeemaschine, wo Hamish mit einem seiner Kumpels plaudert.

»Tut mir leid«, sage ich. »Ich kümmere mich drum.«

Ich stapfe in die Küche und lege die Teller, die ich abgeräumt habe, ins Spülbecken mit schmutzigem Abwaschwasser, das Hamish schon vor einer Stunde hätte auswechseln sollen. Dann marschiere ich wieder zurück, an den Studenten vorbei. Einer tanzt gerade eine Siegerrunde um die Tische. Die anderen haben angewidert ihre Karten hingeschmissen.

Als ich bei ihm ankomme, quatscht Hamish immer noch mit seinem Kumpel. »Der Laden hier ist schon okay«, sagt er. »Aber er könnte *richtig gut* sein. Wenn man die Wand da drüben einreißen und den Lagerraum abschaffen würde, hätte man fast doppelt so viel Platz.« Er flippt eine seiner dicken Dreadlocks lässig über die Schulter nach hinten.

Mein bester Freund Charlie und ich spekulieren immer wieder darüber, was Hamish wohl in seinem schmuddeligen Haarnest beherbergt. Wechselgeld vielleicht? Eine Mäusefamilie?

Ich räuspere mich laut. Hamish und sein Kumpel wirbeln herum und starren mich an, als hätte ich sie bei einer extrem bedeutsamen Unterhaltung gestört, nicht bei Hamishs üblichen Monologen darüber, was er mit dem *Flywheel* anstellen würde, wenn *er* das Sagen hätte.

»Kann ich mal mit dir sprechen?«

»Was gibt's denn, Kleines?«, fragt Hamish in dem gönnerhaften Ton, den er bei mir immer anschlägt.

»Du hast die Bestellung von Tisch neun vergessen.«

»Oh«, sagt er und dreht sich dann wieder zu seinem Kumpel um, anscheinend um das Gespräch fortzusetzen.

»Das ist schon das dritte Mal heute.« Dieser Satz gerät mir schon etwas lauter.

»Entspann dich. Ich mach ja schon.« Mit einem Finger schnippt er die Kaffeemaschine an, als wäre es das Unwichtigste auf der Welt.

*

Als ich Dad endlich so weit hatte, dass er sich eine Pause vom *Flywheel* gönnt, hatte ich echt nicht vorgehabt, den

Laden selber zu leiten, solange er weg ist. Schließlich ist die elfte Klasse kein Kinderspiel, außerdem hatte Dominic, unser Geschäftsführer, versprochen, sich während der Woche um das Café zu kümmern, wenn ich ihm an den Wochenenden aushelfen würde.

Ich dachte, so, und mit ein paar zusätzlichen Küchenhelfern ab und zu, könnten wir gut über die Runden kommen. Dads gebrochenes Herz war Gift für den Laden. Die Stammkunden fingen an, ihn Groucho zu nennen, und das nicht nur wegen seiner Vorliebe für die Marx Brothers. *Nimm dir sechs Wochen frei*, sagte ich zu ihm. *Nein, besser acht. Wir kommen klar!* Und ich war wirklich davon überzeugt – bis vor einem Monat, als Dominic in der Parramatta Road mit dem *Flywheel*-Lieferwagen über eine rote Ampel fuhr.

Das wäre an sich nicht so schlimm gewesen, jedenfalls nicht unter normalen Umständen: nämlich wenn Dominic einen Führerschein und eine Arbeitserlaubnis für Australien gehabt hätte. Aber mein Vater hatte offenbar – typisch! – einen Kerl eingestellt, dessen Qualifikationen er vorher keineswegs überprüft hatte.

Dominic wurde also zurück nach Irland abgeschoben, und ich musste als Unterstützung Hamish engagieren.

Meine Fähigkeit, passende Leute einzustellen, lässt anscheinend auch zu wünschen übrig. Das Gute an Hamish ist, dass er verdammt leckeren Kaffee macht. Blöd nur, dass er total faul ist, nicht kochen kann, und sein Launen-Status standardmäßig auf »Verächtlich schnauben« gestellt ist. Seit ich ihm seinen Wunsch, für die Sonntagmittag-Gäste den DJ zu spielen, abgeschlagen habe, hat er sich in einen Dauerschnauber verwandelt. Und ich bin sicher, dass Hamishs unangenehme Einstellung sich auf unsere Tageseinnahmen immer negativer auswirkt. Ich zähle die Tage, bis Dad wiederkommt.

Noch vierzehn, von heute an gerechnet. Manchmal wünschte ich, ich hätte gerade keine Ferien, damit ich nur an den Wochenenden mit Hamish zusammenarbeiten müsste – und der Wunsch will bei mir echt was heißen, nach der Hölle, die ich in den letzten Monaten in der Schule durchleben musste.

Ich gehe in die Küche, schneide zwei Scheiben Sauerteigbrot und bereite hastig das berühmte HAT-Sandwich des Hauses zu (mit Halloumi, Artischocken und sonnengetrockneten Tomaten). Wie immer dröhnt meine Lieblingsband Rushmore aus der Stereoanlage, ich drehe den Lautstärkeregler noch ein Stück höher und tanze vor mich hin, während ich darauf warte, dass das Sandwich angegrillt wird. Nichts macht mir mehr Spaß, als zu Rushmore zu tanzen. Leider kann ich meine Gliedmaßen nicht besonders koordiniert bewegen, und mein Haar, das man bestenfalls als »wirr« bezeichnen kann, fliegt in alle Richtungen. Aber in der Privatsphäre der eigenen Café-Küche ist das alles total egal. Das Lämpchen am Grill schaltet auf Grün. Ich hole das Sandwich raus und bringe es unserer geduldig wartenden

Stammkundin Mandy, die ein Stück weiter die Straße runter eine Krankengymnastik-Praxis hat.

»Halt durch, Del!«, sagt sie, hebt solidarisch eine geballte Faust und schenkt mir ein aufmunterndes Grinsen.

Ich tue so, als würde ich Hamish mit meinem Geschirrtuch erdrosseln wollen, und sie lacht. Dann mache ich mich wieder auf den Weg zur Kaffeemaschine.

»Hier, bitte. Ein Cappuccino«, sagt Hamish schroff.

Ich schnappe mir den Kaffee und kämpfe mich an einer Gruppe Rucksacktouristen vorbei, deren geballter Körpergeruch mir den Weg zu versperren versucht (anscheinend sind die Rohre im Hostel mal wieder verstopft). Dann schaffe ich es endlich, den Kaffee an Tisch neun auszuliefern, wobei ich vorsichtig die Tröpfchen wegwische, die in die Untertasse übergeschwappt sind.

Mister Tisch Neun schaut auf seine Tasse runter und runzelt die Stirn. »Ich hatte einen normalen Kaffee mit Milch bestellt«, sagt er finster.

Hätte ich mir denken können. Hamish hat mit Absicht den falschen Kaffee gemacht, als Rache für meinen Anschiss. Um mich zu beruhigen, stelle ich mir ein paar Sekunden lang vor, wie er tot unter den Vorderreifen eines Sattelschleppers liegt.

»Das ist unmöglich!« Das Stirnrunzeln von Mister Tisch Neun wird noch faltiger. »Ich will den Geschäftsführer sprechen.«

O nein. Jetzt geht das schon wieder los.

»Die Geschäftsführerin steht vor Ihnen«, sage ich und streiche mir die Schürze glatt.

»Was?«, keift er, genau wie ich erwartet habe. »Wie alt bist du? Fünfzehn?«

»Siebzehn.« Ich schaffe es nicht, die Verteidigungshaltung in meiner Stimme zu unterdrücken. »Nur ein bisschen zu klein für mein Alter.«

Mister Tisch Neun lacht, aber es ist die Sorte Lachen, in der kein Funken Humor ist, nur Fassungslosigkeit angesichts der Weltlage. Bestimmt überlegt er, an welches Jugendamt er sich wegen dieses himmelschreienden Falles von Kindesausbeutung wenden könnte. Ich sehe schon die Schlagzeilen: SKANDAL! KINDERARBEIT IM CAFÉ!

Vielleicht ruft er auch so einen marktschreierischen Radio-Fuzzi an – einen, der den ganzen Tag nichts anderes meldet als entsetzliche Nachrichten über Leute, die normalen Kaffee bestellen und stattdessen Cappuccino kriegen.

»Weißt du, was?« Er stiert wieder auf den ungewollten Cappuccino runter. »Ich hab's mir anders überlegt. Mir ist heute überhaupt nicht nach Kaffee.«

Dann steht Mister Tisch Neun auf. Die tibetischen Kuhschellen, die Dad mir geschickt hat, klimpern über der Tür, als er in die kalte Straßenluft hinaustritt.

Das war's. Jetzt ist Hamish fällig.

Ich marschiere wieder Richtung Kaffeemaschine.

Er ist nicht da.

Ich schnüre mir die Schürze auf und stürme in die Küche.

Hier ist er auch nicht.

Als ich wieder aus der Küche raus will, erspähe ich ihn aus dem Augenwinkel. Er steht am anderen Ende des Ladens, direkt neben der geöffneten Kasse. Will wahrscheinlich Wechselgeld für einen Gast rausholen.

Ich schaue mich um. Kein Gast weit und breit.

Ich schaue zu, wie Hamishs Schatten sich an den Silhouetten von Chico, Groucho und Harpo Marx vorbeischiebt, die die Wand hinter ihm zieren. Die Umrisse Hamishs abstehender Dreadlocks lassen seine Schattenhaare ebenso clownsmäßig aussehen wie die der Marx Brothers. Er huscht nach links, dann nach rechts, und sein Umriss wischt über die Wand. Es ist so seltsam, dass mir fast entgangen wäre, wie er den Fünfziger in seine hintere Hosentasche gleiten lässt.

Er stopft den Schein tief in die Tasche, aber als er seine Hand wieder rauszieht, ragt eine ananasfarbene Ecke des Geldscheins immer noch hervor, wie eine Warnflagge.

Ich brauche eine Sekunde, bis das Bild mir ins Gehirn sickert. Ich denke daran, wie stark unsere Tageseinnahmen zurückgegangen sind, seit Hamish hier arbeitet.

Ich überlege, welche Möglichkeiten ich jetzt habe.

Schwere Körperverletzung wäre die eine.

Aber Hamish hat Glück, es sind zu viele Zeugen anwesend. Lautlos schiebe ich mich an der Wand entlang, bis ich direkt hinter ihm stehe. »Warum steckst du Geld aus der Kasse ein?«, frage ich steinern.

Hamish zuckt zusammen, wirbelt herum und verzieht

das Gesicht zu einem besänftigenden Lächeln. »Ach komm schon, Kleines«, sagt er ruhig und unverfroren. »Für den Hungerlohn, den du mir zahlst, kannst du nicht erwarten, dass ich die Küche wuppe *und* Kaffee koche.«

»Warum nicht?«

»Warum nicht? Fragt sie noch!«, äfft Hamish mich nach und wendet sich mit peitschenden Dreadlocks einem unsichtbaren Publikum zu.

»Ich zahle dir mehr, als die meisten Café-Angestellten in dieser Gegend kriegen«, sage ich und denke daran, wie Dad immer mit schlechten Leuten geredet hat. »Und weißt du, warum? Weil es in der Gastronomie der Schlüssel zum Erfolg ist, in gute Mitarbeiter zu investieren. In gute Leute, die wissen, wie wichtig Vertrauen ist.«

Hamish wirkt überrascht. Damit, dass ein Schulmädchen ihm eine Standpauke im väterlichen Betrieb hält, hat er wohl nicht gerechnet. Wahrscheinlich hat er gedacht, er hätte den Jackpot geknackt, als ich Küken ihn angeheuert habe.

»Das ist ja wohl nicht dein Ernst.« Er lacht immer noch, aber ich spüre, wie unbehaglich ihm zumute ist. »Du hast doch keine Ahnung davon, wie man ein Geschäft leitet. Der Laden hier geht den Bach runter. Hättest du etwas Grips im Kopf, würdest du meine DJ-Idee umsetzen. Mit ein paar Musik-Sessions pro Woche wäre das *Flywheel* ruck, zuck wieder in der Gewinnzone.«

»Damit du dir noch mehr Cash in die eigene Tasche schaufeln kannst?«

Ich überlege. Zwei Wochen sind nicht so lang, die schaffe ich auch alleine. Außerdem sind ja Ferien.

Hamish mustert mich verächtlich aus zusammengekniffenen Augen. Doch ein winziger Funken Panik in seinem Blick sagt mir, dass er verzweifelt einen Ausweg sucht. Oder zumindest eine schlagfertige Antwort

»Du bist verrückt«, sagt er schließlich. Wie jämmerlich.

Ich lächele. »Und du bist gefeuert.«

3. Die Verlockungen der Mongolei

Ich muss jetzt ein Geständnis ablegen. Ich lüge meinen Vater seit Wochen an. Er ruft fast jeden Tag vom anderen Ende der Welt an, und seit Dominics Abschiebung habe ich ihm Folgendes aufgetischt:

Dom ist immer noch Geschäftsführer vom *Flywheel* (Lüge Nr. 1).

Wir können uns vor Kundschaft kaum retten (Lüge Nr. 2).

Wir machen die Konkurrenz platt (Lüge Nr. 3).

Aber was hab ich schon für eine Wahl? Wenn ich auch nur andeuten würde, dass hier irgendwas schiefläuft, säße er in null Komma nichts im nächsten Flieger nach Hause.

Und hier eine weitere Flunkergeschichte:

Alles bestens in der Schule, keinerlei Probleme, Dad, ehrlich, alles läuft super (Lüge Nr. 4).

Ihm diese Auszeit (von mir und vom Café) zu gönnen, ist das Mindeste, was ich für ihn tun kann, nach allem, was er für mich getan hat. Seit siebzehn Jahren ist Dad mein Fels in der Brandung: der verlässliche, immer gegenwärtige Vater, der mir jeden Tag das Pausenbrot eingepackt hat, dafür gesorgt hat, dass ich mir die Zähne putze, und mir bei den Hausaufgaben geholfen hat. Okay, June ist echt witzig. Die Königin der Verkleidungsarien und Mitternachtspartys.

Seit Jahren nennt sie Dad einen spießigen Spielverderber, und ich habe ihr immer recht gegeben. Aber wenn es hart auf hart kommt, ist mir ein spießiger Spielverderber tausendmal lieber als eine sprunghafte Wirbelwindmutter, die ihren Mann und ihr einziges Kind nach zwanzig Jahren Ehe sitzenlässt, um mit irgendeinem neuen Macker nach Melbourne durchzubrennen.

Höchste Zeit, dass Dad mal aus dem lähmenden Spießerdasein rauskommt, sich schüttelt und ein bisschen die Welt erkundet.

Also hab ich ihn angelogen, als er vor zwei Wochen aus Hanoi anrief. Und letzte Woche auch, als seine Mail aus Colombo kam, und dann gestern, als er in Ulan-Bator saß und wir geskypt haben. *Die Gäste rennen uns die Bude ein*, hab ich gesagt. *Besser könnte es gar nicht laufen.*

Das Problem ist nur, dass er in zwei Wochen nach Hause kommt. Ich hab Charlie gezwungen, bei Dads Anrufen dominicartige Hintergrundgeräusche zu machen (»Das Krächzen da? Ach, das ist nur Dom, der gerade Kaffee kocht / einen Smoothie mixt / einen Gast erwürgt« und so weiter). Aber ich glaube, wenn Dad wieder leibhaftig im Raum steht, werden die Soundeffekte nicht mehr so überzeugend sein. Jetzt, wo Hamish raus ist, wird es also echt Zeit, meinem Vater die ganze Abschiebungsgeschichte von Dominic zu beichten.

Ich ziehe meinen Laptop zu mir. Der Bildschirm leuchtet auf, ein grelles Rechteck in der Dunkelheit. Ich logge mich ein, warte darauf, dass die Seite lädt, und krabbele in der Zwischenzeit schon mal ins Bett. Von unten dringt das Brummen und Surren des Industrie-Geschirrspülers zu mir hoch, von draußen das Gemurmel des Autoverkehrs auf der Parramatta Road.

Ich checke meine E-Mails. Die erste kommt von Charlie, der nachfragt, was ich für Wochenendpläne habe. Ich schreibe ihm zurück, dass ich Hamish entlassen habe – dafür wird er mich garantiert mit einem High-Five beglückwünschen. Außerdem ist da eine Nachricht von Lauren mit einem Anhang voller Schulunterlagen. Typisch Lauren, sogar in den Ferien lernt sie wie eine Wilde. Selbst wenn Australiens komplette Ostküste in die Luft fliegen sollte – Lauren würde garantiert zwischen den Trümmern herumschwimmen und ein Fachbuch durchblättern über die literarischen Elemente, die *Frankenstein* als Schauerroman charakterisieren.

Ich suche nach einer E-Mail von Dad – und tatsächlich, da ist sein Name, Eugene Green, zwischen Spam-Mails für Viagra und einem nigerianischen Kredit-Deal.

Liebste Tochter mein,

was macht die Kunst im Flywheel? War es mittags genauso voll wie gestern? Irgendwie scheint es ja von Tag zu Tag besser zu laufen! Ich frage mich schon, ob es fürs Café nicht sogar von Vorteil wäre, wenn ich noch etwas länger wegbleiben würde!

Ich weiß, ich weiß, du schüttelst bestimmt schon den Kopf. Aber das beschäftigt mich wirklich. Du und Dom, ihr habt den Laden so perfekt im Griff, und mir ist gerade eine irre Chance in den Schoß gefallen. Ich habe Leute kennengelernt, die mir angeboten haben, mich auf eine Reise durch die Wüste der Mongolei mitzunehmen.

Du hast doch immer gesagt, ich soll das Beste aus dieser Auszeit machen, und vielleicht hast du ja recht. Die Leute, die ich begleiten werde, haben eine Menge Erfahrung, sie kennen Land und Leute richtig gut.

Aber wenn ich ihr Angebot annehme, kann ich nicht wie geplant in zwei Wochen wieder zu Hause sein. Sondern vielleicht erst Mitte September. Deswegen wollte ich erst mal mit dir darüber sprechen. Meine Süße, wenn du irgendwelche Bedenken hast, setze ich mich sofort in den nächsten Flieger und komme zu dir. Du bist für mich das Wichtigste auf der Welt. Du bist mitten in einem schwierigen Schuljahr, und wenn Dom es nicht schafft, dir ein paar Wochenenden freizuschaufeln, dann lasse ich die Mongolei auf der Stelle sausen, okay?

Denk drüber nach. Wie gesagt – nur ein Wort von dir, und ich bin sofort zu Hause.

Alles Liebe, Dad XX

September! Okay, wenn Dom wirklich noch hier wäre, würde das vermutlich gehen. Aber er ist nun mal nicht mehr hier. Das *Flywheel* während zwei Ferienwochen allein zu stemmen ist das Eine – aber dann noch zwei Monate, parallel zum Vollzeit-Schulbetrieb?

Aber andererseits – ja, ich *habe* Dad gesagt, er soll das Beste rausholen. So eine Reise wird er sicher nie wieder machen. Offensichtlich ist er echt scharf auf den Wüstentrip, und wie könnte ich mir anmaßen, ihn davon abzuhalten?

Vielleicht kann ich die zusätzliche Zeit dazu nutzen, das *Flywheel* wieder richtig zum Laufen zu bringen. Den Versuch bin ich Dad schuldig.

Ein Schritt nach dem anderen. Erst mal muss ich einen neuen Geschäftsführer auftreiben, und zwar schnell.

4. Ein Leben in Ungewissheit

Das Leben ist voller Ungewissheiten, aber einer Sache kann ich mir sicher sein: Egal, bei welcher Gelegenheit – ich komme immer später als Lauren.

Als ich am ersten Schultag nach den Ferien um die Ecke biege (Grauen dringt mir aus allen Poren), sehe ich, dass sie schon an unserem üblichen Treffpunkt wartet und dabei auf der Stelle joggt, um sich warm zu halten. Meine älteste Freundin ist der einzige Mensch, den ich kenne, der am liebsten noch früher zur Schule käme. Es heißt, die Schultore seien bis halb neun verschlossen, damit keine Vergewaltiger und Exhibitionisten reinkommen, aber in Wirklichkeit wollen sie damit bestimmt nur verhindern, dass Lauren Crawley den Lehrern noch vor dem Schulappell auf die Nerven geht.

»Sorry, im *Flywheel* war Riesenalarm«, erkläre ich.

»Mr Kosnik bringt uns um«, stöhnt Lauren und hebt ihre Schultasche auf. »Wieso denn Alarm?«

»Ich hab keinen Geschäftsführer mehr und kann keinen neuen auftreiben.«

Lauren runzelt die Stirn. »Sollte dein Vater nicht am Samstag zurückkommen?«

»Er hat seine Reise verlängert.«

»Weiß er, dass du keinen Geschäftsführer mehr hast?«

»Muss er nicht wissen. Ich krieg das schon hin.« Ist vielleicht noch nicht mal gelogen. Seit Hamish vor zwei Wochen rausgeflogen ist, hab ich das Café ziemlich gut im Griff. Was sich aber ändern könnte, jetzt wo die Schule wieder losgeht.

»Also ehrlich, Del«, sagt Lauren entsetzt.

Ich muss wie immer rennen, um mit ihr Schritt zu halten. Seit der siebten Klasse gehen wir jetzt schon zusammen zur Schule, aber scheinbar hat Lauren nie gemerkt, dass ihre Beine doppelt so lang sind wie die eines normalen Menschen und damit dreimal so lang wie meine. Weder mein Gekeuche noch meine weithin sichtbaren Schweißflecken haben irgendwelche Auswirkungen auf ihren ausgreifenden Stechschritt.

»Unglaublich, dass wir uns die ganzen Ferien kein einziges Mal gesehen haben«, ruft sie über die fünf Meter zurück, die bereits zwischen uns liegen.

»Ja, wirklich verrückt, oder?«, sage ich.

»Hast du *The Aunt's Story* für Englisch schon gelesen? Die Gedichte von Judith Wright hab ich geschafft, aber *The Aunt's Story* ging einfach nicht mehr.«

»Ich wusste gar nicht, dass wir das lesen sollen«, ächze ich.

»Liegt wahrscheinlich daran, dass du die letzten drei Englischstunden vor den Ferien verpasst hast«, gibt Lauren säuerlich zurück. »Und was ist mit deinem überfälligen Aufsatz über das Grab des Reneni? Den hast du doch hoffentlich zu Ende geschrieben, oder?«

»Nö.« Ich bleibe stehen und versuche wieder zu Atem zu kommen. »War alles ein bisschen hektisch in letzter Zeit.«

»Aber du weißt schon, dass wir in der elften Klasse sind, ja?«, sagt Lauren mit einer Oberlehrerstimme, die nicht mal ironisch gemeint ist. »Das ist jetzt echt wichtig! Du musst aufhören zu schwänzen und deine Hausaufgaben regelmäßig machen. Die Noten von diesem Halbjahr gehen in deine Abschlussnote ein.«

Wenn Lauren so anfängt, weiß ich, dass sie das Sprachrohr ihrer Eltern ist. Die versuchen sie in Richtung Jurastudium zu pushen. Irgendwie tut sie mir echt leid. June hat früher immer damit gehadert, dass sie nie auf eine Hochschule gehen konnte, und deswegen legte sie so viel Wert darauf, dass wenigstens mir alle Wege offen stehen. Aber nachdem sie nach Melbourne abgehauen war, habe ich die Sprüche erst so richtig als das verstanden, was sie waren: ein weiterer Seitenhieb auf Dad und die Entscheidungen, die er getroffen hatte.

Ihr neuer Freund Mungo (ja, er heißt wirklich so) ist eine Art Professor oder so was. Er verbringt sein Dasein in einem von Bücherregalen gesäumten Büro und sinniert über die Sozialistischen Aspekte des Amerikanischen … Dingsbums. Sicher ein großer Beitrag zum Wohl der Gesellschaft.

Laurens roter Pferdeschwanz wippt vor mir hin und her. Sie ist unfassbar dünn, und damit völlig unglaubwürdig als beste Freundin einer Cafébesitzer-Tochter. Außerdem ist sie auch viel größer als ich. Aber sie ist auch größer als ein siebzehnjähriger Durchschnittsjunge und etliche Mitglieder des australischen Netball-Teams. Die Giraffen-Witze fingen an, nachdem sie in der neunten Klasse ihren ersten Wachstumsschub hatte, also begann sie geduckt rumzulaufen, um ihre Größe zu kaschieren. In der zehnten Klasse begannen dann die Buckligen-Witze.

Ein weiterer Unterschied zwischen uns: unser Kleidungsstil. Ich habe keinen. Und befinde mich daher in einer etwas besseren Position als Lauren, die den Young-Business-Style ihrer Mutter trägt. So kommt es, dass ich am Wochenende in das Erstbeste schlüpfe, was mir unter die Augen kommt, während Lauren Bleistiftröcke und Pfennigabsätze trägt, als wäre sie in einem TV-Gerichtsdrama gefangen.

Aber jetzt mal alles Äußerliche beiseite – ich habe mich neulich schon gefragt, ob wir das Zeug haben, um auch nach der Highschool Freundinnen zu bleiben. Diese ganze Lesbensache hat natürlich auch was damit zu tun. Als ich Lauren letztes Jahr erzählt habe, dass ich auf Mädchen stehe, sagte sie, das wäre total in Ordnung für sie, aber so richtig darüber gesprochen haben wir seitdem nicht mehr. Keine Ahnung, was ich erwartet hatte. Vielleicht dass sie mich fragt, wie sich das für mich anfühlt, oder wie ich das rausgefunden habe, oder was meine Eltern davon halten. (Dad ist da total locker. Er hat sogar so ein paar Regenbogen-Fähnchen gekauft und in die Fenster des *Flywheel* gehängt, was sehr süß von ihm war, aber auch echt peinlich. June dagegen tut so, als wäre das nur eine *Phase*. Typisch für sie, also was soll's.) Aber Lauren hat mich quasi gar nichts gefragt, und dieses Schweigen hat zwischen uns eine Lücke aufgetan, die bis heute noch da ist. Es führte auch dazu, dass ich nicht mit ihr drüber reden konnte, als im letzten Halbjahr das Schikanieren losging. Irgendwie ist ein Abgrund zwischen uns, und wir stehen an den gegenüberliegenden Rändern und winken uns zu. Aber wir können einander einfach nicht erreichen.

»Die Zusatztexte für Erdkunde hast du aber schon gelesen, oder?«, ruft Lauren verbissen. »Das Zeug über Ökosysteme und so?«

»Nein, Lauren, hab ich nicht. Ich hab *gar nichts* gemacht, okay? Versuch *du* mal einen Laden zu führen und dir gleichzeitig diesen ganzen Schulkram reinzuziehen – mal schauen, wie du das hinkriegst.«

Endlich bleibt sie wie angewurzelt stehen und wartet an der Straßenecke auf mich. »Aber du liebst Erdkunde! Das ist das einzige Fach, das du wirklich toll findest.«

»Ich weiß nicht, wie du darauf kommst«, sage ich.

Sie schaut mich traurig an, und ich überlege angestrengt, wie ich schnell das Thema wechseln könnte. Merkt sie nicht, dass ich keine Lust habe, über die Schule zu reden? Tatsächlich tue ich sogar so, als wären wir jetzt *nicht* auf dem Weg zur Schule – sonst könnte ich keinen Schritt mehr machen. Wenn in den Ferien nicht ein Wunder geschehen ist, und eine außerirdische Macht das Gedächtnis all meiner Mitschüler gelöscht hat, kann ich jetzt schon genau sagen, wie die nächsten sieben Stunden für mich aussehen werden.

Würde Lauren die Schule doch wenigstens für einen Augenblick vergessen, damit wir über was anderes reden könnten! Was Positives, zur Abwechslung. Dann könnte ich ihr vielleicht den wahren Grund erzählen, warum ich heute Morgen spät dran bin.

Ja, das Café hat keinen Geschäftsführer mehr, aber deswegen war ich nicht unpünktlich.

Ich bin spät dran, weil Rosa Barea spät dran war.

Aber Lauren will ich diese Geschichte nicht erzählen, auch wenn sie mir noch so sehr auf der Zunge brennt. Wem ich sie erzählen will, ist Charlie.

Charlie und ich kennen uns nicht annähernd so lange wie Lauren und ich. Wir haben uns erst Mitte letzten Jahres kennengelernt. Wie gesucht und gefunden. Wir gehen nicht auf dieselbe Schule, und oberflächlich betrachtet, haben wir nicht viel gemeinsam. Charlie ist in einem Vorort im Osten aufgewachsen, ich ziemlich zentral in einem westlichen Bezirk. Er wurde mit einem silbernen Löffel im Mund geboren, ich mit der Aufgabe, Löffel aus rostfreiem Edelstahl aus der Spülmaschine zu holen. Und trotzdem versteht er mich besser als jeder andere Mensch. Außerdem unterhalten wir uns über Mädchen, was ich mit Lauren eindeutig nicht kann.

Lauren fragt immer wieder nach Charlie. Entweder weil sie eifersüchtig ist, dass ich einen neuen Kumpel habe, oder weil sie ihn – wie die meisten Mädchen – heiß findet und total auf ihn abfährt.

Ich überlege, ob ich ihn schnell anrufen soll, jetzt gleich, bevor die Schule losgeht. Ich muss sowieso nachschauen, ob ich irgendwelche Anrufe verpasst habe. Ich hoffe ja darauf, dass sich endlich der passende Kandidat für den Geschäftsführerposten bewirbt. Aber gemeldet haben sich bisher nur ein Student ohne jegliche Erfahrung und eine Aushilfskraft, die zwar viel Erfahrung hatte, aber mehr Geld verlangte, als ich bezahlen könnte.

Gerade als ich mein Handy aus der Tasche hole, bimmelt die Schulglocke eine Straße weiter. »Geh schon mal vor«, sage ich zu Lauren und drücke auf Charlies Nummer.

*

Charlie weiß, dass ich von Rosa besessen bin. Seit einiger Zeit erzähle ich ihm viel von ihr. Sehr viel. In jemanden verschossen zu sein lenkt dermaßen gut von der Realität ab. Charlie weiß also schon, dass Rosa auf dem Weg zur Uni ihre Eltern in den vergangenen Wochen immer wieder zum *Charada* bringt, der Tapas-Bar gegenüber. Er weiß auch, dass ich es mir angewöhnt habe, jeden Tag auf ihr Auto zu lauern, um vielleicht einen Blick auf sie zu erhaschen.

Was er noch nicht weiß und was ich ihm dringend erzählen muss: dass ich heute richtig, richtig Glück hatte. Ich hatte gewartet und schließlich aufgegeben, war sogar schon über die Straße gegangen, um mich auf den Weg zu Lauren zu machen – da kam Rosa plötzlich angefahren, fünf Minuten später als sonst. Sie half ihrer Mutter beim Aussteigen und knallte mir dabei fast die Beifahrertür in den Magen!

Als die Tür über den Bürgersteig schrappte und ich zurücksprang, um nicht getroffen zu werden, wobei ich einer Frau mit Kinderwagen so auf den Fuß trat, dass die vor Schmerz aufschrie und humpelnd weiterlief, schaute ich hoch und … Rosa direkt in die Augen. Und sie lächelte mich an!

Ich muss das unbedingt Charlie erzählen, aber er geht nicht ans Telefon, also hinterlasse ich ihm eine Nachricht, dass er mich schleunigst zurückrufen soll.

Jetzt bleibt mir nichts anderes übrig, als mich auf den langen Weg zum Morgenappell zu machen, verdammt. Das bleierne Gefühl, mit dem ich heute früh aufgestanden bin, macht sich wieder in mir breit. Während ich am Schulzaun entlangschlendere, versuche ich den Blick auf die positiven Seiten der Geschichte zu richten.

Ich muss den Tag nicht mit Hamish Creel verbringen. Das ist doch schon mal was.

Aber das ist auch das einzig Positive, was mir einfällt. Also lege ich mir eine Strategie zurecht: Ich werde mich heute so unauffällig wie möglich verhalten. Keine abrupten Bewegungen, mit niemandem unaufgefordert sprechen, keinem in die Augen schauen. Wenn ich mich an diese Regeln halte, komme ich mit etwas Glück vielleicht wieder lebend da raus.

5. Eine riskante Idee

Der Vormittag wird besser als befürchtet. Ich schaffe es, mich unbemerkt zum Morgenappell reinzuschleichen, als Mr Kosnik gerade Carl MacDonald zur Schnecke macht, weil er Bridgette Leong als dreckige Schlampe bezeichnet hat. Carl windet sich lahm damit raus, »Schlampe« sei nur ein anderes Wort für »Dirne«, und »Dirne« hätte selbst Shakespeare in *Der Kaufmann von Venedig* benutzt. Bridgette schluchzt schrill vor sich hin, Mr Kosniks Kopf steht kurz vor der Explosion, Carls Freunde kichern ungehemmt. Das bietet mir gerade genug Zeit, auf der Anwesenheitsliste neben meinem Namen zu unterschreiben, bevor es zur ersten Stunde läutet und ich raus kann, ohne dass irgendjemand (außer Lauren) mitgekriegt hat, dass ich eben erst gekommen bin.

Mathe ist das übliche eintönige Gelaber, Bio verläuft auch fast ohne Zwischenfälle – nur einmal erwische ich Sophie Murray und Clare Ando dabei, wie sie zu mir rüberstarren und sich irgendwas zuflüstern, und mir dreht sich der Magen um. Aber ich tue so, als wäre ich ganz vertieft in das Arbeitsblatt über Prokaryoten und Viren. Dann ist Pause.

Normalerweise würde ich jetzt schräg über den Schulhof schnurstracks zu der Grünen Insel eilen, um mich dort mit Lauren und unseren Freunden Misch und Lucas zu treffen, aber heute wähle ich den Umweg um das Angestelltengebäude und die Krypta herum. Über den Schulhof zu marschieren würde nämlich bedeuten, an den Schulhof-Girls vorbeizukommen, einschließlich Sophie Murray und Clare Ando, und das muss ich heute echt nicht haben.

Die Grüne Insel ist ein schmaler Grasstreifen neben der Hauptstraße, bei dem sonst niemand auf die Idee käme, sich darauf niederzulassen, geschweige denn ihm einen Namen zu geben. Wir mögen den Fleck, weil er so vom Rest des Schulgeländes abgeschieden ist und wir ihn ganz für uns allein haben. Lauren ist – natürlich – schon da, als ich ankomme. Misch und Lucas auch. Misch liegt auf dem Rücken im Gras, den Kopf auf *Basiswissen Biologie* gebettet, und saugt durch einen Strohhalm Saft aus einer Flasche. Sie gurgelt mir ein Hallo entgegen.

Misch und ich haben uns angefreundet, nachdem Mr Hammer uns in der achten Klasse in Englisch zusammengesetzt hatte. Sie hat ein rundliches, engelsgleiches Gesicht, das sie von ihrer sri-lankischen Mutter geerbt hat und das ihr einen Ausdruck immerwährender, perfekter Gefasstheit verleiht. Deswegen dachte ich die ersten zehn Tage, *noch so eine wohlerzogene Streberin wie Lauren*. Aber dann fiel mir auf, dass sie im Unterricht nicht etwa eifrig mitschrieb, sondern Limericks über die Schulhof-Girls verfasste. Limericks mit makellosem Reimschema. Da habe ich zum ersten Mal eine Ahnung davon bekommen, wie klug und witzig Misch ist.

Sie stellt ihre Saftflasche beiseite. »Hast du es schwer gehabt, herzukommen? Hab gesehen, wie die Böse Hexe sich am Schulhof schon auf die Lauer gelegt hat.«

Ich spüre, wie ich rot anlaufe. Klar, dass das früher oder später zur Sprache kommen würde. Ich lache halbherzig und starre auf den Stau jenseits des Schulzauns. »Tatsächlich? Ich bin andersrum hergekommen.«

Misch nickt. »Ja, sie stand mit Clare und Sophie da. Und Ella, der blöden Kuh.«

Ella ist die Königin der Schulhof-Girls. Wenn sie mal einen Rock über der Jeans anzieht, tragen am nächsten Tag alle einen Rock über der Jeans. Wenn sie Misch so Sachen wie »Fettklops« oder Lauren »Loserin« ins Gesicht schleudert, folgen die anderen sofort ihrem Beispiel. »Schade, dass du nicht in unserem Geschichtskurs bist. Das war heute echt der Knaller«, erzählt Misch. »Ella war widerlich wie immer, aber noch gar nichts im Vergleich zur Bösen Hexe.«

Ich weiß, dass sie versucht, mir zu helfen, aber jedes Mal, wenn sie »Böse Hexe« sagt, zucke ich zusammen. Was aber offenbar niemandem auffällt. Lauren konzentriert sich darauf, ihren Müsliriegel auszupacken. Lucas macht nur eines seiner typischen Geräusche, einer Mischung aus Schnauben und Rülpsen.

»Sie hat allen Ernstes behauptet, Hitler hätte den Ersten Weltkrieg begonnen!« Lucas grinst. »Sie war absolut nicht davon abzubringen!«

Solche Kommentare kann Lucas natürlich nur in unserer Gegenwart loslassen. Wenn er in der Klasse auch nur eine

Grimasse wagen würde, hätte er sofort die Bezeichnungen an der Backe, die unsere Schulhof-Girls sich für *ihn* ausgedacht haben, oder irgendeiner von den Muckihirnis würde ihn über eine Parkbank auf den Kies schmeißen, so wie letztes Mal, als er über jemanden gelacht hat, über den er lieber nicht hätte lachen sollen.

»Das ist ja urkomisch«, sage ich halbherzig. Ich wünschte, sie würden das Thema wechseln. Ich schaue auf mein Handy – wann ruft Charlie endlich zurück? In der Schule ist er ja heute nicht, die Schickimicki-Schulen haben noch bis nächste Woche Ferien.

»Lass dich bloß nicht mit dem Ding erwischen«, sagt Lauren. »Du weißt doch, Handys müssen wir im Spind lassen.«

»So eine bescheuerte Regel«, sagt Misch.

»Du weißt doch, dass ich es heute immer bei mir haben muss«, erinnere ich Lauren.

Misch setzt sich aufrecht hin. »Ich hab gehört, du suchst einen neuen Geschäftsführer fürs *Flywheel*?«

Ich nicke. »Bisher allerdings erfolglos.«

»Ist ja zum Kotzen.« Sie lässt sich wieder ins Gras fallen. »Du hast einfach zu viel um die Ohren.« Sie schaut den Rest Saft in ihrer Flasche grüblerisch an. »Weißt du, was ich an deiner Stelle tun würde?«

»Nö, was denn?«

»Die Schule schmeißen.« Sie klemmt sich grinsend den Strohhalm in den Mund und schlürft zufrieden.

Lucas lacht hämisch.

Lauren starrt mich entsetzt an. »Hör nicht auf sie, Del.«

»Die Schule hält dich doch nur vom Leben ab«, sagt Misch. »Nach allem, was vor den Ferien passiert ist, wundert es mich, dass du es überhaupt fertiggebracht hast, heute wieder herzukommen.« Lauren schießt ihr einen warnenden Blick zu, aber sie ignoriert ihn. »Ich hätt's verstanden, wenn du weggeblieben wärst. Und ich wette, dein Vater würde dich nur zu gern in Vollzeit im Laden haben, oder? Wie alt ist er jetzt, gut über fünfzig schon, oder? Wer soll denn das Café übernehmen, wenn er mal alt und vergesslich wird? Hm, und so ein volles Gehalt …«, murmelt sie versonnen. »Wäre doch auch eine super Erfahrung für dich. Du könntest in dem Laden ratzfatz Karriere machen, wozu brauchst du da zwölf Schuljahre?«

»Ich weiß nicht …«

Misch grinst mich an. »Denk an Tamara Howard. Die hat nach dem letzten Schuljahr hingeschmissen und einen Job in der Firma ihres Onkels gekriegt. Marketingabteilung.«

Lucas verzieht das Gesicht. »Tamara Howard … Ist die nicht in Englisch durchgeflogen? Na hoffentlich muss sie in ihrem neuen Job nichts schreiben …«

»Del hat aber keine Lust, den Rest ihres Lebens als Geschäftsführerin eines Cafés zu fristen. Das wäre eine pure Verschwendung ihrer Fähigkeiten«, sagt Lauren. »Nichts gegen deinen Dad, Del. Aber diese Diskussion ist echt lächerlich, und hiermit beendet.«

Wie aufs Stichwort kommt ihr die Schulglocke zu Hilfe.

Nur noch vier Stunden durchhalten.

6. Die Hölle auf Erden

Der Nachmittag wird ungefähr tausendmal schlimmer als der Vormittag. Die Hölle beginnt in der Geschichtsstunde, als Ms Shanker mich nach meinem Aufsatz über das Grab des Reneni fragt. Sie durchbohrt mich mit ihrem berüchtigten Todesblick, dann verpasst sie mir eine Verwarnung – wenn ich den Aufsatz nicht bis Ende der Woche nachreiche, verschlechtert sich meine Note um zehn Prozent pro Tag.

Wenn ich es nicht schaffe, einen Geschäftsführer zu finden, der … äh … gestern anfangen kann, stehen meine Chancen, bis Freitag tausend Wörter zusammenzubasteln, bei ziemlich genau null.

Nach der dritten Stunde mache ich den Fehler, auf die Toilette zu gehen. Dort stehen nämlich Sophie Murray und Clare Ando vor dem Spiegel und tragen frisches Lipgloss auf. Als ich reinkomme, wirbeln sie sofort zu mir herum.

Ich ignoriere sie und steuere auf eine der Kabinen zu. Doch als ich die Tür hinter mir schließen will, schiebt jemand seinen Fuß rein. Sophie.

»Was soll das?«, frage ich und verfluche meine schwache Blase.

»Sorry, aber ich kann dich da nicht reingehen lassen.« Sophies Stimme trieft vor gefaktem Mitgefühl.

»Sorry, aber wir leben in einem freien Land«, äffe ich sie lahm nach und versuche dabei so lässig wie möglich zu klingen. Ich versuche wieder die Tür zuzumachen, aber sie nimmt ihren Fuß einfach nicht weg.

Ein paar weitere Mädchen betreten plappernd den Waschraum – und verstummen sofort.

»Was ist denn hier los?«, fragt eine interessiert.

»Delilah stalkt Georgina mal wieder«, sagt Clare verschlagen. »Sie ist in die Kabine neben Georgina rein und weigert sich, wieder rauszukommen.«

Georgina Trump, alias meine frühere Englisch-Projektpartnerin, alias die Böse Hexe. War nur eine Frage der Zeit, bis wir uns wieder über den Weg laufen.

Die Mädchen, die gerade reingekommen sind, pfeifen durch die Zähne. »O MEIN GOTT. Sie spioniert ihr auf dem Klo hinterher? Das ist echt krank.«

»Ich wusste doch gar nicht, dass sie da drin ist!«, rufe ich, aber meine Stimme hört sich selbst für mich schwach und jämmerlich an.

»Na klar, wer's glaubt«, spöttelt Sophie. »Du Stalkerin.«

»Alles klar bei dir, Georgie-Porgie?«, fragt Clare übertrieben besorgt.

Theoretisch hätte Georgina jetzt die perfekte Möglichkeit, mich davor zu bewahren, für den Rest der Schulzeit als Aussätzige zu gelten. Sie könnte zum Beispiel sagen: »Ja, bestens. Lasst Del in Ruhe«, und damit würde der Irrsinn sofort aufhören.

Aber das sagt sie nicht. Sondern sie tut ganz panisch und kiekst am Ende jeden Satzes ein Fragezeichen in die Luft. »Unglaublich, dass sie immer noch nicht damit aufhört? Bitte macht, dass sie weggeht? Das stresst mich total, wenn die hier ist?«

Die paar Worte besiegeln alles. Georgina hat gesprochen, und ihre Freundinnen werden sich ihr sofort anschließen. Ich habe keine Chance, dieses Scharmützel zu gewinnen.

Ich verlasse die Kabine, und Sophie grinst triumphierend. Mit gesenktem Kopf bahne ich mir den Weg durch die Meute der gackernden Schulhof-Girls, stürme ins Klo neben dem Kunstraum und dann gleich weiter zur vierten Stunde.

Die vierte Stunde ist Erdkunde bei Mrs Cronenberg. Sie ist gleichzeitig unsere Jahrgangskoordinatorin, was so viel bedeutet wie »Seelsorgerin«. Sie weiß mehr private Sachen über uns, als uns recht ist. Heute trägt sie wie immer ihre grässliche Kombi aus Caprihose und Pullover, was ein bisschen hipper ist als die langen Röcke und Blusen, die einige der anderen Lehrerinnen immer anhaben, aber eben nur ein bisschen. In einem Ärmel ihres Pullovers klafft ein Loch, und auf ihrer Hose prangt ein Kaffeefleck in der Größe und Form von Südamerika. Die Tatsache, dass sie Erdkundelehrerin ist, kann ich nicht als Entschuldigung dafür gelten lassen.

Misch und ich steuern auf unsere üblichen Plätze neben der Wandheizung zu.

»Ich hoffe, Sie haben fulminante Ferien genießen können«, beginnt Mrs Cronenberg trocken. »Dann wollen wir mal mit einem Schnellquiz anfangen, damit ich sehe, wie viel Sie von dem vergessen haben, was ich Ihnen im letzten Halbjahr beigebracht habe.«

Die Klasse stöhnt.

»Mr Chang«, wendet sie sich an Leigh Chang, der am lautesten gestöhnt hat. »Nennen Sie mir zwei Faktoren, die sich auf das Ökosystem von Kangaroo Island negativ ausgewirkt haben.«

Leigh starrt sie mit leerem Blick an.

Landwirtschaft und Tourismus, denke ich.

»Kommen Sie schon, Leigh«, sagt Mrs Cronenberg ungehalten. »Wir haben uns zwei Wochen mit diesem Thema auseinandergesetzt.«

»Landwirtschaft?«, mutmaßt Leigh.

»In der Tat.« Mrs Cronenberg lächelt. »Schafzucht, Milchwirtschaft, Weinanbau, selbst Bienenzucht – alles hat sich auf die einheimische Vegetation und die Bodenverdichtung extrem ungünstig ausgewirkt. Wer kann einen zweiten Faktor nennen?« Ihr Blick schweift durch den Raum. »Delilah?«

So viel zu meinem Versuch, unter dem Radar durchzutauchen. Ich gehe meine Optionen durch. Wenn das Schuljahr gerade erst angefangen hätte, würde ich jetzt ohne zu zögern antworten. Aber seit einiger Zeit führt ja alles, was ich sage, nur dazu, dass ich lauthals ausgelacht werde. Also ziehe ich es vor, nichts zu sagen und nur mit den Schultern zu zucken.

»Na los, Delilah. Ich bin sicher, dass Sie einen kennen.«

Hinter mir geht das Geflüster los. Ich schweige weiter, verfluche Mrs Cronenberg aber in meinem tiefsten Inneren. Woher will die denn wissen, was ich weiß und was nicht?

»Zu viel Niederschlag?«, sage ich, um sie zu ärgern. Zu meiner Linken fängt jemand an zu kichern.

Mrs Cronenberg presst vor Enttäuschung den Mund zu einem Strich zusammen. »Die Antwort, die ich haben wollte, lautet: Tourismus.« Sie dreht sich von mir weg. »Nächste Frage. Welcher Industriezweig ist in der Hochebene von New South Wales angesiedelt?«

Seufzend rutsche ich auf meinem Stuhl tiefer. Gott sei Dank, das wäre überstanden.

Aber meine Erleichterung ist nur von kurzer Dauer, denn auf einmal fängt mein Handy in meinem Federmäppchen zu klingeln an.

Die ganze Klasse starrt mich an.

»Wahrscheinlich ihre Freundin«, höre ich jemanden raunen, und das anschließende Gelächter erstreckt sich über gleich mehrere Bankreihen.

»Delilah Woolwich-Green«, tönt Mrs Cronenberg mit tödlicher Gelassenheit von vorne.

Super Timing, Charlie. Ausgerechnet jetzt. Mrs Cronenberg ist dafür berüchtigt, dass sie Handys sofort einkassiert. Wie soll ich mir ohne Telefon einen neuen Geschäftsführer suchen? Von allen Montagen in meinem Leben hasse ich diesen Montag jetzt schon am allerallermeisten.

»Sie wissen doch, dass Sie das Ding nicht in die Klasse mitnehmen dürfen«, sagt Mrs Cronenberg mit so viel Enttäuschung in der Stimme, dass man meinen könnte, ich hätte eine AK-47 und ein Kilo Kokain reingeschmuggelt. Ich werfe ihr den eisigsten Blick aus meinem Repertoire zu.

Ihre Entschlossenheit scheint ins Wanken zu geraten, denn sie senkt den Blick. »Ausschalten und wegstecken. Aber schnell, bevor ich es mir anders überlege.«

Als die Stunde zu Ende ist, bin ich immer noch fuchsteufelswild.

»Mach dir nichts draus. Sind doch alles Loser«, versucht Misch mich zu trösten. »Wollen wir zur Grünen Insel?«

»Unbedingt.«

»Okay. Ich hol nur schnell mein Mittagessen aus dem Schließfach, dann können wir los.«

Ich spähe den Flur hinunter. In Wogen quellen die Massen aus den Klassenzimmern hervor. Ich erblicke Ella – sie sieht mich auch und stupst sofort eine ihrer Speichelleckerinnen in die Seite.

»Wollen wir uns lieber gleich dort treffen?«, sage ich zu Mitch.

»Hä? Ich brauch doch nur eine Sekunde.«

Also warte ich ungeduldig, bis Misch ihr Pausenbrot hinter einem Bücherstapel herauswühlt. Ich drehe mich zu den Spinden, ziehe mein Handy raus und rufe Charlie an. Er geht gleich nach dem ersten Klingeln dran, und als er mit seiner unverwechselbaren Stimme meinen Namen sagt, mit dieser Mischung aus Eleganz und Begeisterung, kann ich mir einen Moment lang einreden, ich würde gerade mit ihm abhängen, ganz weit weg von der Schule.

»Danke, dass ich deinetwegen fast aus Erdkunde rausgeflogen wäre«, sage ich grinsend. »Nicht jeder ist scharf drauf, von der Schule geschmissen zu werden, weißt du?«

Das sage ich, weil Charlie schon zweimal von der exklusivsten Jungenschule von Sydney geflogen ist (beim ersten Mal hat sein Vater den Direktor noch überredet, den Rausschmiss zurückzunehmen – großer Fehler!) und von einer weiteren Schule suspendiert wurde.

»Du bist in der Schule?«, fragt Charlie schockiert.

»Entspann dich. Die Ferien sind nur an den öffentlichen Schulen vorbei.«

»Ich weiß. Aber wer leitet dann das *Flywheel*?«

»Ein Aushilfskellner. Ab morgen muss er aber wieder zur Uni, und ich hab immer noch keinen neuen Geschäftsführer gefunden.« Ich schiele zu Misch rüber, die endlich ihr Essen rausgefischt hat, ein zermanschtes Sandwich, und es mit angewiderter Miene betrachtet. »Misch meint, ich soll die Schule schmeißen und mich selber um den Laden kümmern.«

»Vielleicht solltest du das wirklich«, tut Charlie ganz vernünftig. »Dein Vater kommt ja erst im September zurück, oder? Und irgendjemand muss den Laden ja führen.«

Lauren kommt aus dem Französischkurs und stellt sich neben mich. »Ist Charlie dran?«, formt sie lautlos mit den Lippen.

Ich nicke.

»Grüß ihn von mir.«

»Schöne Grüße von Lauren«, sage ich.

»Von wem?«, fragt er verständnislos nach.

»Ach nichts.«

Lauren funkelt mich wütend an. Wahrscheinlich hat sie mitgekriegt, was Charlie gesagt hat. Aber auf einmal sieht Misch auch total sauer aus.

»Ich muss los«, sage ich zu Charlie und lege auf, gerade als Misch ihr zermanschtes Sandwich durch die Luft zu schleudern beginnt, als würde sie es jemandem an den Kopf schmeißen wollen. »Zum Brüllen koooomiiiisch!«, kreischt sie durch den Flur.

Ich habe eine ungute Ahnung, dass ich lieber *nicht* schauen sollte, weshalb sie in diese Richtung schreit. Sondern besser direkt zur Grünen Insel gehen. Aber Misch schreit *richtig* … So habe ich sie nicht mehr ausflippen sehen, seit Carl MacDonald Cola über ihr signiertes Exemplar von Tim Wintons Roman *Das Haus an der Cloudstreet* gekippt hat. Lauren steht ausnahmsweise kerzengerade da, starr vor Zorn.

Also drehe ich mich um und schaue. Und ich sehe eine Reihe von Flugblättern im A4-Format, die an alle Schließfächer entlang des Flurs gepappt sind. Lauren fängt an, sie runterzureißen, aber Ella, Clare und Sophie kleben schneller neue, als sie die alten abmachen kann.

Eines der Flugblätter ist auf den Boden gesegelt. Ich hebe

es auf. Über einem Bild, das wie ein Standbild aus einem Video aussieht, stehen zwei Wörter in fettgedruckten Großbuchstaben. Darunter eine Webadresse. Und dazwischen prangt riesig das Bild von einer deformierten menschlichen Gestalt, die Augen verdreht, das Gesicht verzerrt, die Arme inmitten der Bewegung verkrümmt.

Im Hintergrund ist die Küche des *Flywheel* zu erkennen. Und die zwei Wörter ganz oben lauten: TANZENDE LESBE. Die Gestalt auf dem Bild bin ich.

In meinem Kopf fängt es an zu wummern. Jedes Atom meines Körpers wiegt auf einmal das Doppelte.

»Diese Schlampe«, spuckt Misch und starrt auf ihr Handydisplay. Ich kann nicht sehen, worauf sie schaut, aber ich erkenne den Rushmore-Song, der gerade gespielt wird.

»Wer, Ella?«, frage ich heiser.

»Nein«, antwortet sie nachdrücklich, als wäre das vollkommen klar. »Georgina.«

Das Raunen auf dem Flur schwillt an, als immer mehr Leute zu ihren Spinden kommen und die Flugblätter sehen. Andere schauen auf ihre Handys und dann zu mir herüber.

Wegbeamen, bitte. Jetzt!

Ich versuche Misch über die Schulter zu linsen, um das Video zu sehen.

»Schätzchen, ich möchte nicht, dass du dir das anguckst«, sagt sie und klickt es weg. »Wann war das?«

»Keine Ahnung. Ich tanze ganz oft in der Küche«, sage ich hilflos.

»Und es ist dein gutes Recht, das zu tun. Aber vielleicht solltest du in Jalousien investieren?«

Auf einmal wird es am anderen Ende des Flurs ziemlich laut. Als ich hinübersehe, steht da Mark Wellington aus meinem Mathekurs auf den Zehenspitzen, die Arme zur Seite gereckt, und versucht mein Getanze nachzuäffen. Die Zahl seiner Zuschauer wächst sekündlich, und alle schauen zwischen ihm und mir hin und her, um meine Reaktion mitzukriegen.

Ich atme tief ein und aus. Mark Wellington ist noch nicht mal einer der Coolen. Er fuchtelt wie ein kranker Vogel mit den Armen durch die Luft und wirft den Kopf von einer Seite zur anderen. Sein Publikum kann sich vor Lachen kaum halten.

Eine Gestalt mit blasser Haut und langem blondem Haar blitzt inmitten der Menge auf. Ich kann ihr Gesicht nicht sehen, aber ich weiß, dass sie es ist. Dieselbe »Sie«, die vor kaum einer Stunde in der Klokabine neben meiner gesessen hat.

Ganz klar, was ich jetzt tun sollte: einfach weggehen. Ich sollte die Meute wortlos stehenlassen und ohne ein Wort zur Grünen Insel gehen. Mein Kopf weiß es, mein Herz weiß es, aber anscheinend ist die Information noch nicht bei meinen Füßen angekommen, denn auf einmal ertappe ich mich dabei, wie ich auf die Gruppe zugehe, statt mich von ihr zu entfernen. Die Menge teilt sich nach beiden Seiten, um mich durchzulassen.

Offenbar sind meine Füße auf der Suche nach Georgina. Sie weicht zurück, als ich näher komme. »Sag mir, dass du nichts damit zu tun hast«, höre ich mich mit tiefer Stimme sagen und halte das Flugblatt hoch.

Sie läuft rot an, ihre Augen weichen meinem Blick aus. Ella und Sophie bauen sich links und rechts neben ihr auf. Ella drückt einen Stapel Flugblätter an die Brust. »Belästigt sie dich etwa schon wieder, Georgie?«

»Warum tust du das?« Diesmal ist meine Stimme nur ein Flüstern.

Ella lacht, schrill wie eine Partytröte. »Was hast du sie gerade gefragt?«, keift sie ungläubig.

Mit Ella im Rücken fühlt Georgina sich auf einmal ganz stark. Sie starrt mich feindselig an, und ein kaltes Lächeln macht sich in ihrem Gesicht breit. »Jetzt spürst du endlich auch mal, wie das ist, gestalkt zu werden. Du perverse Lesbe«, spuckt sie aus.

Auf einmal ist Mark Wellington neben mir, packt mich beim Handgelenk und schlingt mir die Arme um die Taille.

»Nimm deine dreckigen Pfoten von ihr!«, schreit Misch von hinten.

Ich versuche mich aus seinem Griff zu winden, aber er hat zu viel Kraft. Und dann beginnt er mich herumzuwirbeln. Jemand setzt zum Sprechchor an: »Tanz, Lesbe, tanz! Tanz, Lesbe, tanz!« Ich verliere das Gleichgewicht, taumele und krache unter dem Gelächter der Umstehenden zu Boden.

Ein paar Leute klatschen sogar Beifall. Schmerz schießt mir durch den Arm, auf dem ich gelandet bin.

»Mark!«, dröhnt da eine wohlvertraute stählerne Stimme durch den Flur. »Nehmen Sie Ihr Essen und gehen Sie auf den Hof.«

Na super. Das hat mir jetzt gerade noch gefehlt.

»Delilah, Sie kommen gleich mal in mein Büro. Und alle anderen ...« Mrs Cronenbergs Todesblick kommt wieder zum Einsatz. »Die Show ist vorbei.«

Widerwillig zerstreut sich die Menge.

»Diese Flachwichser«, murmelt Misch, als sie und Lauren sich endlich zu mir durchgekämpft haben. Sie reicht mir eine Hand, um mir auf die Füße zu helfen.

»Arschlöcher«, fügt Lauren hinzu, und für ihre Verhältnisse ist das der Gipfel der Vulgarität. Als ich wieder aufrecht stehe, klopft sie mir unbeholfen auf die Schulter.

Ich wische mir den Staub von den Klamotten und die Tränen aus den Augenwinkeln. »Ich glaube, ich pack das einfach nicht mehr.« Meine Kieferknochen tun weh, und mir wird klar, dass ich die ganze Zeit die Zähne zusammengebissen habe.

»Das wird schon wieder«, sagt Lauren hastig. »Mrs C hilft dir bestimmt mit diesem ganzen ... Mist.«

Warum spricht sie es nicht aus? Warum kann ich mit ihr nicht offen darüber reden, was hier abgeht? Aber ich habe jetzt keine Lust, mit Lauren zu streiten, nicht nach dem, was gerade passiert ist. Also schüttele ich nur wütend den

Kopf. »Wohl kaum. Die putzt mich bestimmt nur wieder runter.«

»Aber warum denn?«

»Keine Ahnung, weil ich ihre blöde Quizfrage heute Morgen nicht richtig beantwortet habe oder mein Handy dabeihatte, oder was weiß ich.«

»Du kennst sie doch«, sagt Lauren, die in Mrs Cronenbergs anderem Kurs ist. »Wenn du nicht in ihr Büro gehst, kommt sie zurück und sucht dich.«

»Vergiss es, ich mach das nicht. Misch, erzähl ihr mal, wie die mich heute im Unterricht zur Schnecke gemacht hat.«

»Ehrlich gesagt fand ich, dass du noch glimpflich davongekommen bist. Immerhin durftest du dein Handy behalten.«

Ich fühle mich verraten, werfe ihr einen entsprechenden Blick zu, und sie zuckt mit den Schultern.

»Na los, Del«, sagt Lauren. »Sie will dir bestimmt nichts Böses.«

»Den Eindruck hatte ich letztes Halbjahr ganz und gar nicht«, sage ich bitter.

»Wir sehen uns dann nachher, ja?«, schlägt Lauren vor.

Obwohl es das Letzte ist, was ich jetzt tun möchte, mache ich mich auf den Weg zu Mrs Cronenbergs Büro, wobei ich mir unterwegs alle Mühe gebe, bloß niemanden anzuschauen. Typisch, dass sie *mich* in ihr Büro zitiert, wo *ich* doch diejenige bin, die fertiggemacht wurde.

Vor dem Büro angekommen, spähe ich durch die Scheibe

hinein. Mrs Cronenberg hängt am Telefon und tupft sich mit einem feuchten Taschentuch auf einem Kaffeefleck an ihrer Hose rum. Als sie mich sieht, reckt sie eine offene Hand hoch. Fünf Minuten.

Ich fluche leise vor mich hin. Für so was hab ich jetzt echt keine Zeit.

Wenn Mrs Cronenberg wüsste, wie sie mir helfen kann, hätte sie es doch längst getan. Stattdessen macht sie alles nur noch schlimmer. Ich schaue wieder zu ihr rein. Sie sieht mich an und legt eine Hand über den Hörer. »Nur noch eine Minute, Delilah«, ruft sie. »Wir müssen uns wirklich dringend über ein paar Sachen unterhalten.«

Ich bewege mich aus ihrem Blickfeld. Am liebsten würde ich jetzt losschreien. Warum soll ich hier rumstehen und warten? Worauf? Darauf, dass sie mich in ihren hübschen kleinen Besuchersessel setzt, der für bedeutungsvolle Gespräche reserviert ist, und mich vollschwallt, wie viel Potential in mir steckt, und dass ich bewundernswert stark bin, stark genug, um das alles wegzustecken? Als sie es das letzte Mal gesagt hat, wollte ich ihr so gern glauben, aber inzwischen weiß ich, dass sie sich irrt.

Und da schießt mir ein beglückender Gedanke durch den Kopf: Wenn ich jetzt rausspaziere, kann Mrs Cronenberg nichts tun. Ich könnte einfach auf dem Absatz kehrtmachen und das Gebäude verlassen. Was spielt ein geschwänzter Schulnachmittag denn schon für eine Rolle? Mrs Cronenberg soll ihre Seelsorger-Weisheiten gern jemand anderem in den Rachen stopfen. Bis sie zu Ende telefoniert hat, bin ich längst über alle Berge.

Ich drehe mich um, den Blick auf den Linoleumboden gerichtet. Dann zögere ich, sehe Richtung Straße hinaus. Schließlich mache ich den ersten Schritt, ganz langsam, und den nächsten, und den nächsten. Mehrere Leute kommen mir entgegen, aber ich schaue keinen an.

Ich gehe schneller.

Ich komme an einem Klassenzimmer vorbei, dann an einem weiteren. Am Putzschrank, an den Jungstoiletten. Dann habe ich die Treppe am Ende des Flurs erreicht, sprinte zwei Stufen auf einmal nehmend nach unten, und folge dem Weg an den Sportfeldern vorbei.

Es ist ein Kinderspiel. Als ich am offenen Tor ankomme, fühle ich mich so leicht wie schon seit Wochen nicht mehr. Ich halte an. Hinter diesem Tor endet das Schulgelände und beginnt die Welt.

Auf dem Sportplatz in meinem Rücken klatschen die Basketballspieler in ihrer üblichen Ausgelassenheit den Ball auf den Boden. Vor mir liegt die verführerische Geräuschkulisse von allem anderen: Autos, die die Straße entlangbrausen, Flugzeuge, die über mich hinwegdüsen, und auf dem Gehweg da draußen Leute, die frei sind.

Die Schule wird einen Tag lang auch ohne mich klarkommen.

Ich trete auf die Straße hinaus.

Und bin weg.

7. Charlie lässt eine Bombe platzen

Bevor Dominic ausgewiesen wurde, habe ich ihm immer gern beim Backen zugeschaut. Ich saß dann im *Flywheel* vor dem Ofen und sah zu, wie sein Orangen-Mohn-Kuchen wuchs und wuchs, bis er oben aufplatzte und die Kruste sich von den Kanten der Backform löste.

Am Dienstag, um acht Uhr morgens, fühle ich mich wie dieser Kuchen im heißen Ofen. Und warum?

Ich schwänze heute die Schule. Ich brauche mal einen Tag, um runterzukommen. Seelenhygiene. Morgen gehe ich dann wieder hin.

Außerdem habe ich immer noch ein Café ohne Geschäftsführer an der Backe. Entweder binde ich mir die Schürze selber um oder ich verliere die Einnahmen eines ganzen Tages.

Also lasse ich Rushmore über die Stereoanlage des *Flywheel* laufen und drehe die Lautstärke voll auf.

Ich hüpfe zum lauten Refrain im Takt mit, bis ich auf einmal das Gefühl habe, beobachtet zu werden. Die Erinnerung an Mark Wellington, wie er gestern auf dem Flur herumgehopst ist, schießt mir durch den Kopf. Mit pochendem Herzen wirbele ich herum. Aber es ist nur Charlie. Er hat die Nase an die Scheibe gedrückt, die Hände um die Augen gelegt, und späht zu mir herein. Die blonden Haare flattern ihm um die Stirn. Er trägt einen schwarzen Schal zu seinem Lieblings-T-Shirt von Bonds (darin käme sein Bizeps besonders gut zur Geltung, meint er), ausgeblichene Jeans und Boots.

Ich drehe Rushmore leiser und strecke Charlie die Zunge raus, was er als Einladung, hereinzukommen, interpretiert. Als er die Tür öffnet, strömt ein Schwall kalter Luft herein. Die tibetischen Glöckchen klirren gegen die Scheibe. Charlie stürmt auf mich zu und packt mich um die Taille.

»Du bist da! Ich dachte, du wärst längst in der Schule.« Er grinst. »Dann hast du also meinen Rat angenommen und die Schule geschmissen?«

Er drückt mich flüchtig an sich, aber als er wieder zurückweicht, erkenne ich Niedergeschlagenheit in seinen Augen.

»Was ist los, Charlie?«

»Wieso, was soll sein?«

»Alles okay mit dir?«

»Ja klar!« Lächelnd wickelt er seinen Schal auf.

Ich kenne ihn lange genug, um zu wissen, dass er mir was vormacht. Aber bevor ich ihn näher befragen kann, klimpern die tibetischen Glöckchen wieder, und Lauren steht in der Tür. Sie trägt ihre Haare zu einem ordentlichen Zopf geflochten und einen Ausdruck bitterer Enttäuschung im Gesicht.

»Hey«, sage ich so lässig wie möglich.

Lauren schielt missbilligend auf meine Schürze. »Del, das meinst du jetzt nicht ernst, oder?«

»Ich hab's dir doch gestern erklärt. Ist doch nur ein Tag. Ich hab keine andere Wahl.«

»Und ich bin hergekommen, um dich dazu zu bringen, deine Meinung zu ändern.«

Ich wusste, dass das kommen würde. »An Charlie erinnerst du dich sicher noch?«, frage ich, um sie abzulenken.

Laurens Gesichtsausdruck schlägt sofort um. »Aber natürlich!«, strahlt sie und winkt ihm zu, dann lässt sie die Hand schnell wieder sinken.

»Hey Karen«, sagt Charlie. »Schön dich wiederzusehen.«

»Lauren«, sagt Lauren und lächelt tapfer.

»Möchtest du was frühstücken?«, frage ich sie. »Wir haben diese Muffins mit Himbeeren und weißer Schokolade, die du so gern magst.«

Laurens Ausdruck verändert sich schon wieder. »Was ich wirklich *gern mögen* würde, wäre, wenn du mit mir zur Schule kommst.« Sie wirft Charlie, der mit einem Ellbogen auf dem Tresen lehnt und die Niedergeschlagenheit aus jeder Pore verströmt, einen Seitenblick zu.

Ich fange an, die umgedrehten Stühle von den Tischen runterzuheben. Ich spüre, dass Lauren versucht ist, mir zu helfen, sich aber gerade noch zurückhält und sich stattdessen neben mir aufbaut, die Arme vor der Brust verschränkt, das Gesicht in Falten gelegt. »Das sind doch nur ein paar Idioten«, murmelt sie. »Kann dir doch egal sein, was die von dir denken.«

Ich fühle, wie meine Ohren rot und heiß werden. »Lauren«, sage ich finster. »Hier geht's um das *Flywheel*, okay? Was soll ich denn machen? Den Laden Charlie aufs Auge drücken?«

Wir sehen beide zu ihm hin. Er steht am Tresen, macht sich ein Sandwich und hat es irgendwie schon geschafft, Guacamole auf die Kaffeemaschine zu kleckern.

Lauren runzelt die Stirn. »Das hat doch hoffentlich nichts mit Mischs bescheuertem Vorschlag gestern zu tun, oder? Dass du die Schule schmeißen sollst? Wenn doch, fühlt sie sich nämlich garantiert schrecklich, glaub mir. Sie wird bestimmt total fertig sein, wenn du heute nicht in der Schule erscheinst.«

Ich hole mein Handy raus und zeige Lauren die SMS, die ich vorhin von Misch bekommen habe.

GUTE ENTSCHEIDUNG SÜSSE, steht da. GENIESS DEINEN TAG IN FREIHEIT!!! XX MISCH

»Na schön«, keift Lauren. »Aber wenn du es dir doch noch anders überlegst – du hast noch eine Stunde bis zum Morgenappell. Ich hoffe, wir sehen uns da.« Damit stapft sie aus dem Café.

Ich gehe zu Charlie rüber, der sein Sandwich mampft. Dunkle Wolken hängen über seinem Kopf.

»Na los. Erzähl's mir.«

»Was denn?«

»Hör auf mit dem Scheiß, Charlie.«

Er lässt sich so schwer in einen orangefarbenen Vinylsessel fallen, dass das Polster ächzt, und fährt sich durch die

Haare. »Ich hab dir doch von meiner Nachhilfelehrerin in Geschichte erzählt? Die, die immer dienstags kommt?«

Blöde Frage. Charlie hat mir ungefähr schon tausendmal von ihr erzählt. Ich weiß weit mehr über sie, als man je über jemanden wissen sollte, den man nicht persönlich kennt. Ich weiß zum Beispiel, dass sie ihre Abschlussarbeit über den Konflikt in Europa im 20. Jahrhundert schreibt und damit ungefähr sechs Monate hinterherhinkt. Ich weiß, dass sie grüne Haarklammern trägt. Ich weiß, dass sie gern Espresso trinkt, von Sternzeichen Zwilling ist und die Rugby-Mannschaft Sydney Roosters mag. »Logisch. Du kannst ja gar nicht aufhören, von ihr zu quatschen.«

»Oh, okay. Also, jedenfalls ...«

»Jaaa?«, hake ich argwöhnisch nach.

Charlie sackt theatralisch im Sessel zusammen. »Ich hab mich in sie verliebt, Del.«

Geschichte ist eins der drei Fächer, in denen Charlie Nachhilfe bekommt, weil sein Vater das so will und dafür bezahlt. Vermutlich hat er Angst um Charlies »Aussichten«, besonders weil Charlie dieses Jahr seinen Abschluss macht und bisher nicht gerade mit herausragenden Leistungen geglänzt hat. Außerdem will er damit wohl kompensieren, dass er kaum Zeit mit seinem Sohn verbringt, weil er als Finanzchef einer der weltweit größten Handelsfirmen ständig um den Globus jettet.

Charlies Mutter war auch nicht anders. Sie war Chefeinkäuferin eines internationalen Kosmetikunternehmens und verbrachte auch ihre wenige Freizeit entweder im Ausland, in Vorstandssitzungen verschiedener gemeinnütziger Organisationen, oder auf Golfturnieren. Aber Charlies Mutter gibt es schon lange nicht mehr. Sie ist an Krebs gestorben, kurz bevor Charlie und ich uns angefreundet haben.

Ich ziehe mir einen grünen Veloursessel heran und setze mich zu Charlie, bereit für die Unsterblich-verliebt-Nummer, der ich schon so oft beigewohnt habe. Seit ich ihn kenne, war Charlie schon in ungefähr fünfzehn Frauen verknallt, und es ist jedes Mal dasselbe: Erst erzählt er mir, er sei ihr rettungslos verfallen, dann erzählt er mir, er habe noch nie so etwas für jemanden empfunden, und dann – nach ein paar Wochen Liebeschaos – erzählt er mir, er sei über die Frau hinweg und habe jemand Neues im Auge. »Wie heißt sie gleich noch mal?«, frage ich widerwillig.

»Sarah.«

»Und selbstverständlich ist sie schön?«

Charlie nickt. »Wunderschön.« Er lächelt. »Sie würde dir gefallen.«

»Wie alt ist sie?«

Charlie murmelt etwas Unverständliches.

»Wie bitte?«

»Dreißig«, wiederholt er hastig.

»Dreißig?« Es fällt mir schwer, leise zu bleiben. »Du hast mir nie erzählt, dass sie *dreißig* ist!«

»Sie ist halt ein bisschen älter, na und?«, sagt Charlie.

»Was ist mit Rosa? Die ist auch älter als du, und das hält dich auch nicht davon ab, sie anzuhimmeln.«

»Rosa ist neunzehn«, sage ich. »Das ist eine ganz andere Sache als dreißig. Dreißig ist … mittleres Alter!«

»Zwölf Jahre Altersunterschied sind doch nichts«, wehrt Charlie ab. Er beugt sich vor und streicht sich die Haare aus dem Gesicht, so dass ich ihm in die großen braunen Augen schauen muss. Gleich kommt er, der Unsterblich-verliebt-Monolog. »Ich bin ihr rettungslos verfallen, Del. Noch nie hab ich so was für jemanden empfunden. Sie ist so schön, und so intelligent …« Er starrt verträumt an mir vorbei ins Leere. »Ganz ehrlich, es ist mir egal, wie alt sie ist. Was spielt Alter schon für eine Rolle, wenn es wahre Liebe ist? Das ist doch auch nur so eine idiotische gesellschaftliche Regel, dass man nur mit Leuten im selben Alter zusammen sein darf. Das solltest du doch am besten verstehen«, schließt er mit einem unmissverständlich vorwurfsvollen Ton.

Ich rutsche unbehaglich auf meinem Stuhl hin und her. Charlie hat mich immer unterstützt, wenn ich ihm von meinen Schwärmereien erzählt habe. »Du hast recht. Alter sollte keine Rolle spielen«, sage ich. »Tut mir leid. Wenn du Sarah erobern willst, kannst du auf meine volle Unterstützung zählen.« Ich lächle ihn aufmunternd an. »Ist doch wurscht …«

»Sag ich doch.« Aber statt zurückzulächeln, schaut Charlie mich immer noch finster an.

»Na komm schon, ich hab doch gesagt, ich steh hinter dir.«

»Ja, ich weiß.«

»Und was ist dann das Problem, Romeo?«

Charlie seufzt wieder. »Sie findet, ich bin zu jung für sie.«

»Tatsächlich?«, sage ich unschuldig.

»Sie denkt, ich kann noch keine ausgereiften Gefühle für sie haben, weil ich erst achtzehn bin. Das ist alles so ungerecht!«, jammert er.

»Wann ist deine nächste Nachhilfestunde?«

»Das ist das andere Problem. Ich hatte diese Woche meine letzte Stunde. Kann sein, dass ich sie nie wiedersehe!«

»Dann musst du unbedingt einen Weg finden, sie wiederzusehen«, sage ich. »Und dann beweist du ihr, dass sie sich irrt.«

*

Innerhalb von zwei Stunden ist Charlie von seinem inneren Drama völlig gelähmt. Während ich die Mittagsgäste bediene, Essen zubereite, Kaffee ausschenke und mir allgemein den Arsch abarbeite, bleibt Charlie im orangefarbenen Sessel sitzen und starrt ins Leere. Ich habe heute niemanden, der mir mit den Sandwiches helfen könnte, und meine Künste im Kaffeekochen sind – den halbvoll stehengelassenen Tassen nach zu urteilen – offenbar mehr als ausbaufähig.

Aber ich bin froh, dass ich so viel zu tun habe und daher nicht ständig an die Nachricht denken kann, die Mrs Cronenberg mir am Vormittag geschickt hat. Wutentbrannt, weil eine Lehrerin es gewagt hat, mich auf meinem Handy anzurufen, habe ich die Nachricht auf der Mailbox gelöscht, ohne sie abzuhören. Und jetzt überlege ich immer wieder, was sie wohl draufgesprochen hat.

Ich ertappe mich dabei, dass ich darüber nachdenke, welche Fächer ich verpasse. Dienstags habe ich eine Doppelstunde Geschichte. Genau in dieser Minute müsste ich normalerweise eine Standpauke wegen meines fehlenden Aufsatzes über das Grab des Reneni über mich ergehen lassen. Da ziehe ich die Arbeit im Café eindeutig vor.

Um ein Uhr verkündet Charlie, er habe *den genialen Plan* entworfen. Ich fürchte, das macht die Sache nur noch schlimmer.

»Wir haben nur eine einzige Möglichkeit«, erklärt er entschieden.

»Wir?«

»Ich muss Sarah beweisen, dass ich es ernst meine. Wir statten ihr heute Abend einen Besuch ab.«

»Wir?«, wiederhole ich. »Was soll ich denn dabei?« Schon bereue ich, ihm meine Unterstützung versprochen zu haben. Bisher hatte *mein* genialer Plan darin bestanden, wie üblich um acht hier zu sein, um mir die Tanzvorführung auf der anderen Straßenseite anzusehen.

Aber Charlie lässt nicht locker. »Ich brauch dich, Del. Du hast doch gesagt, ich soll einen Weg finden, Sarah zu treffen. Wenn du nicht mitkommst, kneife ich am Ende noch. Ich muss erst schnell nach Hause, um ein paar Sachen zu erledigen, aber ich komm dann um halb acht wieder her und hol dich ab.«

»Muss das unbedingt heute Abend sein?«, starte ich einen letzten lahmen Versuch, ihn umzustimmen.

»Halb acht, Del«, wiederholt er streng und stapft aus dem Laden.

Die folgenden Stunden jongliere ich Kaffee- und Mittagsbestellungen und denke mir das Hirn krumm, wie ich aus der Nummer mit Charlie rauskommen könnte. Mein Widerwille, ihn zu begleiten, hat nicht nur mit der Flamenco Morgana gegenüber zu tun. Klar möchte ich hier sein, um Rosa tanzen zu sehen, aber ich habe auch ein ganz schlechtes Gefühl, was Charlies Plan angeht – ein magenumdrehendes, kehlezuschnürendes schlechtes Gefühl.

Ich hab immer noch keine Ahnung, wie ich ihm absagen soll, als plötzlich Rosa Barea das *Flywheel* betritt.

Sofort schlägt mir das Herz bis zum Hals, und Charlie ist samt seinem Plan aus meinem Kopf verschwunden. Sie begrüßt mich mit einem flüchtigen Lächeln. Heute trägt sie eine Jeansjacke über einem schwarzen Gymnastikanzug und einer schlabberigen Jogginghose, und in den Haaren bunte, mit blitzenden Pailletten bestickte Bänder. Sie hat sich eine Umhängetasche über die Schulter geschwungen. Sieht schwer aus, bestimmt ist sie voller Fachliteratur. Rosa studiert nämlich schon im zweiten Jahr Politikwissenschaft, und soweit ich es beurteilen kann, hängt sie sich ganz schön rein. Immer wenn sie herkommt, tippt sie einen Aufsatz oder irgendwas in der Art, während ich ihr Essen aufs Haus ausgebe, und versuche, witzig zu sein, ohne verkrampft zu wirken.

»Hey«, sagt sie.

Ich laufe sofort rot an. »Hallo. Ähm … wie geht's. Möchtest. Was kann ich. Also, ich meine …«

»Ein Latte wäre toll«, sagt sie und lächelt mich an.

»Alles klar.« Ich schlucke trocken. »Latte kommt sofort.«

Sie schlüpft an einen Tisch, während ich mich auf die Kaffeemaschine zubewege mit dem festen Vorsatz, den besten Latte meines Lebens zu kredenzen. Meinen morgendlichen Kaffee-Misserfolgen zum Trotz bin ich mit dem Ergebnis ziemlich zufrieden. Der Kaffee duftet stark und aromatisch, die Crema ist ganz weich. Ich habe mich zwar von oben bis unten bekleckert, aber das ist mir egal. Ich versuche halbherzig, mir die Milch von der Hose zu wischen, dann bringe ich Rosa den Kaffee.

Sie schaut auf. »Oh. Ist der Typ mit den Dreadlocks heute gar nicht da? Hab ihn lange nicht mehr gesehen.«

»Er … äh … er arbeitet nicht mehr hier.«

Rosa nickt. »Ist vielleicht besser so«, sagt sie trocken. »Er hat echt guten Kaffee gemacht, aber irgendwie war er ziemlich unhöflich.«

Ich bin erleichtert, dass sie nicht enttäuscht ist. Ich will sie als Kundin auf keinen Fall verlieren. »Ja … Es hatten sich auch schon ein paar Leute über ihn beschwert.«

Ich stelle den Kaffee auf ihrem Tisch ab. Oder versuche es

zumindest. Irgendwie habe ich die Länge meines Arms oder den Winkel meines Ellbogens falsch eingeschätzt, jedenfalls schwappt beim Absetzen der Tasse massig Kaffee über den Rand. Das Farnmotiv, das ich auf die Crema gezaubert habe, ist futsch, in der Untertasse schwimmt alles.

Ich tupfe mit meinem schmutzigen Tuch drauf, um die Sauerei aufzuwischen – was aber nur dazu führt, dass Kaffee auf den Tisch und auf Rosas Kleider spritzt.

Rosa schaut auf ihren Gymnastikanzug runter.

»Das. Tut. Mir so leid«, krächze ich.

»Schon gut«, sagt Rosa und winkt ab.

Ich schnappe das fleckige Geschirrtuch und will damit auf ihrem Oberteil herumtupfen. Rosa stoppt mich mit einer ausgestreckten Hand. »Alles okay, wirklich!«

»Ich hol dir eine frische Serviette. Und einen frischen Kaffee.«

Sie schüttelt den Kopf. »Mach dir keine Umstände. Man kann doch kaum was sehen. Und ich hab noch genug Kaffee in der Tasse.«

»Fast genauso viel wie in der Untertasse«, sage ich finster. »Möchtest du vielleicht einen Strohhalm?«

Das bringt sie zum Lachen, und ich atme erleichtert auf. Sie dreht sich auf dem Sessel ein Stück zu mir, so dass sie mich richtig anschauen kann. Ihre Augen sind unglaublich. Dieses lupenreine Grün … Sie fixiert mich einen Moment lang, lang genug, dass ich mich frage, ob sie nicht doch ernsthaft über mein Strohhalm-Angebot nachdenkt, dann sagt sie: »Ehrlich gesagt könntest du mir vielleicht doch einen Gefallen tun.«

»Was immer du willst.«

Sie wühlt in ihrer Tasche und holt eine Handvoll Flyer heraus. »Darf ich ein paar von denen neben dem Eingang auslegen?«

Ich schaue mir den Flyer an. Rettet unsere Stadtteilbücherei!, steht da fettgedruckt. Samstag, 3. August, 13 Uhr – Große Kundgebung auf dem Vorplatz der Bücherei. Und ganz unten prangt kursiv der Slogan: *Bildung für alle, nicht nur für die Reichen!*

»Der Stadtrat hat beschlossen, die Büchereien zusammenzulegen«, erklärt Rosa. »Sie wollen fast dreiviertel der Bücher verkaufen und die meisten Gebäude gleich dazu, und dann alles in die Filiale in Leichhardt verlegen. Ist das zu fassen?«

»Das ist ja furchtbar!« Ich versuche entsprechend entsetzt zu klingen. Ich versuche mich dran zu erinnern, ob ich je in der Stadtteilbücherei war. Und wo genau die Stadtteilbücherei ist.

»Es gibt Kinder und alte Leute, die auf diese Bibliothek angewiesen sind«, sagt Rosa.

Hach, wie ich ihre Leidenschaft liebe! »Du kannst so viele Flyer auslegen, wie du möchtest«, sage ich. »Und du kannst auch ein paar ans Schwarze Brett pinnen.« *Meinetwegen tapezier den ganzen Laden damit. Papp sie zusammen, und ich trag sie als Overall.*

Sie legt den Kopf schief. »Und dein Vater hat sicher nichts dagegen?«

Ich wische ihren Einwand mit einer Handbewegung beiseite. »Ich kann ihn ja per E-Mail fragen, wenn du willst, aber ich bin mir nicht sicher, ob es in seiner mongolischen Jurte W-Lan gibt.«

Rosa runzelt die Stirn. »Dann ist er also immer noch unterwegs? Und du führst das Café ganz alleine?« Vielleicht bilde ich es mir nur ein, aber ich meine, dass in ihrer Stimme ein besorgter Ton mitschwingt. Kann es wirklich sein, dass Rosa Barea sich meinetwegen Gedanken macht?

»Nicht so schlimm«, sage ich und versuche total gechillt zu klingen. »Ich komm schon klar.«

»Aber du hast doch bestimmt auch genug anderes zu tun, oder nicht? Schule, Prüfungen und so? Du solltest dir echt überlegen, ob du nicht noch jemanden einstellst.«

Sie streckt die Hand aus, als sie das sagt. Und dann wird mir bewusst, dass sie mich *berührt*. Zumindest für eine halbe Sekunde, vielleicht sogar eine ganze, liegen *Rosas* Finger auf *meinem* Handgelenk.

Ich schlucke trocken. »Du suchst nicht zufällig einen Job?«

Sie schüttelt lächelnd den Kopf. »Ich fürchte, ich hab mit der Büchereisache und der Schule und dem Tanzen da drüben genug um die Ohren.« Sie wedelt mit dem Flyerstapel. »Danke noch mal. Ich leg ein paar aus, bevor ich rausgehe.«

8. Eine Fahrt mit Mister Lässig

Ich hab mich von der Begegnung mit Rosa immer noch nicht ganz erholt, als Charlie drei Stunden später mit einem der Autos von seinem Vater aufkreuzt. Es ist der Mercedes, Baujahr 1975, mit neu gemachten cremefarbenen Ledersitzen. Wegen der aufregenden Sache mit Rosa habe ich meine Bedenken im Hinblick auf seinen verrückten Plan irgendwie ganz vergessen.

Als ich die Beifahrertür öffne, fällt mir auf, dass Charlie einen eleganten Anzug trägt. »Na, na, also wenn das nicht Mister Lässig ist«, sage ich bewundernd. »Hey, ich muss dir was erzählen!«

»Mein Gott, Del!«, schreit Charlie und starrt mich an, als ich neben ihm einsteige. »Ich hab mir so viel Mühe gemacht mit meinem Outfit, und du siehst aus, als hättest du eine Woche auf der Müllkippe geschlafen.«

Blöderweise hat er recht. Ich habe immer noch meine Café-Kluft an – die *Flywheel*-Schürze über einer schwarzen Hose und einem schwarzen Kragenhemd, alles mit diversen Flecken gesprenkelt –, und meine Haare hocken als chaotisch gebundener Dutt hinten auf meinem Nacken. Gut möglich, dass ich auch ein bisschen stinke. Aber ich bin immer noch zu überdreht wegen Rosa, um mir viel draus zu machen.

»Rosa hat meine Hand berührt«, platze ich heraus, bevor Charlie noch was sagen kann.

»Hey, das ist ja toll!« Seine Stimme wechselt sofort auf begeistert. Ich wusste es.

»Wir haben uns heute richtig unterhalten und so.«

»Worüber?«

»Ach so Verschiedenes, über die Rettung der Bücherei und so. Dass jeder Zugang zu Bildung haben sollte, nicht nur die Reichen«, sage ich in wichtigem Tonfall.

»Klingt, als würde sie dich wirklich mögen«, sagt Charlie liebevoll.

Ich drehe mich zum Fenster, damit er mein unfassbar breites Grinsen nicht sieht.

»Also gut«, sagt er, als wir schließlich auf der Anzac Bridge sind, und reicht mir ein Blatt Papier. »Das ist die Liste.«

»Die Liste?« Ich schaue mir den Zettel an. Darauf stehen, in Charlies wirrer Handschrift, dreizehn Adressen. »Was ist das?«

Charlie schaut mich schuldbewusst an.

»Jetzt sag nicht, du weißt gar nicht, wo sie wohnt.«

»Klar weiß ich das«, widerspricht er. »Sie wohnt in Rose Bay. Ich weiß nur die genaue Straße nicht. Und die Hausnummer. Aber ich hab alle, die Jones heißen, rausgesucht, also eine von den Adressen muss die richtige sein.«

Rose Bay ist ein Wohngebiet direkt am Wasser, mit Ausblick auf die Stadt, privaten Anlegern, riesigen Häusern, Alarmanlagen und einem Haufen Wachhunden.

»Willst du jetzt von Haus zu Haus gehen und klopfen? In Rose Bay?«, frage ich fassungslos.

»Sieh es als Abenteuer, Del! Das wird ein Spaß!«

»Jetzt kapier ich auch, warum du mich unbedingt mitschleifen wolltest. Damit du im Gefängnis jemanden zum Quatschen hast.«

»Jetzt komm, sei nicht so.«

»Hättest du dich nicht wenigstens in jemanden mit einem weniger häufigen Nachnamen verknallen können?«

»Das Herz geht seine eigenen Wege, Del. So ist das nun mal.«

Wir fahren eine Weile schweigend weiter, Charlie hält den Blick starr auf die Straße gerichtet, und ich schäume vor mich hin. Ist nicht das erste Mal, dass ich so was mitmache. Wenn Charlie sich mal was in den Kopf gesetzt hat, ist er nicht mehr zu aufzuhalten, egal, wie hirnrissig die Sache ist.

»Da ist es«, sagt er plötzlich. »Beaumont Street.« Er biegt rechts ab. »Kannst du mal nachgucken, welche Nummer wir suchen?«

Beaumont Street ist eine kurvige, dunkle Straße. Alle Häuser liegen hinter hohen Hecken oder Sandsteinmauern verborgen, nur eins fällt komplett aus dem Rahmen. Seine Verandaleuchten zerschneiden die Dunkelheit, zwei Reihen Teelichter, die in kleinen Papierlaternen glimmen, säumen links und rechts die Auffahrt.

»Das ist Nummer fünfzehn«, murmele ich, als wir langsam vorbeifahren. »Die Adresse auf deiner Liste.«

Charlie grinst. »Die müssen gewusst haben, dass wir kommen.«

Wir stellen das Auto neben zwei teuren Karossen ab, steigen aus und schreiten über einen perfekt getrimmten Rasenstreifen und die lange, kiesbedeckte Auffahrt hoch. Unsere Schritte hallen von den Sandsteinmauern zu beiden Seiten wider.

Gerade als wir vor den Verandastufen ankommen, schwingt die Eingangstür plötzlich auf.

»Oh, Gott sei Dank!«

Die Frau, die auf der Türschwelle steht, trägt ein Samtkleid, dessen Saum sich wie winzige Sanddünen zu ihren Füßen wellt. Und sie scheint außer sich vor Freude, uns zu sehen. Strahlend klatscht sie in die Hände, als hätten wir gerade einen lebensgefährlichen Hochseilakt vorgeführt und wären heil wieder auf dem Boden gelandet. »Eine halbe Stunde zu spät, aber das macht nichts, jetzt seid ihr ja da. Ich wäre fast in … nun, sagen wir mal, ›Panik‹ ist ein zu schwaches Wort dafür …«, sagt sie. »Miles hat mich gezwungen, in eine Papiertüte zu atmen. Fast hätte ich mich in der Waschküche ins Becken erbrochen.« Sie lacht schrill. »Aber das ist jetzt vorbei! Geschichte! Schnee von gestern! Hach, du bist ja Zucker!«, wendet sie sich an Charlie in seinem feinen Anzug und streichelt ihm mit einer parfümierten Hand übers Kinn. »Wow, wow. Davon hat Anita nie was gesagt.«

Charlie wirkt verspannt, das Gesicht zu einem beinahe

fratzenhaften Lächeln verzogen. Genau wie ich scheint er keine Ahnung zu haben, wovon die Frau da faselt.

»So.« Auf einmal ist sie ganz geschäftsmäßig und packt Charlie beim Handgelenk. »Die Gans. Ist sie fertig? Und die Feigentörtchen mit Pancetta? Die Gäste kommen in einer halben Stunde. Braucht ihr Hilfe beim Ausladen?«

Charlie schaut mich an. Ich schaue Charlie an. Dann schaut er die Frau an, und sie schießt dafür mir einen Blick zu. Auf einmal wird mir klar, was hier los ist. Wegen Charlies Pinguin-Outfit und meiner schwarzen Klamotten geht sie wohl davon aus, dass wir die Leute vom Catering sind, die sie für eine Party engagiert hat. Wenn ich jetzt das Falsche sage und sie rausfindet, dass wir überhaupt keine Caterer sind, fürchte ich, sie könnte in ihrer labilen Verfassung zu so ziemlich allem fähig sein. »Nein, nein«, sage ich hastig. »Wir kommen bestens allein zurecht, vielen Dank.«

»Hervorragend.« Die Frau lächelt beruhigt und dreht sich um.

Ich will schon erleichtert aufseufzen, dass wir der Katastrophe gerade noch entkommen sind, da räuspert sich Charlie auf einmal. »Ist … äh … ist Sarah heute Abend auch da?«, fragt er.

Die Frau beäugt ihn verständnislos. »Welche Sarah? Anita hat nie eine Sarah erwähnt.« Sie runzelt die Stirn. »Oder meinst du vielleicht *Sara*? Jacob Levines dritte Gattin? Aber Anita kennt Sara gar nicht, also glaube ich nicht … Oder vielleicht *Sasha*? Anitas Patentochter …« Plötzlich weicht ihr die Farbe aus dem Gesicht. »O Gott. Ich hab Sasha nicht eingeladen. Die habe ich vollkommen vergessen! Ich war davon ausgegangen, sie sei immer noch in Prag, aber … du hast recht. Wahrscheinlich ist sie längst wieder im Lande!«

Sie fängt so plötzlich an zu schwitzen, dass ich die winzigen Tröpfchen auf ihrer Oberlippe sehen kann. »O Gott o Gott o Gott …«, keucht sie und greift sich an die Kehle. »Anita wird mich umbringen! Ich bin so gut wie tot. O Jesus …«

»Nein, Sasha ist tatsächlich noch in Prag«, gehe ich blitzschnell dazwischen. »Sie hat mir erst letzte Woche eine Nachricht geschickt.« Ich schlage Charlie auf den Arm und schaue ihn an, als wäre er ein Dummkopf. Unter den gegebenen Umständen erfordert das auch null schauspielerische Fähigkeiten.

Endlich scheint Charlie die Sache gecheckt zu haben und klatscht sich eine Hand gegen die Stirn. »Prag! Aber natürlich!«, stößt er mit einem übertriebenen Lachen aus. »Entschuldigung. Ich bin so dämlich.«

Die Frau mit dem Samtkleid klappt erleichtert nach vorn, die Hände auf die Knie gestemmt und atmet langsam ein und aus. »Danke. Lieber. Gott«, flüstert sie.

»Wir holen dann mal schnell die Sachen aus dem Auto.« Ich zerre Charlie von der Veranda herunter. »Wir sind gleich wieder da!«

Auf halbem Weg die Auffahrt runter rennen wir los. Ein Glück, dass unsere Schritte auf dem Kies laut genug sind, um unser Gelächter zu übertönen. Als wir die Straße erreichen, laufen mir längst Lachtränen die Wangen hinunter, und Charlie hält sich den Bauch. Prustend hechten wir in den Mercedes.

»Das war Rettung in letzter Sekunde«, sage ich, sobald wir sicher im Wagen sitzen. »Dir und deinen doofen Fragen haben wir das allerdings nicht zu verdanken.«

»Aber Sarah wohnt hier jedenfalls nicht«, keucht Charlie.

»Zum Glück.« Ich schnalle mich an, während er den Schlüssel in den Anlasser steckt. »Stell dir mal vor, das wäre wirklich Sarahs Mutter. Dann hätten wir ihr erklären müssen, warum wir auf ihrer Party als ihre verspäteten Caterer verkleidet aufkreuzen.«

»Ich hab doch gesagt, du hättest deine Schürze ausziehen sollen.«

»Hey, du bist der mit dem feinen Anzug! Gott, fast wären wir gezwungen gewesen, eine Gans zu braten!«

»Keine Sarah«, sagt Charlie noch mal, mutloser als beim ersten Mal, und fährt los.

*

Auch in der Spencer Street keine Sarah und keine Sarah in der Ian Lane. In der Wilberforce Avenue wohnt eine Janet, die unglaublich schöne Beine und einen herausragenden Studienabschluss in Ägyptologie hat, aber zu meinem Verdruss ist Charlie weder mit dem einen noch mit dem anderen zufriedenzustellen. Wie Dennis aus der Dover Road aussieht, scheint ihm auch nicht zu gefallen, obwohl der uns leckeres Gebäck und eine Tasse Kaffee anbietet, wenn wir dableiben und mit ihm Fußball gucken.

Und deswegen landen wir knapp zwei Stunden später in der Faraday Avenue. Und diese Adresse soll sich für alle Zeiten in mein Gedächtnis einbrennen.

An dieser Stelle muss gesagt werden, dass Charlie kein gewalttätiger Mensch ist, und auch niemals war. Ich würde sogar sagen, er ist Pazifist. Das weiß ich, weil Charlie und ich uns in einem Karatekurs beziehungsweise beim Schwänzen desselben kennengelernt haben. Das war vor einem Jahr. Dad hatte mich dort angemeldet, damit ich die Wut über Junes Abhauen »loswerden« kann, und zwar auf eine gesunde, friedliche Art und Weise, wie er sich ausdrückte.

Charlie war ebenfalls gegen seinen Willen in dem Kurs gelandet. Sein Vater hatte darauf bestanden, dass er hingeht, weil er keinen der Sportkurse machen wollte, die seine Schule anbot. Charlies Vater folgt dem Glaubenssatz, dass nur ein gesunder Körper zu einem gesunden Geist führt. Er denkt daher, wenn Charlie regelmäßig trainiert, wird das auf lange Sicht dazu beitragen, dass Charlie im Leben besser klarkommt.

Charlie sieht das allerdings ganz anders, wie sich herausstellte. Schon zehn Minuten nach Beginn der ersten Karatestunde liefen wir uns in dem Park hinter dem Gemeindehaus, in dem der Kurs stattfand, über den Weg. Charlie saß auf einer Bank, die Ellbogen auf die Knie gestemmt, und machte sich gerade einen sehr dicken Joint an. Wie ich später erfuhr, war es genau diese Gewohnheit, die ihn schon zweimal aus der Schule herauskatapultiert hat.

Charlie sah hoch, als ich näher kam. Sein Daumen lag auf dem Rädchen des Feuerzeugs. »Willst du auch?«, fragte er.

»Nein, danke«, sagte ich und fügte in Gedanken hinzu: *Ich möchte meine Gehirnzellen lieber behalten.*

Charlie reckte mir mit funkelnden Augen sein Kinn entgegen und bleckte seine grellweißen Zähne. »Du hast ja eine sehr entschiedene Meinung zu dem Thema.«

Da wurde mir klar, dass ich den Satz nicht nur gedacht, sondern tatsächlich laut vor mich hin gemurmelt hatte.

»Schon gut«, sagte Charlie nachdenklich. »Irgendwie finde ich das gut, was du gesagt hast. Hat meine Mum früher auch immer gesagt.«

»Und jetzt sagt sie es nicht mehr?«

»Nicht mehr allzu oft. Was für eine Tote aber nicht ungewöhnlich ist.«

»Oh.«

»Übrigens, ich heiße Charlie.« Er lächelte.

»Delilah«, sagte ich und setzte mich neben ihn.

Jetzt so aus der Nähe konnte ich sehen, wie glatt sein Gesicht war. Kein einziger Pickel weit und breit. Und das Hemd, das er anhatte, war mit seinen umgeschlagenen Ärmeln und dem frisch gestärkten Kragen eindeutig sehr hochpreisig. Die meisten Kiffer sehen ja mehr oder weniger schmuddelig aus. Charlie dagegen wirkte, als käme er direkt von einem Picknick der Sonntagsschule, und das irritierte mich.

»Du gehst auf eine Privatschule, oder?«

Charlie grinste. »Korrekt.«

»Du Glücklicher.«

»Privatschulen sind nicht so wie ihr Ruf, glaub mir.«

»War auch eher sarkastisch gemeint.«

»Oh, ach so«, sagte Charlie unbeeindruckt. »Solltest du eigentlich auch gerade im Karatekurs sein?«

»Jep.«

»Und warum sitzt du dann hier und redest mit mir?«

»Ich hab's nicht so mit Sport.«

»Dann wären wir schon zu zweit«, sagte Charlie.

Ich schaute ihn an. Sollte das ein Witz sein? Der Typ sah ziemlich durchtrainiert aus. »Ach komm schon. Du bist doch Rugbyspieler oder so was, oder?«, fragte ich skeptisch.

»Nö.« Er wedelte abfällig mit der Hand durch die Luft. »Ich hasse Rugby.«

Ich musterte ihn weiter. »Dann Fußballer. Du spielst bestimmt in der Regionalliga oder so.«

»Fußball? Hör bloß auf. Fußball ist doch was für Homos.«

»Ach tatsächlich? Warum hat mir das bisher keiner gesagt?« Ich schüttelte mit übertriebenem Ernst den Kopf. »Mann, ich könnte jetzt in Seidenshorts hinter einem Ball herrennen, statt hier rumzusitzen und mich mit dir zu unterhalten.«

Charlie starrte mich an. Ich wartete darauf, dass bei ihm der Groschen fiel. »Du meinst, du bist ...? Sorry!«

Ich zuckte mit den Schultern.

»Hey, ist doch cool, dass du auf Mädels abfährst«, sagte er dann grinsend. »Ich steh ja auch auf Mädels, also kann ich dich supergut verstehen.«

»Aha.«

»Aber trotzdem schade, irgendwie. Ich hatte gehofft, du würdest vielleicht ein bisschen mit mir … na ja, du weißt schon.«

Ich zog eine Augenbraue hoch.

»Was?«, sagte er mit einem flüchtigen Achselzucken. »Du bist süß.«

»Für ein Mädchen mit unnatürlich kurzen Beinen, meinst du«, sagte ich und lief vor Wut rot an.

Charlie schaute mir auf die Beine. »Wieso, mit denen ist doch alles gut. Nur die Schuhe gehen gar nicht. Die solltest du dringend in die Tonne kloppen.«

»Pff, na danke. Ach ja, was ist eigentlich *deine* Ausrede, Karate zu schwänzen?«, versuchte ich das Thema zu wechseln. »Außer, dass du Sport nicht leiden kannst?«

Charlie schnippte sich die Haarmatte über die Schulter. Was sein Zeichen dafür ist, dass er gleich zu einem seiner großen Vorträge ansetzt, nur dass ich das damals natürlich noch nicht wusste.

»Ja, das stimmt wirklich«, sagte er und wirkte auf einmal todernst. »Aber der wichtigste Grund ist: Ich lehne Gewalt aus ideologischen Gründen kategorisch ab.«

»Ach ja?«, hakte ich ungläubig nach.

Charlie nickte. »Überrascht mich nicht, dass du mir nicht glaubst. Die meisten Leute glauben mir nicht, am allerwenigsten die, die wissen, dass ich fünf Jahre lang Kickboxen gemacht hab. Aber genau das hat mich zu der Erkenntnis gebracht«, sagte er und sah mich eindringlich an. »Fünf Jahre lang hab ich zweimal die Woche auf einen Sandsack eingedroschen, als Vorbereitung auf … was? Um mal auf einen Menschen einzudreschen?« Er schüttelte angewidert den Kopf. »Denk doch mal an die ganzen Morde, den Terrorismus, die Kriege der letzten Jahrhunderte. Immer kämpfen wir gegeneinander, und wohin hat es uns gebracht?« Er schaute sich im Park um. »Die Leute reden ständig von einem Krieg, der alle anderen Kriege beenden soll. Aber weißt du, was? Das wird nie passieren. Das hat der Erste Weltkrieg schon nicht geschafft. Kaum war er zu Ende, hatten wir schon Weltkrieg Nummer Zwei. Wusstest du, dass es in diesem Augenblick fast ein Dutzend politische Konflikte auf der Welt gibt, von denen jeder mehrere tausend Opfer pro Jahr fordert? Wie viele Somalis, Pakistanis, Mexikaner, Afghanen, Sudanesen und Iraker müssen denn noch sterben, bevor wir endlich lernen, friedlich miteinander auszukommen?«

Verdattert hörte ich ihm zu. Ich hätte ihn nicht für einen Menschen gehalten, der sich über solche Sachen Gedanken macht. »Gewalt erzeugt nur Gegengewalt«, fuhr er fort. »Also wozu soll man Karate oder Kickboxen oder sonst irgendwelche Kampfsportarten lernen, die gerade angesagt sind? Menschen beizubringen, *Kindern* beizubringen, wie sie gegeneinander kämpfen, senkt nur die Hemmschwelle – und hat noch nie auch nur ein einziges Problem gelöst.«

Und seither weiß ich, dass Charlie kein gewalttätiger Mensch ist. Aber die Tatsache, dass Charlie in keiner Weise zu Gewalt neigt, macht das, was in der Faraday Avenue passiert, nur noch schwerer zu begreifen.

*

Wir fahren zur vorletzten Adresse auf der Liste, und inzwischen sieht es so aus, als hätte selbst Charlie die Hoffnung aufgegeben. Diese Rose-Bay-Abklapper-Aktion fühlt sich langsam ziemlich sinnlos an. Aber sobald wir in die Little Booth Road einbiegen, wird Charlies Laune schlagartig wieder besser.

»Das ist ihr Auto, Del!«, ruft er aufgeregt und zeigt auf einen roten Corolla. »Direkt vor Nummer 34!«

Wir stellen den Wagen ab und steigen aus. Charlie stürmt zum Corolla und schielt durch die Scheibe ins Innere. Dann winkt er mich zu sich heran.

»Da, das ist ihre Tasche auf dem Rücksitz!«

Ich schaue rein. Es ist so ein Vintage-Lederbeutel, wie ihn derzeit halb Sydney trägt. »Bist du sicher?«

»Absolut. Die Tasche hat vorne so einen Kratzer, siehst du? Den hat sie sich geholt, als sie bei uns vor dem Haus einen Magnolienbusch gestreift hat.«

»Du erkennst einen *Kratzer*?«

»Ja logisch.« Er macht die Gartentür auf.

Es ist halb elf, also viel zu spät für unangemeldete Besuche. Aber jetzt, wo er sicher ist, Sarah endlich gefunden zu haben, bringen keine zehn Pferde Charlie mehr von seinem Vorhaben ab. Wir drücken auf die Klingel, und während wir warten, klopft Charlie ungeduldig gegen den Türrahmen.

Der Mann, der die Tür aufmacht, ist gut über fünfzig: graue Haare, ein sorgfältig getrimmter Bart und erste Falten um die Augen. Er trägt einen Navy-Pullover über einem Business-Hemd und dazu eine Nadelstreifenhose. In einer Hand hält er eine Schüssel mit etwas, was nach Curry riecht, in der anderen eine silberne Gabel. An seinem Handgelenk blitzt eine Rolex auf.

Wenn wir nicht schon an der Schüssel und der Gabel hätten erkennen können, dass wir ihn beim Essen stören, dann wäre es uns spätestens angesichts seiner Miene klar geworden. Der Typ ist stinksauer darüber, dass er an einem Dienstagabend um halb elf aufgescheucht wird.

»Wir wollten Sarah besuchen«, plappert Charlie ohne Umschweife los.

Der Rolex-Mann mustert ihn von oben bis unten. »Und was wollt ihr von ihr?«

Charlie reißt hoffnungsvoll die Augen auf. »Ich bin … also wir beide sind … Freunde von ihr. Wir müssen dringend mit ihr sprechen.«

Der Rolex-Mann versenkt langsam die Gabel in der Schüssel. »Und worüber?«, fragt er misstrauisch und schaufelt sich Essen in den Mund.

Charlie wippt vor lauter Aufregung auf den Sohlen vor und zurück. »Könnten Sie uns bitte einfach zu ihr lassen?«

Der Rolex-Mann kaut langsam und bedächtig und schaut Charlie dabei die ganze Zeit argwöhnisch an. Charlies Verzweiflung wächst mit jeder Sekunde. Er hat diesen hungrigen Blick, den er sonst nur draufhat, wenn er vor dem *Catarina's* in der Schlange steht, um sich einen Chicken Burger zu holen, und diese Burger liebt er über alles. Er kann es kaum erwarten, sich an diesem Typen vorbeizuschieben und das Haus zu betreten.

Der Rolex-Mann schluckt sein Curry runter. Dann spießt er einen weiteren Bissen auf, schiebt ihn sich in den Mund und kaut.

»Bitte?«, wagt Charlie sich noch mal vor.

Der Mann beäugt Charlie weiter. »Ihr klopft nachts um halb elf ohne eine Entschuldigung an meine Tür und wollt mit jemandem sprechen, ohne mir wenigstens einen Grund dafür zu liefern«, sagt er dann. »Weiß deine Mutter eigentlich, wo du dich um diese Uhrzeit rumtreibst?«

Aus Charlies Mund dringt ein merkwürdig animalischer Laut – und dann stürzt er sich auf den Rolex-Mann. Der versucht hastig, die Tür zuzumachen, aber Charlie krallt sich mit einer Hand am Rahmen fest und schiebt einen Fuß in den Türspalt.

Alarmiert schaue ich zu. Ich weiß, dass es ein langer Abend war, und Charlie sich total in seine Leidenschaft reingesteigert hat, und jetzt hat dieser Fremde auch noch den

Fehler gemacht, seine tote Mutter zu erwähnen, aber diese Fuß-in-der-Tür-Nummer geht nun doch zu weit. »Komm, wir gehen«, sage ich entschieden und packe ihn am Arm.

Der Rolex-Mann stiert auf Charlies Fuß runter. »Hast ja ganz schön große Quadratlatschen, Junge«, schnaubt er und macht die Tür ein bisschen weiter auf, damit Charlie seinen Fuß rausziehen kann. Aber Charlie entscheidet sich stattdessen, weiter vorzupreschen und sich mit ganzem Gewicht gegen die Tür zu stemmen.

Großer Fehler. Der Rolex-Mann versucht nämlich wieder, die Tür zu schließen, die Tür knallt heftig gegen Charlies Ellbogen, und Charlie stößt einen lauten Schmerzensschrei aus. Instinktiv drückt er die Tür wieder auf und schlägt sie dem Mann vors Gesicht. Irgendwas geht scheppernd zu Bruch. Porzellanscherben und Curryklumpen regnen auf den Teppich im Eingangsbereich des Hauses herab.

Ich schnappe entsetzt nach Luft.

Der Rolex-Mann steht hinter der Tür, das Hemd voller Curryflecken und das Gesicht knallrot vor Wut. Mit beiden Händen stößt er Charlie vor die Brust.

Charlie greift hinter sich nach dem Türrahmen, um nicht umzufallen. Der Rolex-Mann schubst ihn ein zweites Mal und befördert ihn damit rückwärts die Stufen runter, so dass er in mich reinkracht. Ich versuche nach Charlies fuchtelnden Armen zu greifen. Vergeblich. Charlie stürzt nach vorn, holt mit der geballten rechten Faust aus und schlägt den Rolex-Mann nieder.

9. Der Anblick von Blut

Ein schmerzvolles Ächzen entweicht dem Rolex-Mann, als er zu Boden kracht. Aus seiner Nase und der Lippe quillt Blut.

Aber Charlie ist so blind vor Zorn, dass er das nicht sieht. Er schaut an der Gestalt, die ausgestreckt daliegt und sich mit beiden Händen ins Gesicht fasst, vorbei, in den Eingangsbereich. Voller Panik, dass er jetzt das Haus stürmen will, packe ich ihn wieder beim Arm und zerre ihn mit aller Kraft von der Veranda runter.

»Sarah!«, kreischt Charlie, während ich ihn über die Auffahrt schleife. »Saa-raah!«

»Halt die Klappe, du Idiot!«, schreie ich und zerre ihn zur Straße. »Wir müssen weg hier. Und zwar sofort!«

Aber Charlie wehrt sich und will wieder zum Haus zurück. Er ist sehr viel kräftiger als ich, und ich weiß, wenn er es drauf anlegt, kann ich ihn nicht aufhalten. Also ramme ich ihm mit voller Wucht ein Knie zwischen die Beine.

Sofort knickt Charlie mit schmerzverzerrtem Gesicht nach vorne ein, so dass ich ihn Richtung Auto schubsen kann.

Wir sind fast dort, da höre ich plötzlich über das Knirschen unserer Schritte auf dem Kies hinweg lautes Stöhnen. Ich blicke über die Schulter. Der Rolex-Mann rappelt sich gerade auf.

»Steig ein«, belle ich Charlie an, schnappe ihm die Wagenschlüssel weg und schließe die Türen auf.

Ich hechte hinters Steuer, Charlie lässt sich auf den Beifahrersitz fallen. Ich darf ohne Fahranfänger-Schilder noch gar nicht fahren, aber unter den gegebenen Umständen muss es auch so gehen.

»Sarah«, stöhnt er weinerlich.

Ich starte den Motor und schwenke auf die Straße.

Sobald das Auto in Bewegung ist, rauscht eine Welle der Erleichterung durch mich hindurch. Alles wird gut. Wir können das morgen früh klären, wenn alle sich wieder beruhigt haben.

Ich schaue in den Rückspiegel. Der Rolex-Mann rennt uns auf der Straße hinterher. Mit einer Hand hält er sich das verletzte Gesicht, mit der anderen fuchtelt er fuchsteufelswild durch die Luft. Er tobt und brüllt, und obwohl seine Stimme gedämpft klingt, sind die Worte klar und deutlich zu verstehen.

»Glaub bloß nicht, dass du ohne Anzeige davonkommst, du kleiner Scheißkerl!«

*

Ich kann Blut echt nicht sehen. Schon ein Tropfen verursacht bei mir Übelkeit und wackelige Knie. Insofern ist es gut, dass ich schon liege, als ich am nächsten Morgen die Augen aufschlage.

Das Erste, was ich sehe, sind die roten Tropfen auf meinem frisch gewaschenen Kissenbezug. Das Zweite das getrocknete Blut auf den Knöcheln der Hand, die reglos neben mir auf der Matratze liegt.

Charlies Hand.

In meinem kleinen Zimmer über dem Café, wo das vertraute Chaos herrscht und die Sonne durch die Fensterläden sickert, ist dies ein besonders verstörender Anblick. Gleichermaßen fasziniert wie angewidert starre ich Charlies Hand an.

Ich schlucke. Ich habe noch nie Blut auf den Fingerknöcheln gehabt. Aber ich habe auch noch nie jemanden geschlagen, jedenfalls nicht so, wie Charlie es gestern Abend gemacht hat.

Leise, um ihn nicht zu wecken, stehe ich auf und gehe zum Fenster. Was nicht so einfach ist, wie es sich anhört. Denn zwischen mir und dem Fenster liegen diverse Hindernisse: die Bettdecke, die Charlie in der Nacht runtergekickt hat, eine alte Bananenkiste voller Schuhe, die ich nicht mehr anziehe, darüber ein Haufen schmutziger Klamotten, die ich ständig anziehe, aber aus Zeitmangel noch nicht gewaschen habe, ein aufgerolltes Rushmore-Poster, das von der Wand abgefallen ist, ein Bambushut, den Dad mir letzten Monat aus Vietnam geschickt hat (»Perfekt für einen Tag in den Reisfeldern!«, hatte auf der dazugehörigen Karte gestanden, als könnte ich auf dem Weg zum Zeitungsladen jederzeit über ein Reisfeld stolpern), ein Stapel Schulhefte und drei halbvolle Schüsseln mit Müsli.

Ich ziehe den Vorhang beiseite. Draußen fließt ein steter Autostrom vorbei. Klackernd öffnen sich die Sicherheitsgitter der Geschäfte. Ein Stück weiter die Straße runter stürmen Kinder die Grundschule.

Ich schaue wieder zu Charlie. Eigentlich hatte ich vor, heute wieder in die Schule zu gehen, aber wie soll ich das machen? Egal, wie sauer Lauren auf mich ist – ich kann Charlie in dem Zustand unmöglich allein lassen.

Ich überlege, was ich alles verpasse, wenn ich schon wieder schwänze. In Englisch geht es um australische Balladen – gääähn. In Erdkunde steht das Thema Landwirtschaft in Kambodscha an. Wahrscheinlich wird Mrs Cronenberg die ganze Zeit über den Monsun und Zwangsarbeitercamps zu Zeiten von Pol Pot schwadronieren, also alles Sachen, die ich längst weiß.

Seltsam, bis vor kurzem hat mir Erdkunde noch Spaß gemacht. Ich war tatsächlich einer der Streber, die Bücher über Themen lesen, die noch gar nicht auf dem Lehrplan standen. Ich hatte sogar mal eine Phase, wo ich jeden um mich herum wild mit Informationen über fremde Länder gelangweilt habe, zum Beispiel dass in Japan rechteckige Wassermelonen gezüchtet werden, damit sie besser in den Kühlschrank passen. Georgina hat so laut gelacht, als ich ihr das erzählt habe, dass sie sich an ihrem Kokosnusswasser verschluckte.

Das ist auch noch so eine seltsame Sache: dass ich Georgina noch vor wenigen Wochen zum Lachen bringen konnte – statt dazu, sofort vor mir wegzulaufen. Dass ihre Augen in den ersten Wochen, nachdem Mr Hammer uns in Englisch zu Projektpartnern gemacht hatte, aufleuchteten, wenn ich den Raum betrat.

»Vergiss die Frau«, hatte Misch mir vor den Ferien noch geraten. »Vergiss ihren Namen. Von jetzt an nennst du sie nur noch die Böse Hexe.« Und sie hatte mich gezwungen, dreimal hintereinander »Böse Hexe« zu sagen.

Schwer bemüht, Mischs Rat zu befolgen, wende ich mich wieder dem Fenster zu. Denn in einer Seitenstraße um die Ecke lauert die Mahnung daran, dass es ein sehr viel dringlicheres Problem gibt, um das ich mich kümmern muss. Der Mercedes von Charlies Dad ist nur unzureichend mit einer zerfetzten blauen Plane abgedeckt, die Charlie letzte Nacht in einer Mülltonne gefunden hatte – nicht gerade die optimale Tarnung.

Ich gehe wieder zum Bett zurück. »Charlie«, flüstere ich und rüttle ihn an der Schulter. »Charlie, wach auf.«

Mit einem Ruck setzt er sich auf. Seine Haare sind zerzaust, die Hose zerknittert, und das T-Shirt, das ich ihm zum Schlafen ausgeliehen habe und das ihm ungefähr drei Nummern zu klein ist, klebt ihm verdreht unter den Achseln. »Was ist los?«, ruft er und schaut sich hektisch im Zimmer um.

»Ganz ruhig, nichts ist passiert«, sage ich. »Aber es ist schon Morgen.«

Ich sehe, wie sein Gesichtsausdruck von Schrecken zu Erleichterung zu Entsetzen wechselt, als ihm wieder einfällt, was vor ein paar Stunden passiert ist. Er nimmt seinen Kopf zwischen beide Hände und stöhnt wie ein wundes Tier. Als er den Kopf wieder hebt, fallen ihm seine blutverkrusteten Hände auf, und er wird auf der Stelle totenbleich. Dann schwingt er die Beine über die Matratzenkante und stürmt ins Badezimmer.

Nur Sekunden später höre ich, wie er lautstark in die Kloschüssel kotzt.

Als er zurückkommt, ist er immer noch ziemlich blass und zitterig. Er setzt sich neben mich aufs Bett, und ich stupse ihn mitfühlend an.

Er schüttelt den Kopf. »Scheiße, Del. Ich hab's vermasselt, was?«

Ich überlege, wie ich jetzt am besten antworten soll. Das Letzte, was Charlie in seinem labilen Zustand gebrauchen kann, ist die Wahrheit: dass die Sache letzte Nacht schlimmer ist als seine beiden Schulverweise zusammengenommen; dass sein Vater, wenn er davon erfährt, ihn vermutlich in eine Besserungsanstalt stecken wird; und dass seine geliebte Sarah Jones, wenn sie davon erfährt – wenn sie es nicht schon längst weiß –, ihn bis in alle Ewigkeit hassen wird.

Lüg ihn an, sage ich mir. *Erzähl ihm, dass alles wieder gut wird.*

»Du bist so ein Vollidiot, Charlie!«, platze ich heraus. »Was zum Teufel hast du dir nur dabei gedacht, so auf einen Fremden loszugehen? Hast du eine Ahnung, was das bedeutet? Das war Körperverletzung, und die ist strafbar. Selbst wenn du ihm *nicht* die Nase gebrochen haben solltest. Ich dachte, du wärst Pazifist! Oder ist dir das ganze Anti-Gewalt-Gequatsche nur im Liebesdelirium rausgerutscht?«

»Sarah und ich haben tatsächlich einige Gespräche darüber geführt, dass man anhand der Geschichte die Sinnlosigkeit mit Gewalt abgehandelter Konflikte erkennen kann«, gibt Charlie zu.

»Himmel! Was ist denn bloß in dich gefahren?«

»Er hat angefangen!«, zischt Charlie zwischen zusammengepressten Zähnen. »Du hast doch gesehen, wie er mich geschubst hat.«

»Aber erst, nachdem du ihm seine eigene Haustür ins Gesicht geknallt hattest.«

Charlies Gesichtsausdruck verfinstert sich. »Sarah hasst mich jetzt bestimmt, oder?«

»Wenn das wirklich ihr Vater war, dann wahrscheinlich schon. Und der wird wohl nicht schlecht Lust haben, dich umzubringen. Du musst da noch mal hin und dich entschuldigen. Und zwar noch heute.«

»O nein, das kann ich nicht«, murmelt Charlie und sieht sich abwesend im Zimmer um. »Der lässt mich bestimmt verhaften. Du hast doch gehört, was er mir gestern angedroht hat.«

»Hör zu, Charlie«, sage ich mit ruhiger Stimme. »Er findet dich doch sowieso. Er kennt dein Auto. Und wenn Sarah zu

Hause war, dann weiß sie auch, dass du es warst. Meinst du nicht, es wäre besser, wenn du dich stellst, statt drauf zu warten, dass die Polizei dich holen kommt?«

»Nicht, wenn ich dafür sorge, dass sie mich nicht finden«, sagt er.

»Und was willst du machen? Das Land verlassen?«

»Nein, das geht auch einfacher«, sagt Charlie, und seine Augen blitzen auf.

Das macht mich sofort nervös. »Wenn du mir jetzt wieder mit einem deiner genialen Pläne kommst …«

»Ach was, genial … Der Plan ist total simpel. Ich muss nur eine Weile hierbleiben. Das *Flywheel* wird zu meinem Geheimversteck.«

Ich verdrehe die Augen. Anscheinend hat Charlie zu viele Filme mit Matt Damon geguckt, und ich muss das jetzt ausbaden. »Und was ist mit der Schule? Die fängt doch nächste Woche wieder an.«

»Die kommen auch ohne mich bestens klar. Ohne dich kommen die doch auch zurecht«, gibt er vielsagend zurück.

»Und dein Vater? Meinst du nicht, dass er sich fragen wird, wo du steckst?«

»Mein Vater ist in Peking«, tut Charlie meinen Einwand ab. »Wenn er zu Hause anruft, soll Petra ausrichten, dass ich gerade beim Joggen bin oder auf einer Studienreise oder sonst irgendwo.«

Petra ist die Haushälterin der McFarlanes, schon seit Charlie ein Baby war, und sie liebt ihn wie ihren eigenen

Sohn. Außerdem missfällt ihr die distanzierte Art, wie sein Vater ihn aus der Ferne großzieht. Das wäre nicht das erste Mal, dass sie Charlie bei seinen irren Eskapaden den Arsch retten würde.

»Aber was ist mit dem Auto?«, bohre ich weiter. »Wenn Sarahs Vater das Nummernschild gesehen hat, klopft die Polizei spätestens heute Mittag an deine Tür.«

»Komm schon, Del, ich brauch doch nur ein bisschen Zeit, okay? Damit ich rausfinde, wie ich weiter vorgehe. Es ist am besten, wenn ich erst mal hierbleibe. Ich könnte im Zimmer von deinem Dad schlafen.«

»Theoretisch ja. Praktisch gibt es dort keine Schlafmöglichkeit. Ich hab Mandy seine Matratze ausgeliehen«, sage ich triumphierend.

»Warum das denn?«

»Weil sie mit ihrem Freund Schluss gemacht hat. Er ist ausgezogen, während sie tagsüber bei der Arbeit war, und hat die komplette Einrichtung mitgenommen, einschließlich Bett.«

»Tja, dann werde ich wohl bei dir schlafen müssen«, sagt Charlie, nicht im mindesten beeindruckt.

10. Versteckspiele

»Das ist jetzt schon drei Tage her, und wir haben immer noch nichts davon gehört«, sage ich mit meiner vernünftigsten Stimme. »Da kommt bestimmt nichts mehr nach, du bist aus dem Schneider.«

»Drei Tage sind doch gar nichts«, sagt Charlie verächtlich.

Es ist Freitag, wir sitzen oben in der Küche beim Frühstück, und meine guten Argumente, warum Charlie sich nicht mehr im *Flywheel* zu verstecken braucht, verhallen weiterhin ungehört. Ich kann es selbst kaum glauben, dass die Sache erst drei Tage her ist. Für Charlie mag die Zeit wie im Fluge vergangen sein, aber für mich war es die Hölle.

Ich habe in den letzten drei Tagen sehr viel gelernt: dass mein bester Freund sich nachts nicht nur unentwegt wälzt und windet, sondern zudem ohrenbetäubend schnarcht, dass er Zahnpasta auf den Spiegel spuckt und dass seine Schuhe stinken. Und um das Ganze noch schlimmer zu machen, hat Charlie aus paranoider Angst vor den Bullen noch kein einziges Mal die Wohnung verlassen. Er setzt sich nicht mal oben an die Treppe, geschweige denn, dass er mal den Kopf aus dem Fenster strecken würde, um frische Luft zu schnappen.

Natürlich ist es daher an mir hängengeblieben, ihn mit allem Nötigen zu versorgen. Immer wenn ich nach oben komme, liegt er im Bett, die Rollläden heruntergelassen, starrt an die Decke und tut so, als hätte er kein Gras in meinem Zimmer geraucht. Als könnte mir der Geruch entgehen, der längst in allen Laken hängt.

Ich schiebe meine Müslischale beiseite. »Komm schon, das muss doch mal ein Ende haben.«

»Es ist noch zu früh«, murmelt Charlie mit dem Mund voller von mir gemachtem Rührei. »Ich muss mindestens zwei Wochen warten, bevor ich es wagen kann, diese Wohnung zu verlassen.«

»*Zwei Wochen?*«

Er nickt entschieden. »Die suchen mich doch, Del. Ich weiß es.«

Unter uns klopft jemand an die Seitentür. Charlie taucht sofort unter den Küchentisch ab.

»Ach, um Himmels willen, Charlie! Wer ist da?«, rufe ich nach unten.

»Lauren!«

Sie kommt jeden Tag so gegen acht Uhr vorbei. Langsam wünschte ich, sie würde mich endlich in Ruhe lassen. Ich klatsche Charlie die Hand auf den Kopf. »Das ist doch lächerlich. Steh auf. Ich bin ziemlich sicher, dass Lauren kein geheimer Spitzel ist. Jedenfalls nicht bei der Polizei.«

Ich lasse mir Zeit beim Runtergehen. Zeit genug, dass Lauren ein zweites Mal klopft. Als ich schließlich die Tür aufmache, hängt ihre Faust in der Luft, bereit zu einer dritten Runde. Wie immer sieht sie unverschämt munter aus für diese Uhrzeit.

»Ich komm nicht mit«, sage ich, bevor sie dazu kommt, ein Wort zu sagen. »Ich hatte es gehofft, aber Charlie ist immer noch da, und ich habe immer noch niemanden gefunden, der das Café leiten könnte …« Die Sätze hören sich sogar für meine Ohren total lahm an. Von den vier Tagen Schule seit Ende der Ferien hab ich dreieinhalb verpasst. Aber je länger ich schwänze, desto schwerer und sinnloser kommt es mir vor, wieder zur Schule zu gehen.

Lauren beugt sich vor und starrt mir ins Gesicht, als wollte sie etwas ganz Kleines entdecken. »Mrs C hat mir gestern den ganzen Abend deinetwegen in den Ohren gelegen. Sie sagt, sie hätte dir mehrere Nachrichten auf dem Handy hinterlassen, aber das weißt du ja sicher schon.«

»Hast *du* ihr etwa meine Nummer gegeben?«, frage ich zornig.

»Natürlich nicht! Die steht bestimmt in deiner Schulakte. Würdest du mir wirklich so was zutrauen?« Sie sieht gekränkt aus.

»Ich weiß nicht. Würdest du so was machen?«

»Nein!«

»Dann ist ja gut«, erwidere ich mürrisch.

Lauren greift nach den Gurten ihres Rucksacks. »Misch und Lucas kommen heute Nachmittag rüber, also falls du noch mitmachen willst …«

Wir haben so eine Art Englisch-Lerngruppe und treffen uns immer freitags bei Lauren. Der Termin läuft meistens so ab, dass Misch uns erstaunliche Einblicke in das Buch bietet, das wir gerade als Lektüre aufhaben, während Lauren, Lucas und ich so tun, als würden wir kapieren, was sie da sagt. Dann bestellen wir uns Pizza.

»Ich weiß nicht …«

»Und wenn wir uns drauf einigen würden, Tandoori Chicken zu bestellen?«

»Ihr könnt Tandoori-Chicken-Pizza doch alle nicht ausstehen.«

»Aus gutem Grund. Tandoori Chicken auf einer Pizza, hallo? Außerdem ist Lucas ja Vegetarier. Aber es ist deine Lieblingspizza.«

Ich kicke gegen die Regenrinne. »Ich kann nicht. Hab Charlie versprochen, heute Abend mit ihm abzuhängen.«

Lauren heftet den Blick auf den Boden. »Ich finde, du solltest mal mit Mrs C reden.«

»Danke, nehme ich zur Kenntnis.«

»Die haben richtig Ärger gekriegt, weißt du«, fährt Lauren nach einer Pause fort. »Sophie, Ella und Georgina. Und sogar Mark. Kann sein, dass die Mädels für den Rest des Halbjahrs vom Netball-Team ausgeschlossen werden.«

Mein Magen krampft sich zusammen. »Na super. Dann werden sie mich nur umso mehr hassen.«

Lauren wird ganz rot im Gesicht. Wahrscheinlich beißt sie auch die Zähne zusammen. »Wie auch immer«, sagt sie hilflos. »Ich komme zu spät, wenn ich noch länger bleibe. Also, ich gehe dann mal.« Aber sie rührt sich nicht vom Fleck.

»Okay.«

»Okay.«

»Okay …«

Sie zögert.

»Okay, also … Na dann tschüs. Oder so.«

Ich schaue ihr hinterher, als sie zur Hauptstraße runtereilt, und gehe dann mit einem unbehaglichen Gefühl wieder nach oben.

Charlie sitzt inzwischen wieder am Tisch und isst Rührei. »Wie geht's Karen?«, fragt er.

»Sie heißt *Lauren*.«

»Dein Rührei ist heute irgendwie ziemlich wässrig.«

»Fängst du jetzt an, an meinen Kochkünsten rumzukritteln?«

»Wie hast du es denn gemacht?«

»Ich glaub das einfach nicht.«

»Wie hast du das Rührei gemacht?«

»Mit Pfeffer. Und Salz. Ist das genehm, der Herr?«

Charlie lächelt mich gewinnend an und steht auf.

»Schau mal zu.« Er geht zum Kühlschrank, holt vier neue Eier raus, Butter, Sahne und ein bisschen Petersilie. Er schlägt die Eier auf, schüttet etwas Sahne dazu und verrührt die Masse mit einer Gabel. »Machst du bitte noch ein paar Scheiben Toast?«, sagt er über die Schulter.

»Bist du sicher, dass du mir nicht erst beibringen musst, wie man das Brot in Scheiben schneidet?«, grummele ich.

Ich schneide zwei Scheiben ab und stecke sie in den Toaster. Charlie lässt etwas Butter in der Pfanne zergehen und kippt dann die Eier-Sahne-Mischung rein. Noch ein Stückchen Butter, und die Petersilie, dann rührt er langsam um.

Nach ein paar Minuten ist er fertig und reicht mir eine Gabel mit Rührei. »Hier, probier mal.«

Das Rührei schmeckt himmlisch: cremig, saftig und geschmacksintensiv. »Jugendlicher Straftäter und begnadeter Koch. Na wenn du kein Allround-Talent bist.«

Charlie zuckt mit den Schultern. »Petra hat mir über die Jahre das eine oder andere beigebracht. Wobei es nicht allzu schwer ist, besser zu kochen als du.«

Statt mich auf ihn zu stürzen, wie ich es sonst tue, wenn er frech wird, verstumme ich. Er hat recht: Meine Kochkünste sind nicht gerade auf Café-Niveau. Ich habe es einfach nicht so drauf wie Dad oder Dominic, und Charlies überraschende Fähigkeiten haben mich gerade auf eine Idee gebracht.

»Wenn du meine Wohnung weiterhin als Geheimversteck nutzen willst, Charlie McFarlane«, sage ich, »dann werden wir einen Deal machen müssen.«

»Was für einen Deal?«, fragt er misstrauisch.

»Ich brauche Hilfe im Café. Das weißt du«, sage ich und schaufele mir einen großen Bissen Rührei aus der Pfanne in den Mund. »Die Aushilfen sind unzuverlässig. Wir haben jeden Tag weniger Kunden. Ich kann kaum noch die Rechnungen bezahlen. Und wie du gerade so treffend bemerkt hast, kann ich nicht kochen, geschweige denn kochen *und* saubermachen *und* Kaffee machen *und* den Papierkram erledigen, selbst wenn ich mal Aushilfen habe. Das ist mir zu viel.«

Ich sehe Panik in seinen Augen aufblitzen. »Aber was, wenn mich jemand erkennt?«

»Du bleibst die ganze Zeit in der Küche, da sieht dich keiner. Ich bediene die Kunden.«

»Und wenn du wieder zur Schule gehst?«

»Mach dir darüber jetzt noch keine Gedanken. Erst mal bist du fürs Essen zuständig und ich für den Service.«

»Und wenn jemand am Fenster vorbeigeht oder so?«

»Du könntest dir einen Schnurrbart wachsen lassen.«

Charlie starrt mich entsetzt an.

Ich lache lauthals los. »Entweder so, oder ich schmeiß dich raus, Charlie.«

Er sieht mir wohl an, dass ich es ernst meine. »Na schön«, sagt er schließlich. »Aber kein Schnurrbart.«

»Das enttäuscht mich jetzt zwar zutiefst, aber okay.«

11. Der »Kleinunternehmer des Jahres« in spe

Nachdem wir aufgegessen und alles saubergemacht haben, folgt Charlie mir widerstrebend nach unten. Meine Stammkunden – ganze zwei Stück – warten schon vor der Tür. Ich lächle Tom Vuong an, der in einer Maschinenbaufirma um die Ecke als Buchhalter arbeitet und sich immer seinen Morgenkaffee im *Flywheel* abholt. Mit Tom habe ich einen Deal – er kümmert sich um meine Bilanzen und kriegt dafür kostenlosen Kaffee. Das ist echt ein Glück, weil ich unsere Einnahmen und Ausgaben nicht wirklich im Blick habe – was für jeden, der mal versucht hat, mir Mathe beizubringen, keine Überraschung sein dürfte.

Neben Tom steht Mandy, zweifellos in Erwartung ihres üblichen Halloumi-Artischocken-Tomaten-Sandwichs, das sie in ihrer zehnminütigen Mittagspause zwischen zwei Krankengymnastik-Behandlungen runterschlingen wird. Ein paar Rucksacktouristen aus dem Hostel sind auch da. Sie lehnen mit ihren überdimensionalen Rucksäcken an der Tür und ihre Gesichter sind so schmerzverzerrt, als hätten sie, um hierherzugelangen, gerade den Pazifik durchschwommen und nicht nur einen kleinen Spaziergang den Hügel herunter gemacht.

Tom sieht wie immer perfekt angezogen aus, mit einem

rosa Hemd, einer hellgrauen Weste und einer dunklen Hose. Er lächelt mich höflich an.

Die ersten Male, als er ins Café kam, war ich noch ziemlich skeptisch ihm gegenüber. Ich würde ein Bügeleisen nicht mal erkennen, wenn es mir aus dem Himmel auf den Kopf knallen würde. Deswegen machen mich perfekt gekleidete Leute immer nervös. Ich werde das Gefühl nicht los, dass sie vielleicht gar keine echten Menschen sind, sondern Cyborgs, die entworfen wurden, um uns restlichen Pöbel wegen unserer schlampigen Aufmachung zu beschämen. Diese Theorie hat Tom anfangs durch seine kurz angebundene, ausdruckslose Sprechweise zusätzlich bestätigt. Eine typische Unterhaltung zwischen uns sieht ungefähr so aus:

Ich: Tom! Schön, Sie zu sehen. Ist das nicht ein schöner Tag heute?

Tom: Hallo, Delilah.

Ich: Und, wie läuft's so bei Engels?

Tom: Bestens, danke.

Ich: Sie sorgen schon dafür, dass die Mistkerle ehrlich bleiben, was?

Tom: (schweigt)

Ich: (verlegenes Lachen) Viele Aufträge in den Büchern zurzeit?

Tom: (schweigt)

Ich: Ich muss schon sagen, heute sehen Sie besonders schick aus. Orange steht Ihnen perfekt.

Tom: (nach kurzer Verlegenheitspause) Einen Flat White bitte. Zum Mitnehmen.

Aber mit der Zeit hab ich ihn dann besser kennengelernt und erkannt, dass er einfach nur etwas reservierter ist als andere Leute. In letzter Zeit hab ich es sogar geschafft, ihm mit meinen Späßchen das eine oder andere halbe Lächeln zu entlocken.

Mandy ist ganz anders. Sie ist total offen und freundlich und zeigt sich an der Seifenoper meines Lebens immer total interessiert. Aber seit neuestem ist sie total depri, ihr Freund hat nämlich mit ihr Schluss gemacht. Sie setzt immer eine tapfere Miene auf, aber man muss kein Genie sein, um zu erkennen, dass sie Liebeskummer hat.

Ich öffne die Ladentür. Beim Anblick der Gäste hetzt Charlie sofort in die Küche.

»Hilft Charlie jetzt bei dir aus?«, fragt Mandy, die ihn gleich erblickt hat.

»Nur eine Zeitlang.«

Zurück am Tresen, empfängt mich eine unangenehme Wolke Körperschweiß: Einer der Rucksackleute hat sich quer über die Theke gelehnt. »Ich hab da mal eine Frage, Süße«, sagt er. »Kannst du mir sagen, wie man von hier zum Bondi Beach kommt?«

»Bondi Beach?« Ich kratze mich am Kinn. »Nie gehört.«

Der Typ schnaubt. »Ha, ha, witzig.«

»An der Hauptstraße fährt ein Bus dahin ab. Nur ein

Stück den Hügel runter.« Ich zeige aus dem Fenster. »Damit fahrt ihr bis zur Haltestelle Central, und dann müsst ihr umsteigen.«

»Man muss gleich zwei Busse nehmen, um zur größten verfickten Attraktion des Landes zu kommen? Was für ein Aufwand«, stöhnt er.

»Bondi Beach ist nicht für *jeden* der Nabel der Welt«, sage ich ärgerlich.

Der Typ schaut mich erschrocken an. »Schon gut, schon gut. Ganz ruhig. Ich hab ja nur gefragt, okay?«

»Kann ich sonst noch was für dich tun?«

»Ich hätte gern einen Cappuccino«, sagt er missmutig.

Ich drehe mich zur Kaffeemaschine um.

»Mach zwei draus«, ertönt eine Stimme hinter mir.

Ich wirbele herum und muss blinzeln. Da steht Adrian Hibbert, Manager des *Crunch*, der neuesten Filiale einer Cafékette, die ihre Ableger in der Gegend wie Pilze aus dem Boden schießen lässt. Sie führen natürlich nicht nur Kaffee, sondern auch die üblichen allseits gleichen fettigen Burger, matschigen Kartoffel-Wedges und in Sour Cream ertränkten Nachos. Adrians Café ist nur ein Stück die Straße runter. Ich habe ihn vom ersten Augenblick an nicht leiden können. Nach außen hin tut er immer so nachbarschaftlich und nett, aber innerlich ist er das totale Ekelpaket, das den Konkurrenten die Butter auf dem Brot nicht gönnt.

Heute trägt er wie immer ein weißes Hemd, das er sich ordentlich in die Hose gesteckt hat, und dazu eine potthässliche Krawatte – Lila und Rosa sind offenbar heute die Farben des Tages. Die Krawatte trägt er, weil er sich selbst gern als »Kleinunternehmer des Jahres« in spe betrachtet. Er hält in der Gegend einen Haufen Workshops und andere Veranstaltungen ab und hat sogar eine Business-Kolumne in der Lokalzeitung, über der immer ein Foto seiner schmierigen Fratze in Nahaufnahme prangt.

Als er die Ellbogen auf dem Tresen abstützt, schenkt er mir eine Nahaufnahme der ganz persönlichen Art. »Na, magerer Vormittag?«, fragt er mit gespieltem Mitgefühl und schaut sich in dem so gut wie leeren Raum um.

»Zucker?«, gebe ich zwischen zusammengebissenen Zähnen zurück.

»Normalerweise schon. Aber mach dir keine Mühe. So wie es hier aussieht, hast du genug andere Sachen, um die du dir Sorgen machen musst.« Er macht leise »tststs« vor sich hin. »Ist nicht deine Schuld, dass es so schlecht läuft, weißt du. Ein Mädchen in deinem Alter sollte in der Schule sein, nicht ein Geschäft leiten. Ich glaube, ich werde nächste Woche genau dieses Thema in meiner Kolumne behandeln.«

»Das macht dreifünfzig«, keife ich.

»Ich hab gesehen, du hast so eine Regenbogenflagge im Schaufenster«, fährt er fort und reicht mir einen druckfrischen Fünfdollarschein. »Meinst du, du kannst damit mehr Kundschaft anlocken?«

»Ich will damit nur zeigen, dass wir ein Café sind, in dem jeder willkommen ist«, erkläre ich.

»Aber natürlich. Ich kann mir vorstellen, wie wichtig das für Leute wie euch ist. Manche Menschen da draußen können ganz schön grausam sein.«

Ich reiße die Kasse auf und schleudere ihm sein Restgeld in kleinen Münzen über den Tresen.

Adrian schaut das Geld an und schüttelt den Kopf. »Betrachte es als Trinkgeld. Das *Crunch* läuft im Moment richtig gut. So gut, dass wir weiteres Personal einstellen wollen.«

»Wie schön«, versuche ich mich an einem sarkastischen Tonfall. Und frage mich, wie schwachsinnig man sein muss, um für den Arsch zu arbeiten.

»Ich glaube, einen unserer neuen Angestellten kennst du sogar«, flötet Adrian und nimmt seinen Becher vom Tresen.

»Ach ja?«, sage ich.

Er lächelt. »Der Name Hamish Creel sagt dir doch was, oder?«

12. Charada-Geplauder

Es gibt nur eins, was besser sein dürfte, als der Flamenco Morgana vom *Flywheel*-Fenster aus zuzugucken: im *Charada* selbst zu sitzen und zuzugucken. Wie oft hab ich mir schon vorgestellt, ich säße am Samstagabend entspannt zurückgelehnt an einem der langen Esstische im Restaurant, eine Auswahl der schönsten Köstlichkeiten vor mir ausgebreitet: Chorizo, Patatas bravas, Auberginenmus, Dorsch-Frikadellen, spanische Oliven, Lammspieße, gebratene Wachteln, Calamares und Zucchini rebozado … Während direkt vor mir, auf den nackten Bodendielen, Rosa und ihre Cousins tanzen, bis die Wände wackeln.

Heute muss ich meine Vorstellungskraft aber gar nicht mehr so sehr bemühen – ich sitze nämlich in diesem Augenblick tatsächlich an einem der langen Tische, eine wahnwitzig große Auswahl Tapas vor mir ausgebreitet, und frage mich unter anderem, warum Charlie so viel Essen bestellt hat.

Jetzt fehlen nur noch die Tänzer, um das Bild vollkommen zu machen. Weil wir einen Tisch im Innenhof haben, werden wir nachher reingehen müssen, um ihnen zuzusehen, aber das macht nichts: In nur zehn Minuten beginnt die Flamenco Morgana, beginnt die Seligkeit.

Es war Charlies Idee, hierherzukommen. Er wollte mich aufmuntern, weil mich die Sache mit dem *Flywheel* so runterzieht. Wenn ich ein Diagramm zeichnen müsste, aus dem die Anzahl der täglichen Gäste im Verlauf der letzten vier Monate hervorgeht – so was hat uns Mrs Cronenberg letztes Semester beigebracht, damit wir sehen, wie viele Hmong-Mien jedes Jahr in Indochina geboren werden –, dann würde die Linie ab Mai so steil abfallen wie die Klippen der Südküste.

Nach Adrians Auftritt gestern hab ich beschlossen, mich mal ein bisschen in der Gegend umzuhören, wie sein Laden wirklich so läuft. Das schockierende Ergebnis: Mit dem *Crunch* scheint es in letzter Zeit stetig bergauf zu gehen.

Der Trend ist ziemlich besorgniserregend, und das Pech, das wir neulich mit den Zulieferern hatten, war auch nicht gerade förderlich. *Fresh Foodies* hat unsere letzten beiden Großbestellungen total durcheinandergebracht. Vergangene Woche bekamen wir Salami statt Halloumi-Käse geliefert, doppelt so viel Milch wie benötigt, dafür aber keinerlei Pasta, obwohl das die Grundlage von ungefähr der Hälfte unserer Gerichte darstellt. Und in der Woche davor hatte *Fresh Foodies* um acht Uhr abends statt um acht Uhr morgens geliefert: Ich habe die Boxen erst am nächsten Morgen vor dem Eingang entdeckt und musste das komplette Fleisch und die ganzen Milchprodukte wegschmeißen. Was insgesamt dazu geführt hat, dass etliche Kunden zu ihrem Verdruss nicht das bestellen konnten, was sie gewollt hätten, und ich ziemliche Mehrausgaben hatte, weil ich in letzter Sekunde Ersatzprodukte auftreiben musste, die natürlich wesentlich teurer waren.

Das Einzige, was verhindert, dass das *Crunch* zu einer ernsthaften Bedrohung für uns wird, ist die Tatsache, dass der Laden sehr viel kleiner ist als unserer. Sie müssen zehn Tische in einen Raum quetschen, der eher einem Durchgangsflur als einem Café ähnelt.

Auf jeden Fall habe ich Tom gebeten, sich die Zahlen des *Flywheel* mal anzugucken und mir das genaue Ausmaß unserer Katastrophe mitzuteilen. Unsere Gewinnspanne war noch nie besonders groß. Wenn ich es also nicht schaffe, unser Budget in den Griff zu kriegen, und unser Kundenstamm weiterhin schrumpft, habe ich echt keine Ahnung, wie es weitergehen soll.

»Chorizo?«, fragt Charlie und hält mir den Teller hin.

Hatte ich schon erzählt, was Charlie heute anhat? Obwohl es fast acht Uhr abends ist und wir unter einem Heizstrahler im finstersten Winkel des Innenhofs sitzen, trägt er eine dunkle Sonnenbrille und einen Trenchcoat.

Ich fische eins der Würstchen aus seinem Ölpool. »Meinst du wirklich, dass diese Verkleidung nötig ist?«

»Probier mal die Wachteln«, weicht Charlie aus.

Ich schaue auf den winzigen toten Vogel, der in flüssiger Butter schwimmt, und verziehe das Gesicht. »Nein danke, ich passe.«

»Schmeckt wirklich gut«, beharrt er und schiebt mir den Teller zu.

»Wie gut? Auf einer Skala von eins bis zehn. Wobei eins Hamish Creels Himbeerstreuselkuchen ist und zehn der Chicken Burger von *Catarina's*.«

»Ich kann's nicht fassen, dass du die beiden Gerichte überhaupt auf ein und dieselbe Skala setzt!«

»Oh, hab ich deine Gourmet-Ansprüche beleidigt? Entschuldigung. Seltsam, dass jemand, der mit eingetrockneter Spucke im Gesicht aufwacht, so einen exquisiten Geschmack haben soll.«

»Nein, *mir* tut es leid«, erwidert Charlie sarkastisch. »Mir war nicht klar, dass jemand, der sich nach dem Abendessen noch ein Sandwich aus Tortillachips und Vegemite reinzieht, sich wegen einer Wachtel so ins Hemd macht.«

Überflüssig zu erwähnen, dass zwischen uns derzeit eine gewisse Spannung herrscht, was nicht nur daran liegt, dass wir uns ein Bett teilen müssen. Am allermeisten ärgert es mich, dass der Rose-Bay-Schläger Charlie McFarlane, von der Liebe in den Untergrund getrieben, es innerhalb von noch nicht mal einer Woche geschafft hat, die Frau, wegen der er uns in diesen Schlamassel geritten hat, komplett zu vergessen, und sich Hals über Kopf in eine Neue zu verlieben!

Ja, wirklich. Sarah Jones, die Geschichte-Nachhilfelehrerin, ist Geschichte.

Nachdem June letztes Jahr auf dem Sozius von Mungo

Stevensons Motorrad entschwunden war, hat Dad mir ein Lied beigebracht, das *La donna è mobile* heißt, was Italienisch ist und in etwa so viel bedeutet wie »Die Frau ist launenhaft«. Ich verstehe zwar, warum es Dad damals passend erschien, aber hey, es ist total sexistisch. Nie redet jemand über launenhafte Männer! Jedenfalls kannte dieser Typ namens Verdi, der das Lied komponiert hat, meinen Freund Charlie McFarlane nicht.

Ich versuche mich damit zu beruhigen, dass Charlie nun mal so ist. Was auch immer ich sage, er hört nicht zu. Ich kriege immer nur sein lahmes »Das Herz will eben, was es will« zu hören – klar, als wäre das *Herz* das Organ, das ihn lenkt.

Wer die Glückliche ist, die diesmal sein launenhaftes Herz gewonnen hat? Antwort: Eine neue Kundin, die schon zweimal hier war, seit Charlie bei mir arbeitet. Sie hat den größten Teil des gestrigen Tages und praktisch den kompletten heutigen an Tisch sieben verbracht, hat über den Rand einer Ausgabe der Zeitschrift *Stereo* hinweg zu Charlie rübergestarrt und sich alle Mühe gegeben, ihre getoasteten Sandwiches zu essen, ohne sich das Gesicht mit Krümeln vollzuschmieren.

Sie braucht für jede Sandwichhälfte rund acht Minuten. Das sind dann zwei Minuten für Charlie, um hinter der Kaffeemaschine in Ohnmacht zu fallen, und sechs Minuten für mich, um ihn vom Boden aufzusammeln.

Zumindest hat er diesmal genug Anstand, abzustreiten, dass er von ihr besessen ist. Bisher hat er sogar die Kraft aufgebracht, Stereo Girls Bemühungen, seine Aufmerksamkeit auf sich zu lenken, zu widerstehen. Wahrscheinlich weiß er, was ich tun würde, wenn er der Verlockung erliegt – nach allem, was er mir wegen dieser Sarah zugemutet hat. Ihn vor die Tür zu setzen wäre nur meine erste Maßnahme.

Charlie rückt seine dunkle Sonnenbrille zurecht. Er sieht mit der Tarnung total lachhaft aus, und ich fühle mich gleich wieder schuldig, weil ich ihm das Verliebtsein nicht gönne. Man kann ja nichts dafür, in wen man sich verliebt. Das weiß ich am allerbesten. Ich wünschte mir nur, Charlies Liebeszyklus wäre etwas länger als die Lebenserwartung einer Eintagsfliege.

Er versucht wieder, mich über den Krach hinweg anzusprechen, aber auf einmal setzen im Restaurant die vertrauten Flamenco-Klänge ein. Sofort schlägt mein Herz dreimal so schnell.

Wir gehen hinein, um zuzusehen. Ich folge Charlie zwischen den eng zusammenstehenden Tischen hindurch bis nach vorn, wo wir uns zu den anderen Leuten stellen, die die Show sehen wollen.

Das Trio hat gerade mit der ersten Nummer begonnen. Sie fangen immer mit einem traditionellen Flamenco an. Angeline trägt einen roten Rock, ein schwarzes Oberteil und eine rote Blüte im Haar, und tänzelt um Ramon herum, der mit seiner hochgeschnittenen schwarzen Hose, dem schwarzen Hemd und der schimmernden schwarzen Weste ziemlich schick aussieht. Und direkt neben den beiden wirbelt Ms Rosa Barea herum, die Arme nach vorn gereckt, die Fingerspitzen zum Himmel. Die blaue Blume in ihrem Haar passt perfekt zu ihrem Rock. Der quastenbesetzte Gürtel bebt bei jeder Bewegung.

Und mein Herz bebt mit.

Aus der Nähe kann ich jede Schweißperle auf Rosas Stirn sehen. Ich sehe, wie sich ihre Armmuskeln anspannen und ihre Brust sich mit jedem Atemzug hebt. Ich werde fast ohnmächtig vor Verlangen.

Irgendwann kommt der Zeitpunkt, an dem jeder der drei Tänzer sich jemanden aus dem Publikum als Partner aufs Parkett holt. In diesem Teil des Abends zeigen sie meistens lateinamerikanische Tänze, für die man einen Partner braucht. Heute sucht Angeline sich als Erste ihr Opfer aus: ein junges Mädchen, das mit seinen Eltern hergekommen und dem Aussehen nach höchstens zehn ist. Sie grinst schüchtern, ihre Eltern schieben sie mit einem aufmunternden Lächeln nach vorn. Als sie nach Angelines ausgestreckter Hand greift, jubelt das ganze Restaurant.

Nachdem Angeline das Mädchen ein paarmal durch den Raum gewirbelt hat, pickt Ramon sich eine ältere Dame heraus und lockt sie aufs Parkett. Geschickt führt er sie über die Tanzfläche, eine Hand locker, aber souverän auf ihrer Hüfte. Einmal dreht er sie so schnell herum, dass sie ins Straucheln kommt, aber er fängt sie wieder auf, stabilisiert sie, und als der Tanz zu Ende ist, strahlt sie mit vor Freude geröteten Wangen.

Jetzt ist Rosa dran. Atemlos sehe ich zu, wie sie im Raum nach einem passenden Partner Ausschau hält.

Die Vorstellung, mit Rosa durchs *Charada* zu tanzen, ist eine meiner vielen Phantasieszenarien. Und sie beinhaltet laute Musik, schnelle Schritte und unsere beiden Körper eng aneinandergepresst. In meiner Vorstellung bin ich anfangs total nervös, aber Rosa nimmt mich bei der Hand, und gemeinsam finden wir heraus, dass ich in Wirklichkeit eine großartige Tänzerin bin. Wir tanzen Auge in Auge, die Hüften miteinander verschmolzen, und das Finale besteht in einer engen, heißen Umarmung vor dem Hintergrund ekstatischen Beifalls. Während das Publikum nach einer Zugabe verlangt, schiebt Rosa mich durch eine Tür in ein Hinterzimmer des Restaurants, rückt sich die blaue Blume im Haar zurecht – und stürzt sich dann voller Gier auf mich.

Jetzt, wo ich an der Bar stehe und Rosa sich nach einem Tanzpartner umschaut, habe ich das Gefühl, mich gleich übergeben zu müssen. Natürlich würde ich mit ihr tanzen wollen, aber wie inzwischen praktisch der komplette Jahrgang elf und (dank YouTube) ein beträchtlicher Teil der restlichen Weltbevölkerung weiß, bin ich eine grottenschlechte Tänzerin. In der Öffentlichkeit tanzen zu müssen könnte ohne weiteres dazu führen, dass ich einen Herzanfall erleide und tot umfalle.

Und so bin ich durchaus ein bisschen erleichtert, als Rosas Blick über mich hinwegstreicht. Doch meine Erleichterung verwandelt sich in Entsetzen, als er an der Person gleich zu meiner Linken hängen bleibt – an Charlie.

Grinsend tritt er einen Schritt vor, die Zuschauer applaudieren. Rosa lächelt und legt ihm eine Hand auf die Hüfte.

Ich kann nicht glauben, dass das passiert.

Rosa beugt sich vor, um Charlie etwas ins Ohr zu flüstern. Und dann beginnen sie zu tanzen. Um mich herum klatschen alle im Takt zur Musik und feuern lautstark das Tanzpaar an.

Schwerelos wandeln sie über die Tanzfläche, schweben von einer Seite zur anderen. Charlie wirbelt Rosa bis zum Rand des Parketts und zieht sie mit einer lässigen Bewegung wieder zu sich heran. Sie ist sichtlich beeindruckt.

Als Nächstes drückt sie sich an ihn, und sie tanzen Wange an Wange weiter, so lange, dass ich es kaum ertragen kann. Charlies Hand ruht tief auf ihrem unteren Rücken. So wie er grinst, könnte man meinen, er habe gerade im Lotto gewonnen. Es ist nicht zu übersehen, wie sehr er das alles genießt.

Und da ist er wohl nicht der Einzige. Als Rosa die Arme zur Seite ausstreckt und die Hände aus dem Handgelenk zu drehen beginnt, macht Charlie es ihr nach, und sie legt den Kopf in den Nacken und lacht lauthals. Dann schiebt sie sich verführerisch auf ihn zu, bis sie sich gegenüberstehen, so nah, dass ihre Nasenspitzen sich beinahe berühren. Rosas Lippen sind nicht mal zwei Zentimeter von seinen entfernt.

Ich stöhne. Ich halte das nicht mehr aus. Verzweifelt

drehe ich mich weg und bahne mir durch die Menge der gebannten Zuschauer einen Weg zurück auf den Innenhof.

In meinem Elend schiebe ich mir eine gebackene Zucchinischeibe nach der anderen in den Mund, und ich bin gerade bei der letzten angelangt, als Charlie zurückkommt. »Na? Wie fandest du es?«, fragt er fröhlich. »Ich glaube, das Publikum hat's geliebt!«

Ich starre ihn an.

»Was?«

»Du hast quasi auf der Tanzfläche Sex mit ihr gehabt!«, knurre ich mit tiefer Stimme.

»Ach was! Das war doch nur ein bisschen harmloses Flirten.«

»Meine Güte, Charlie, ist denn niemand vor deinem Geflirte sicher?«

Er wagt es, mich wütend anzufunkeln. Aber als er meinem Gesicht abliest, wie hundeelend es mir geht, wird sein Ausdruck weicher. »Komm schon. Vielleicht kannst du ja in der zweiten Runde mit ihr tanzen.«

»In der zweiten Runde?«

»Ja, nachher wird hier draußen noch mal getanzt, für alle, die im Innenhof sitzen.«

Erst denke ich, er nimmt mich bestimmt nur auf den Arm, aber dann sehe ich, wie Rosa und ihre Cousins einer nach dem anderen auf den Innenhof herauskommen.

Wieso wusste ich nichts von dieser zweiten Runde?!

Als die Musik einsetzt, packt mich wieder die Panik. Natürlich will ich mit Rosa tanzen, aber gegen Charlie kann ich unmöglich anstinken. Bei ihm hat alles so elegant und kinderleicht ausgesehen …

Die Leute fangen an zu jubeln und zu applaudieren, und bevor ich auch nur halbwegs zu mir kommen kann, beginnen sie wieder zu tanzen: Rosa und ihre beiden Cousins stampfen mit den Füßen auf, klatschen und wirbeln herum, genau wie vorhin im Restaurant. Dann übernehmen Rosa und Ramon die Tanzfläche allein und führen Seite an Seite einen Flamenco vor. Jedes Mal wenn Rosa sich ihm zuwendet, beantwortet sie sein Lächeln flüchtig mit einem eigenen. Sie bewegen sich so meisterhaft, dass ich ihren Cousin unwillkürlich dafür beneide, wie viel Zeit er beim Proben mit ihr verbringen darf.

Als Nächstes picken sich erst Angeline und dann Ramon Tanzpartner aus dem Publikum heraus. Als Rosa an der Reihe ist, schlägt mir das Herz wieder bis zum Hals und mir brennen die Ohren. Wie betäubt sacke ich auf meinem Stuhl zusammen und schaue zu, wie sie den Blick durch die Menge gleiten lässt.

Das Wort »bezaubernd« trifft es nicht mal ansatzweise. Rosa Barea ist Leidenschaft pur. Sie ist immer noch ganz außer Atem vom letzten Tanz, ihre Haut schimmert feucht vor Anstrengung. Jedes Augenpaar im Innenhof ist auf sie gerichtet.

Sie hebt einen Finger und zieht damit eine imaginäre Linie durch die Luft, die Lippen geschürzt, die Stirn in gespielter Unentschlossenheit gerunzelt. Die willige Menge folgt mit dem Blick ihrem Finger, kann es kaum erwarten zu sehen, auf wen er letztendlich zeigen wird.

Rosas Finger dreht zur anderen Seite des Innenhofs ab, schwingt dann aber wieder herum – und kommt zurück.

Irgendwas hinter mir muss ihre Aufmerksamkeit erregt haben.

Ich drehe mich um. Charlie steht hinter mir, hüpft wie ein Irrer auf und ab und zeigt auf etwas.

Auf mich.

Lächelnd begegnet Rosa meinem Blick. Und dann winkt sie mich zu sich heran. Ich starre sie an, dann schaue ich entsetzt an mir herunter. Wie üblich trage ich auch heute Abend nur T-Shirt und Jeans. In dieser Sekunde wünschte ich, ich würde meinem äußeren Erscheinungsbild doch etwas mehr Aufmerksamkeit widmen.

Rosa streckt die Hand nach mir aus. Ich habe keine Wahl, ich muss danach greifen.

Sie zieht mich zu sich heran, nah genug, dass sie mir eine Hand federleicht auf die Hüfte legen kann. Ich frage mich, ob sie mich genauso festhält wie zuvor Charlie. Dann schiebt sie ihren Mund zu meinem Ohr. Ihre Haut duftet, ihr Atem riecht süß.

»Tu einfach das, was ich tue, Del«, sagt sie und drückt mich ganz leicht an der Taille. Wahrscheinlich hat sie zu Charlie genau dasselbe gesagt. Und trotzdem – der Klang meines Namens auf ihren Lippen in Verbindung mit der Berührung ihrer Hände lässt mich unkontrollierbar zittern.

Und dann schwebe ich in Rosas Armen durch den Hof. Ich höre die Musik kaum, kann kaum etwas anderes wahrnehmen als die Stellen ihres Körpers, die mit meinem Kontakt haben.

Um uns herum fangen die Leute an, im Takt zu klatschen. Das Geräusch reißt mich aus meinem Rausch. Ich schaue mich um, alle Augen sind erwartungsvoll auf uns gerichtet. Ich denke daran, wie wunderbar Charlie und Rosa zusammen ausgesehen haben. Dann denke ich daran, wie mich Mark durch den Schulflur geschleudert hat.

Und der Gedanke stört für eine einzige, fatale Sekunde meine Konzentration. Als Rosa mich herumwirbelt, verliere ich den Halt, meine Hand entgleitet ihrer. Mit einem dumpfen Knall stürze ich zu Boden.

Das Publikum schnappt nach Luft.

Ich bin schwer auf der Seite gelandet. Alle starren mich an.

Langsam rappele ich mich auf, halte den Blick gesenkt. Ich will jetzt weder Charlies Gesicht sehen noch das von Rosa – ganz besonders nicht das von Rosa. Also versuche ich, nicht darauf zu achten, wie besorgt sie wirkt, als sie mir eine Hand reichen will. Ich ignoriere die ausgestreckte Hand und schiebe mich an Ramon und Angeline vorbei. Charlie ruft meinen Namen. Ich hinke durch die Menge zum Eingang des Restaurants, renne humpelnd los und stürze nach draußen, während hinter mir die Musik weiterdröhnt.

13. Eine Unterhaltung

Am Sonntagmorgen führen Charlie und ich eine Unterhaltung.

Charlie: Wie geht's dir?
Ich: Gut.
Charlie: Wirklich?
Ich: Ja.
Charlie: Gut wie richtig gut? Oder gut wie ich würde mich am liebsten umbringen?
Ich: Gut wie gut.
Charlie: Echt?
Ich: Ja.
Charlie: Auf einer Skala von eins bis fünf, wo stehst du da? Wobei eins suizidgefährdet ist und fünf himmelhochjauchzend.
Ich: (nach einer Pause) Vermutlich auf zwei.
Charlie: Zwei.
Ich: Ja.
Charlie: Scheiße, Scheiße, Scheiße, Scheiße.
Ich: Schon okay.
Charlie: Zwei ist nicht okay. Zwei ist scheiße.
Ich: Aber besser als eins.

Charlie: Nur unwesentlich.

Ich: Zwei ist doppelt so viel wie eins.

Charlie: Zwei ist scheiße, und daran bin ich schuld. Ich hab dich gezwungen.

Ich: Du bist nicht schuld.

Charlie: Doch.

Ich: Nein.

Charlie: Das sagst du nur so, ich glaub dir kein Wort.

Ich: Warum sollte ich dich anlügen?

Charlie: Einfach so.

Ich: Ich würde dich nicht anlügen.

Charlie: Doch, würdest du. Das würde total zu dir passen.

Ich: Wann hab ich dich denn bitte das letzte Mal angelogen? Hä?

Charlie: Woher soll ich das denn wissen? Du bist verdammt gut im Lügen.

Ich: Sollte mich das jetzt aufmuntern oder weiter runterziehen? Wenn Letzteres, dann herzlichen Glückwunsch, du hast es geschafft.

Charlie: Siehst du? Ich bin sogar dann ein Arsch, wenn ich versuche, nett zu sein!

Ich: Soll ich dich jetzt verprügeln oder was? Willst du das erreichen?

Charlie: (Überlegt) Ja, das könnte vielleicht wirklich helfen.

Ich stecke ihm einen Finger ins Nasenloch. »Urgh!« Er schlägt meine Hand weg. Ich lächele. Wir gehen nach unten.

14. Stereo Girl möchte Fladenbrot

So sehr ich mir wünsche, Charlie müsste nicht in meinem Bett schlafen, so gut kann ich ihn im *Flywheel* gebrauchen. Er ist endlich aus seinem Küchenversteck herausgekrochen und hilft mir nun auch im Service. Seitdem hat sich die Zahl der Kundschaft wieder stabilisiert. Wir können eine erhöhte Zahl von Kicher-Mädchen vermelden, und etliche Gäste haben seine Interpretation unseres Erdnussbuttergebäcks sehr gelobt. Und das ist nicht das Einzige auf der Karte, was er perfekt hinbekommt. Keine Ahnung, wie Charlie unsere Kartoffel-Lauch-Quiche so leicht und knusprig hinbekommt, aber das Zeug verkauft sich von selbst.

Das hört sich vielleicht wahnwitzig an, aber ich hege den Verdacht, dass Charlie die Arbeit hier richtig Spaß macht. Immer wenn er ein Kompliment für seine Kochkünste einheimst, breitet sich so ein dümmliches Grinsen auf seinem Gesicht aus. Er hat sogar angefangen, selber Rezepte auszuarbeiten, und hält den Aushilfen Vorträge darüber, was sie falsch machen. Mag sein, dass uns das alles vor dem finanziellen Ruin bewahrt – ich darf nur Charlies Augenmerk nicht vom Café zu seiner neuen »Liebe seines Lebens« schwenken lassen.

Wahrscheinlich sollte ich dankbar sein, dass sie zumindest ein zahlender Gast ist.

Heute Vormittag – während ich wehmütig an Rosa denke, die nach meinem *Charada*-Auftritt letztes Wochenende wahrscheinlich nie wieder einen Fuß ins *Flywheel* setzen wird – sitzt Charlies Stereo Girl im Schneidersitz auf ihrem Stuhl, die Zeitschrift vor sich aufgeschlagen auf dem Tisch. Seit einer halben Stunde überträgt sie die Termine und Locations von Konzerten in ihren Handykalender. Sie trägt ihre schwarzen Haare locker hochgebunden und hat eine weiße Bluse mit Spitzenkragen an. Ihr Make-up sieht aus, als hätte Max Factor es höchstpersönlich aufgetragen. An ihren Füßen prangen hochhackige Schuhe mit Riemchen.

»Was für eine ÖVP«, sagt Misch angewidert.

Misch, Lucas und Lauren sitzen auf der Couch vor dem Schaufenster des *Flywheel* und checken Stereo Girl interessiert ab. Die Couch ist so niedrig, dass Lauren ihre Knie direkt neben den Ohren hat und der riesige Stapel Schulbücher auf ihrem Schoß ihr das Kinn zerquetscht. Misch hat ihr breites Becken bequem in der Mitte platziert, so dass Lucas auf der anderen Seite nur auf einer Pobacke sitzen kann. Er hält sich am Fenstersims fest, um nicht seitlich runterzufallen.

»Was ist eine ÖVP?«, fragt er.

»Östliche-Vororte-Prinzessin«, erklärt ihm Misch. »Wie die Schulhof-Girls, nur mit mehr Geld. Guck dir mal an, was die anhat. Niederschmetternd. Warum fahrt ihr Kerle eigentlich immer so auf Magersüchtige ab?«

»Lauren hat auch Geld und ist magersüchtig, und trotzdem fährt Charlie nicht auf sie ab«, wirft Lucas ein.

»Lauren ist nicht reich«, widerspricht Misch. »Solche Klamotten kann sie sich nicht leisten. Und magersüchtig sieht sie nur aus, weil sie so groß ist.«

»Ich bin hier, Leute!«, ruft Lauren und schielt sehnsüchtig in Charlies Richtung.

»Charlie hat kein festes Beuteschema«, sage ich zu ihrer Beruhigung und stapele die leeren Kaffeetassen meiner Freunde auf dem Tablett. »Wenn er sich bloß nicht alle fünf Minuten in eine andere verknallen würde.«

»Zumindest ist sie nicht blond«, murmelt Lucas. »Ich persönlich ziehe Dunkelhaarige vor, aber dann eher die, die mehr Fleisch auf den Rippen haben.«

Misch seufzt. »Gib einfach auf, Lucas. Ich hab doch schon hundertmal nein gesagt.«

Während Misch und Lucas zusammen kichern, hält Lauren mir ein Blatt Papier unter die Nase.

»Was ist das?«

»Wonach sieht's denn aus?«

Nach unserem nächsten Erdkundeaufsatz. »Lauren, ich glaube, ich kann so schnell nicht wieder in die Schule.«

Das habe ich erst letztes Wochenende entschieden. Zwar hilft mir Charlie jetzt im Café, und ein paar der Aushilfen springen regelmäßig ein, aber wir haben noch einen langen Weg vor uns, bis der Laden wieder halbwegs verlässlich was abwirft. Ich muss mich auf das *Flywheel* konzentrieren, zumindest bis Dad im September zurückkommt.

»Schlechte Entscheidung, Del.« Lauren runzelt die Stirn.

»Lass uns bitte jetzt nicht darüber streiten.«

»Bei so einem wichtigen Thema hab ich kein Problem, mit dir drüber zu streiten.«

Ich versuche die richtigen Worte zu finden, damit sie mich versteht. »Für deine Eltern ist es sehr wichtig, dass du gut in der Schule bist, oder?«

Lauren lässt die Schultern sacken. »Mag sein. Aber …«

»Sie möchten, dass du Jura studierst. Das meine ich.«

Sie schaut mich an, als wäre ich bekloppt. »Ja, sicher wollen sie das.«

»Und du liebst deine Eltern sehr?«

»Ich weiß nicht, worauf du hinauswillst.«

»Ich liebe meine auch«, sage ich. »Also zumindest Dad. Und dieser Laden hier …« Ich zeige in den Raum. »Das ist sein Leben.«

Lauren will noch was einwenden, überlegt es sich dann aber anders. »Kannst du mir dann vielleicht wenigstens bei dem Aufsatz helfen?«

Ich verlagere das Tablett mit dem schmutzigen Geschirr von einer Hüfte auf die andere und reiße ihr den Zettel aus der Hand. »›Erörtern Sie eine Auswirkung des Tourismus auf das kulturelle Leben in großen Metropolen‹«, lese ich vor. »Okay. Also, da gibt's einige … Du könntest darüber schreiben, wie die Globalisierung sich auf … keine Ahnung, das Essen, die Mode oder Musik auswirkt. Oder wie der Tourismus die Kriminalitätsrate steigert und die Umwelt schädigt, so was …«

Lauren lächelt. »Ich wusste, dass du ein paar gute Ideen haben würdest. Du bist in Erdkunde so viel besser als ich.«

»Ich warne dich …«

»Ich meine doch nur«, sagt sie abwehrend. Dann seufzt sie. »Mrs C hat mich gestern nach der Stunde wieder aufgehalten. Sie will jetzt wissen, wo deine Eltern sind und wie sie Kontakt zu ihnen herstellen kann. Sie hat gesagt, sie hätte deinem Vater schon drei Briefe geschrieben, aber noch keine Antwort bekommen. Sie hat sogar angedeutet, das Jugendamt einschalten zu wollen.«

»Wozu das denn?«, schreie ich.

»Wenn deine Eltern nicht da sind, bist du eine Minderjährige ohne Aufsichtsperson. Das hat was mit Jugendschutz zu tun.«

»Das soll wohl ein Witz sein. Und, was hast du ihr gesagt?«

»Ich hab versucht, sie zu beruhigen, ohne irgendwas zu verraten. Hab gesagt, dass dein Vater ein paar Wochen verreist ist, aber bald zurückkommt. Und dass meine Mutter ein bisschen mit auf dich achtet. Was sie übrigens sehr gern machen würde. Aber ich werde Mrs C nicht mehr lange hinhalten können.«

Ich stelle das Tablett ab. Ja, die Briefe von Mrs Cronenberg kenne ich. Ich habe sie sehr sorgfältig verwahrt. In der Papiermülltonne.

»Jetzt im Ernst, Del, die Frau ist auf dem Kriegspfad, und ich weiß nicht, wie lange ich sie noch vertrösten kann. Warum redest du nicht einfach mal mit ihr?«

»Ich rede *nicht* mit ihr«, sage ich kurz angebunden.

»Aber was, wenn sie mich wieder nach dir fragt?«

»Dann sag ihr einfach, du weißt gar nichts.«

Ich gehe mit dem Tablett in Richtung Stereo Girl. Charlie steht vor ihrem Tisch, den Bestellblock in der Hand. Es ist so offensichtlich, dass er auf sie steht, als hätte er sich ein Herz mit ihrem Namen darin auf die Schürze aufdrucken lassen.

Stereo Girl probiert ihrerseits so ziemlich alle Maßnahmen aus dem Großen Buch des Flirtens, um seine Aufmerksamkeit auf sich zu lenken: Sie klimpert mit den Wimpern, reckt ihm ihr Dekolleté entgegen und berührt ihn bei jeder Gelegenheit am Arm oder an der Hüfte. Ich kann mir nicht vorstellen, was sie noch tun könnte, um ihre Absicht klar zu übermitteln – außer vielleicht, ihm breitbeinig ins Gesicht zu springen.

»Also, dann einen Espresso«, sagt Charlie zu ihr, als ich vorbeigehe und dabei darauf achte, sie nicht anzusehen, »und ein vegetarisches Sandwich …«

»… mit Fladenbrot bitte.«

»Fladenbrot? Bist du sicher?«, fragt Charlie.

»Ja. Auf jeden Fall. Ich fühle mich heute so … wagemutig.«

Fladenbrot ist ziemlich untypisch für Stereo Girl. Sie hat noch nie was anderes geordert als vegetarische Sandwiches mit Roggenbrot. Während Charlie nach mir in die Küche gestürmt kommt und ihr anscheinend das Sandwich des Jahrhunderts machen will, schaue ich noch mal zu ihr rüber – auf einmal bin ich neugierig. Was hat sie wohl bewogen, plötzlich zu wechseln? Was soll das heißen, sie fühlt sich wagemutig? Will sie damit andeuten, dass sie Charlie jetzt näher auf den Pelz rücken will?

Doch in diesem Moment werden meine Gedanken auf einmal in eine andere Richtung umgelenkt. In eine ganz andere. Rosa spaziert nämlich am Café vorbei, und sie sieht mit ihrem Lieblingsstrickkleid von Jenny Kee, den lilafarbenen Leggings und den kniehohen Stiefeln absolut umwerfend aus.

Ich schlucke trocken. Das ist das erste Mal seit meiner Flucht aus dem *Charada*, dass ich Rosa wiedersehe. Bestimmt hält sie mich für die totale Niete, weil ich so hingefallen bin, und für eine viel größere Niete, weil ich so von der Tanzfläche geflüchtet bin. Wahrscheinlich kommt sie deswegen nicht mehr rein.

Ist vielleicht auch besser so. Wie soll ich ihr unter die Augen treten?

In der Küche pfeift Charlie eine Broadway-Melodie vor sich hin, während er Stereo Girls Sandwich macht. Broadway-Melodien pfeift er nur, wenn er bis über beide Ohren verknallt ist. Anfangs ist es meist irgendwas aus der *West Side Story*, aber heute hat er sich für die feurigen Klänge von *I Dreamed A Dream* aus *Les Miserables* entschieden. Ein sicheres Zeichen dafür, dass seine Verliebtheit zum nächsten Level aufgestiegen ist.

»Fladenbrot, ja?«, sage ich betont.

»Wo haben wir das? Ich find's nicht.«

»Hätte eigentlich bei der Lieferung von heute Morgen dabei sein müssen. Hast du die Kiste nicht selber ausgepackt?«

Charlie nickt. »Aber da war kein Fladenbrot drin.«

»Klar war das drin.« Ich wühle die Kiste durch. »Mann, Charlie! Wo hast du das Zeug hingetan?«

»Jetzt komm erst mal runter, ja?«

»Du sollst mir doch helfen, nicht Chaos verursachen. Muss ich denn immer alles selber machen?«

»Da war kein Fladenbrot drin, ich schwör's«, sagt Charlie leise.

Ich werfe ihm einen Blick zu. Er starrt mich besorgt an.

»Was ist?«, sage ich.

»Alles okay mit dir?«

»Ja, sicher.«

»Du regst dich ziemlich auf.«

»Mir geht's gut. Aber wenn diese Typen die Bestellung schon wieder durcheinandergebracht haben …« Ich schnappe mir das Telefon, wähle die Nummer von *Fresh Foodies* und verlange nach Joel. Dem erkläre ich die Sache mit dem Fladenbrot und den anderen Dingen, die nicht in der heutigen Lieferung waren.

»Aber du hast das Fladenbrot gestern noch abbestellt«, sagt Joel. »Die Tomaten auch, und die Bananen, den Feta-Käse …«

»Hab ich nicht. Ich hab gestern gar nichts abbestellt.«

»Nicht du persönlich. Deine Küchenhilfe.«

»Charlie?«

»Nein, so hieß der nicht. Der andere Typ. Der, der immer die Bestellungen durchgibt.«

»Außer mir gibt nie jemand eine Bestellung auf. Jedenfalls nicht mehr, seit Hamish …« Da trifft mich die Erkenntnis wie ein Hammerschlag. »Joel, tu mir bitte einen Gefallen, ja? Von jetzt an nimmst du *Flywheel*-Bestellungen von niemand anderem mehr an als von mir persönlich, okay?«

Ich lege auf und suche die Nummer des *Crunch* raus. »Wenn ich dich engagieren würde, um jemanden für mich umzulegen, wie viel müsste ich dir bezahlen?«, knurre ich in Charlies Richtung.

Er lacht unbehaglich. »Wie wär's, wenn ich stattdessen für dich zum Bäcker laufe und Fladenbrot hole? Das mach ich auch ohne Honorar.«

Während er zur Tür rausstürmt, hämmere ich die Nummer des *Crunch* ein und verlange nach Hamish.

»Was willst *du* denn von mir?«, schnaubt er am anderen Ende der Leitung.

»Hör auf, dich in meine Bestellungen einzumischen, sonst rufe ich die Polizei.«

»Keine Ahnung, wovon du redest«, tut er ganz unschuldig.

»Was hast du eigentlich für ein Problem?«, schreie ich. »Ich hab dich rausgeschmissen. Komm drüber weg, Mann!«

Hamish schnalzt mit der Zunge. »Du hast leicht reden.

Ich bin wegen dir aus meiner WG rausgeflogen, wusstest du das? Ich konnte meine Miete nicht mehr bezahlen, also musste ich raus. Ich hab die Wohnung echt geliebt«, murmelt er leise. »Hatte sogar einen eigenen Balkon. Und genug Platz für meine Plattensammlung. Mit meinen DJ-Aufträgen fing es gerade richtig nett an zu laufen. Jetzt muss ich in einem winzigen Loch an der Hauptstraße hausen, und die Platten musste ich einlagern lassen.«

»Du hast geklaut, Hamish. Wenn du schon jemandem die Schuld geben musst, dann bitte dir selber. Und halt dich von meinen Lieferanten fern.«

Als Charlie zurückkommt, das Brot und die Post in der Hand, habe ich längst aufgelegt und meine Atmung wieder halbwegs stabilisiert. Ich mache eine Mahnung der Gaswerke auf, eine Mahnung der Wasserwerke und eine von der Stadt, die uns einen satten Versäumniszuschlag draufpackt, weil wir die letzten Steuerabschläge noch nicht bezahlt haben. Ich stopfe alle drei Briefe in die unterste Schublade des Küchenschranks.

Auf dem nächsten Brief prangt in der oberen linken Ecke das Wappen der Schule.

Sehr geehrter Mr Green,

die Konrektorin, Grace Hanrahan, und ich möchten Sie hiermit zu einem Gesprächstermin einladen, in dem es um die Abwesenheit Ihrer Tochter während der vergangenen

Wochen gehen soll. Zwar hat Delilah das Mindestalter erreicht, in dem sie selbst über ihren Schulbesuch entscheiden darf, aber wir denken, dass sie beträchtliches Potential hat, und wären daher stark daran interessiert, den Gründen ihres Fernbleibens zusammen mit Ihnen auf den Grund zu gehen.

Bitte teilen Sie uns einen Termin für ein Gespräch mit.

Herzliche Grüße,
Jade Cronenberg
Koordinatorin der Jahrgangsstufe 11

Ich schmeiße den Brief zu den anderen in die Papiertonne.

Und dann ist da noch eine Postkarte. Auf der Vorderseite ein Hochglanzfoto von Pferden vor schneebedeckten Berggipfeln. Ich drehe sie um.

Meine liebste Del,

schöne Grüße aus Ulan-Bator! Mir geht es prächtig, obwohl es hier bitterkalt ist. Wie läuft es im Flywheel? Ich hätte eine tolle Ergänzung für unsere Getränkekarte – vergorene Stutenmilch! Klingt eklig, schmeckt aber ganz köstlich!
Ich werde eine Weile nicht anrufen können, weil ich jetzt erst mal keinen Empfang habe. Aber ich bin sicher, dass

du wunderbar ohne mich klarkommst. Ich rufe wieder an, wenn ich am Uws Nuur See bin.

Lieb Nuur dich ;-)

Bis bald, Dad XXX

Vergorene Stutenmilch? Dreht der Mann jetzt etwa vollkommen durch?

Ich gehe aus der Küche und pinne die Postkarte an die Wand hinter dem Tresen, neben die Weltkarte, die wir aufgehängt haben, um Dads Reisewege festzuhalten: *Länder, die Eugene Green bereist hat*. Charlie hat daneben eine zweite Karte angebracht: *Länder, in denen alle Mädchen auf Charlie McFarlane stehen*. Und natürlich ist darauf jedes Land farbig ausgefüllt.

Zurück in der Küche, stecke ich eine Scheibe Brot in den Toaster. Charlies glückliches Pfeifen macht mir das Herz schwer. Rosa verachtet mich bestimmt zutiefst, nach der Nummer vom letzten Wochenende. Hach, wäre das schön, glücklich verliebt zu sein!

*

Stell dir jetzt mal was vor.

Stell dir vor, da ist ein Mädchen in deinem Englischkurs, ein Mädchen, mit dem du noch nie zuvor gesprochen hast. Sie gehört zu der Sorte Mädchen, denen Mode und Schminke wichtiger sind als Schule. In der Mittagspause sitzt sie mit ihren Freundinnen am Rand des Schulhofs und guckt den Jungs beim Fußballspielen zu. Sie tauschen ihren Lipgloss untereinander und essen Kiwis mit speziellen Kiwi-Löffeln und flechten sich gegenseitig die Haare zu winzigen Zöpfchen, die man mit bloßem Auge kaum sehen kann. Du hingegen isst dein Mittagessen lieber mit deinen Freunden am Straßenrand, inmitten von Abgasen, hörst dir Podcasts an, liest gebrauchte Taschenbücher und führst Diskussionen darüber, ob man Linsen in Lasagne als Fleischersatz verwenden kann.

Stell dir vor, eines Tages kommt euer Lehrer auf die Idee, die Klasse für ein Buchprojekt in Zweierteams aufzuteilen, aber statt dich wie üblich einem deiner Freunde zuzuteilen, packt er dich mit diesem Schulhof-Girl in ein Team.

Am Anfang graust es dir jede Woche vor der Doppelstunde Projektarbeit in dem Fach. Das Schulhof-Girl gibt sich vollkommen desinteressiert. Als du mit ihr über das Buch reden willst, verdreht sie die Augen und sagt so Sachen wie: »Und wie soll mir das dabei helfen, einen Job bei der *Vogue* zu ergattern?«

Aber sie kann gut zeichnen, das musst du ihr lassen. Und in der dritten Woche hat sie doch tatsächlich eine gute Idee: Statt nur eine Karte von der Insel zu zeichnen, auf der das Buch spielt, könntet ihr doch gleich ein Pappmaché-Modell davon bauen!

Stell dir vor, ihr seid beide so begeistert von der Idee, dass ihr beschließt, bei ihr zu Hause heimlich dran zu arbeiten, damit eure Klassenkameraden nichts davon mitbekommen und euch die Idee klauen. Also hängt ihr von nun an ganz oft nach der Schule bei ihr ab und arbeitet Schulter an Schulter – du an dem Aufsatz über die Naturmotive und -symbole in Kapitel vier und sie an topographischen Illustrationen. Sie bewundert dich für deine Formulierungskünste, du sie für ihre Farbwahl. Dir fällt auf, dass sie seit Beginn der Arbeit am Inselmodell kein einziges Mal mehr blöd gekichert oder die Augen verdreht hat, wenn du was sagst.

Stell dir also vor, du fängst an zu sehen, wie schön geschwungen ihre Wangenknochen sind. Würde sie nicht die ganze Zeit dieses dicke Make-up tragen, wäre sie sogar richtig hübsch. Sie hat noch mehr Schönes an sich, musst du zugeben, wunderschön makellose Haut zum Beispiel, und ein süßes Lächeln. Und wenn man irgendeinen Hals anmutig nennen kann, dann ihren.

Stell dir vor, dein Entsetzen darüber, dass du mit ihr Zeit verbringen musst, verwandelt sich langsam in Freude. Die Stunden mit ihr sind das Highlight deiner Woche. Du fängst an, etwas früher zu ihr zu gehen, damit ihr länger zusammen seid. An manchen Abenden sitzt ihr nicht mehr auf dem Fußboden, sondern nebeneinander auf ihrem Bett.

Stell dir vor, irgendwann drückt sich ihr Bein dabei gegen deins. Ihr arbeitet weiter, aber das Spüren ihrer nackten Haut lässt dich so erzittern, dass du schnell das Bein wegziehst, damit sie es nicht merkt. Aber ein paar Minuten später spürst du die Wärme ihres Beins schon wieder – sie drückt es gegen dein Bein, obwohl du jetzt so an den Rand des Bettes gerückt bist, dass du schon halb runterhängst.

Also drückst du zurück.

Und sie drückt ihr Bein gegen deins.

Und du drückst dein Bein gegen ihres.

Und sie drückt ihr Bein gegen deins.

Und all das passiert, ohne dass ihr euch auch nur einmal in die Augen seht.

Stell dir vor, ihr macht das ein paar Minuten, und dann wendest du dich ihr zu. Sie erwidert deinen Blick, ohne auszuweichen. Ist das ihre Hand auf deinem Oberschenkel? Das warme, aufregende Gefühl öffnet eine Tür in deinem Inneren. Und du beschließt durch die Tür zu gehen. Du beugst dich rüber und küsst dieses Mädchen.

Im ersten Moment erschrickst du selbst darüber. Das Blut schießt dir in den Kopf. Du küsst sie noch mal, dein Mund liegt auf ihrem, und langsam, aber sicher, kommt der Genuss. Und zwar als dir klar wird, dass sie dir durch die offene Tür gefolgt ist.

Sie erwidert deinen Kuss.

Und dann stell dir vor, dass dein Leben wegen dieses Kusses und allem, was darauf folgt, auf einmal zur absoluten, ultimativen Katastrophe wird.

15. Tornbull und Stoke

Charlies Gepfeife lenkt meine Aufmerksamkeit in die Küche zurück. Als er zum Crescendo der letzten Zeile von *I Dreamed a Dream* ansetzt, wird es ziemlich laut und ein bisschen schräg.

»Frag sie doch einfach, ob sie mit dir ausgeht«, sage ich matt.

Charlie hört auf zu pfeifen. »Wen?«, spielt er den Unschuldigen und streicht übereifrig Butter auf das Fladenbrot.

»Du weißt genau, wen«, sage ich und habe Mühe, ihn nicht anzuschreien. »Das Mädchen, das seit anderthalb Wochen täglich da draußen sitzt und alles tut, um dich auf sich aufmerksam zu machen.«

Er hält inne und schaut mich an. »Aber ich kenne Karen doch kaum.«

»Sie heißt *Lauren*. Und du weißt sehr wohl, dass ich nicht von ihr rede.«

Er legt liebevoll eine Scheibe Rote Bete aufs Brot. »Aber wärst du denn nicht sauer?«, fragt er, ohne mir in die Augen zu schauen. »Ich meine, weil das mit Sarah ja noch nicht so lange her ist …«

»Was ich denke, spielt doch sowieso keine Rolle«, sage ich ärgerlich.

Charlie legt die Zange beiseite. »Du bist meine beste Freundin. Natürlich spielt es für mich eine Rolle, was du denkst.«

»Na klar doch.«

»Ja, auf jeden Fall.« Er klingt jetzt ganz ernst, und eine Sekunde lang bin ich gerührt, weil er sich über meine Gefühle Gedanken macht. »Also mal ganz ehrlich. Du denkst doch sicher, es ist noch zu früh.«

»Logisch ist es noch zu früh«, sage ich wütend.

Und dabei würde ich es eigentlich gern belassen. Klar, einerseits würde ich Charlie schon gern klarmachen, wie lächerlich es ist, dass er sich so in null Komma nix verliebt, immer und immer wieder. Aber ich weiß auch, dass das ziemlich unfair wäre – schließlich verurteilt Charlie mich nie für das, was ich empfinde, oder für wen ich es empfinde. Vielleicht bin ich nur neidisch auf ihn, weil ich auf diesem Gebiet so kläglich versage. »Aber was soll's?«, füge ich deshalb hinzu. »Wenn es sich für dich richtig anfühlt, dann solltest du darauf vertrauen.«

Er sieht mich unsicher an. »Ich weiß nicht. Ich glaube, du hast recht, es geht alles viel zu schnell. Vergiss es.«

Er stapft mit Stereo Girls Sandwich in der Hand aus der Küche. Ich folge ihm, um draußen einen Latte zuzubereiten.

»Ihr Mittagessen, Miss«, höre ich Charlie merkwürdig förmlich zu Stereo Girl sagen, während ich Kaffee in das Glas laufen lasse. Er stellt das Essen vor ihr ab und wischt mit seinem Küchentuch Krümel vom Tisch.

Durch die Dampfwolke hinweg harre ich neugierig ihrer Antwort. Es ist ihr anzusehen, dass etwas sie beschäftigt, und zwar mehr als nur ihr plötzlicher Meinungsumschwung bei der Brotwahl.

»Danke«, sagt sie und schaut zu Charlie auf. Dann holt sie tief Luft. »Ich hab überlegt … ob du vielleicht Lust hast, nächste Woche mal abends mit mir essen zu gehen?«

Charlie erstarrt mitten in der Bewegung und seine Hand krallt sich ins Küchentuch. Er nestelt an seinen Schürzenbändern herum. Dann knotet er sie fest zusammen. Dann knotet er sie wieder auf. »Sehr gern«, sagt er schließlich und strahlt übers ganze Gesicht.

*

Die nächsten fünf Stunden hat Charlie bombastische Laune. Fünf Stunden Pfeifen, Lachen und *Master-of-the-House*-Singen aus voller Kehle. Als Tom Vuong gegen sechs vorbeikommt, um sich ein getoastetes Sandwich mitzunehmen, versucht Charlie ihn zu verleiten, mit ihm den ganzen Rest des ersten Aktes zu singen.

»Ich bin hier, um mit Del zu sprechen«, wendet Tom ein.

»Erst in der Pause!«, ruft Charlie.

Er hat gerade einen Rucksacktouristen auf die Beine geholt, damit der die Rolle von Javert singt, da bimmeln plötzlich die Kuhschellen an der Tür. Ich schaue hoch – und sehe zwei Polizisten auf der Türschwelle.

Im Café verstummen alle. Ich stelle mir die Gedanken

vor, die ihnen durch den Kopf schießen könnten: *Hab ich etwa in einer Ladezone geparkt? Bin ich bei Rot über die Straße? Hab ich die Leiche nicht gut genug versteckt?*

Das Polizisten-Duo besteht aus einer Frau und einem Mann. Sie ist großgewachsen und schlaksig, er noch viel größer und schlaksiger. Die Frau hat das Raubvogelgesicht eines Geiers, der Mann große, runde, leere Augen, die aus seinem schmalen Gesicht herausquellen, dazu insgesamt vielleicht drei Haare, die er sich jämmerlicherweise quer über den Glatzschädel gekämmt hat. Gierig starrt er zu den Kuchen hinter dem Tresen herüber.

Vielleicht wollen die nur Kuchen und Kaffee haben, denke ich hoffnungsvoll und versuche sie per Gedankenkraft zu einem der Tische zu lenken.

Stattdessen tun sie das, was ich am meisten befürchtet habe. Sie kommen direkt auf Charlie und mich zu.

»Charlie McFarlane?«, sagt die Polizistin.

Charlie verrät sich sofort, indem er blitzartig rot anläuft.

Die Frau schenkt ihm ihr bestes Fake-Lächeln. »Ich bin Inspector Stoke, das ist mein Kollege Senior Constable Tornbull.«

Ich schalte die Kaffeemühle ein, um ihre geistlose Stimme zu übertönen.

»Wir möchten, dass Sie uns auf die Dienststelle begleiten, damit wir uns mal unterhalten können«, fährt die Polizistin in einem Ton fort, der wohl freundlich sein soll, es aber nicht ist.

»Oh«, tut Charlie überrascht, allerdings nicht besonders überzeugend. »Ist was passiert?«

Stoke und Tornbull wechseln einen Blick.

»Ich denke, Sie wissen genau, was passiert ist«, sagt Tornbull, und seine großen runden Augen flitzen zwischen Charlie und unseren letzten Karamellküchlein hin und her.

»Sie irren sich bestimmt«, antwortet Charlie schrill.

»Ist das Ihr Wagen da drüben in der kleinen Gasse?«, fragt Stoke.

»Gibt es irgendein Problem?«, mischt sich Tom ein. Sein Tonfall, gepaart mit seinem blitzsauberen weißen Hemd und der perfekt gebügelten Hose, reicht aus, um Stoke abzulenken. Tom hält ihrem Blick mit der stoischen Ruhe eines Auftragskillers stand. Stoke kann ja auch nicht wissen, dass Tom jeden Menschen so ansieht. »Haben Sie einen Durchsuchungsbeschluss für dieses Lokal?«, fragt Tom. »Sonst muss ich Sie jetzt bitten zu gehen.«

Stoke räuspert sich. »Wir führen nur Ermittlungen durch«, erwidert sie steif.

»So was nennt sich eher ›Belästigung‹«, sagt Tom ausdruckslos und durchbohrt Stokes Augäpfel mit seinem Laserblick.

»Ich sag Ihnen was, Charlie«, wendet sich Stoke plötzlich ganz locker an Charlie und greift in ihre Jackentasche. »Hier, meine Karte. Unsere Dienststelle ist nur ein Stück die Straße hoch. Großes blau-weißes Schild mit ›Polizei‹ drauf. Kann man unmöglich verfehlen.«

Die Kuhschellen bimmeln wie eine Totenglocke, als die beiden den Laden verlassen. Sobald sie verschwunden sind, klappt Charlie auf einem Stuhl zusammen. Ich habe so eine Ahnung, dass wir heute Abend keine weitere Wiederholung von *I Dreamed a Dream* hören werden.

»Tom, das war unglaublich«, keuche ich.

»Was soll ich jetzt bloß machen?«, jammert Charlie.

»Sieht so aus, als bräuchtest du ein Alibi«, sagt der Rucksacktourist, der als Javert einspringen sollte. »Ein Kumpel von mir kann dir eines geben – kostet dich nur zweihundert Mäuse und ein Sixpack Corona.«

»Ein One-way-Ticket nach Mallorca wäre besser«, murmele ich.

»Was du brauchst«, sagt Tom mit seiner leisen, prägnanten Stimme und schaut zwischen Charlie und mir hin und her, »ist ein Anwalt. Und da bist du nicht der Einzige. Del, ich muss mit dir über eure Bilanzen sprechen.«

»Was ist denn damit?«

»Du hast kein Geld mehr.«

Die Information sickert nur langsam in mein Gehirn. »Geld« ist das erste Wort, das im Ziel einschlägt, und für sich allein beunruhigt es mich nicht. Erst als »du«, »hast«, kein« und »mehr« hinzukommen, sendet mein Großhirn den Befehl zum Pulsbeschleunigen.

Ich schlucke. Tom lächelt nicht. Er lächelt zwar nie so richtig, aber im Moment sind seine Gesichtsmuskeln so weit von einem Lächeln entfernt wie Mumbai von Sydney.

»Mit ›kein Geld mehr‹ meinst du …«

»Genau das, was ich sage. Du hast ›kein Geld mehr‹«, wiederholt Tom ungeduldig. »Null. Oder weniger als null, um genau zu sein. Du wirst das *Flywheel* dichtmachen müssen.«

16. Vollkommen am Ende

»Diese Situation«, murmelt June vielsagend seufzend, »ist absolut typisch für deinen Vater. Wo ist er gerade?«

»Irgendwo westlich von Ulan-Bator.« Ich lehne mich, das Telefon am Ohr, schwer gegen die Wand der *Flywheel*-Küche. Aus dieser unbequemen Position habe ich einen guten Blick aufs Café, wo sich die aus einer einzelnen Person bestehende Frühstücksmeute ein Frühstück aus gebratenem Speck und Hash Browns schmecken lässt. Trotz Toms dringender Empfehlung, den Laden sofort zu schließen, habe ich heute noch geöffnet. Ich brauche ein paar Tage, um alles zu überdenken.

Das Marx-Brothers-Motiv an der Wand sieht heute besonders dämonisch aus, vor allem Harpo grinst wie der Teufel persönlich. Die Weltkarten daneben haben auch schon mal besser ausgesehen. An der oberen Kante der *Länder, die Eugene Green bereist hat* löst sich das Klebeband, und auf Charlies *Länder, in denen alle Mädchen auf Charlie McFarlane stehen* hat jemand mit einem dicken Edding Neuseeland durchgestrichen (wahrscheinlich Suzie, eine Rucksacktouristin aus Kiwi-Land, die Charlie gestern Abend Avancen gemacht, sich aber einen Korb geholt hat).

»Ulan-Bator? Tsts«, macht June. »Gibt's die Stadt wirklich, oder denkt er sich das alles nur aus?«

»Ulan-Bator liegt in der Mongolei.«

»In der Mongolei«, wiederholt June mit tiefster Abscheu. Wenn man ihr so zuhört, könnte man sie irrtümlich für einen erwachsenen Menschen halten, für eine verlässliche, mit beiden Beinen im Leben stehende Frau, die sich ihrer Verantwortung bewusst ist. Für eine Frau, die zum Beispiel niemals Mann und Kind verlassen würde, nur weil sie eine Midlife-Crisis hat und ihr ein anderer Kerl über den Weg läuft.

»Eine Siebzehnjährige mit dem Lokal allein lassen, das ist doch völlig irre!«, sagt June. So streng und empört, wie sie klingt, könnte man leicht denken, sie hätte irgendeinen wichtigen Beruf – Geburtshelferin, Strafverteidigerin oder so was – und ein Mindestmaß an Lebenserfahrung, so dass sie den Respekt ihrer Tochter verdient hat.

An diese Illusion habe ich mich geklammert, als ich beschlossen habe, meine Mutter anzurufen und sie zu fragen, was ich wegen des Cafés machen soll. Dabei habe ich in meiner Verzweiflung ganz verdrängt, dass sie in all den Jahren, in denen sie und Dad den Laden gemeinsam geführt haben, weniger Geschäftssinn an den Tag gelegt hat als ein Buschhuhn.

»Er hat mich nicht allein gelassen. Damals war Dominic noch Geschäftsführer. Es war nur so, dass Dominic …«

June seufzt lautstark ins Telefon. »Wie man es dreht und wendet, es war unfair dir gegenüber, mein Schatz. Dein Vater kann manchmal so egoistisch sein.«

Ich knalle meinen Kopf frustriert gegen die Wand. Charlie, der gerade Lebensmittel sortiert, wirft mir einen mitfühlenden Blick zu.

»Del, Schätzchen, bist du noch dran?«, fragt June.

»Ja, sorry.«

»Ich meine ja nur, ich hab keine Ahnung, wie du neben dem Café noch die Schule geschafft hast.«

»Ach, das geht ganz gut«, bluffe ich.

»Unglaublich. Wie schaufelst du dir überhaupt Zeit zum Lernen frei?«

Es war ein Fehler, sie anzurufen. »Wie gesagt, Mum …«

»Nenn mich June, Schätzchen. Ich weiß, dass du deinen Vater unterstützen möchtest, aber das Café darf nicht wichtiger sein als die Schule. Mein Angebot steht – du kannst jederzeit herkommen. Dann könntest du dich auf das konzentrieren, was wirklich zählt. Mungo und ich würden dich wirklich liebend gern hierhaben.«

»Ich weiß, aber …«

»Hör zu.« Sie senkt ihre Stimme um eine Oktave. »Natürlich möchtest du deinem Vater gegenüber loyal bleiben, aber er ist doch noch nicht mal *da*. Er treibt sich in der Weltgeschichte herum, ohne sich darum zu kümmern, wie du klarkommst.«

Es ist ungerecht, wie sie versucht, Dad zum Bösewicht zu machen. »Hast *du* dich drum gekümmert, wie ich klarkomme, als du nach Melbourne abgehauen bist?«

Es ist still in der Leitung. »Schätzchen«, sagt June dann. »Das hatte nichts mit dir zu tun.« Sie hört sich auf einmal müde an. »Es ging um deinen Vater und mich. Ich hatte gehofft, du hättest inzwischen verstanden …« Sie hält inne. »Hör zu, das ist eine wichtige Zeit in deiner Schullaufbahn. Darüber sollte dein Vater sich genauso viele Gedanken machen wie ich. Hier bei uns könnten wir dir ein eigenes Zimmer einrichten. Mit ganz viel Platz zum Lernen. Und kellnern müsstest du dann auch nicht mehr.«

Das Problem ist, June kann sehr vernünftig klingen, wenn sie will, aber wie soll ich ihr vertrauen? Außerdem müsste ich dann alle, die mir in Sydney wichtig sind, zurücklassen. Und es würde meinem Dad das Herz brechen. Wenn ich nach Melbourne abhaue, bin ich kein Stück besser als meine Mutter.

»Ich denk drüber nach«, sage ich, um das Gespräch zu beenden.

»Sehr gut«, sagt June.

Ich lege auf und will mich gerade bei Charlie auskotzen, da schiebt er mir über den Tresen etwas zu. Unsere Lokalzeitung, auf Seite drei aufgeschlagen.

Stadtbekannte Flamenco-Tänzerin kämpft um Bücherei

Vielen sagt ihr Name wahrscheinlich nichts – aber die meisten Menschen in der Gegend würden Rosa Barea sofort erkennen. Sie ist eine der berühmten Flamenco-Tänzerinnen, die jeden Abend die historische Tapas-Bar *Charada* mit ihrer Show beseelen.

Barea, die an der Universität von Sydney Politikwissenschaft studiert, erzählt von ihrer Leidenschaft für den Flamenco, einem Tanz, der sie mit ihren spanischen Wurzeln verbindet. Aber er ist nicht das Einzige, wofür sie sich mit Begeisterung einsetzt.

»Ich bin hier im Viertel aufgewachsen«, sagt sie. »Daher ist es mir wichtig, die Rechte der Menschen hier zu schützen. Vor allem der schlechtergestellten Gemeindemitglieder, die auf Ressourcen angewiesen sind, welche durch habgierige Stadtplaner und rücksichtslose Stadträte immer weiter schrumpfen.«

Damit nimmt Barea auf den kürzlich erfolgten Beschluss des Stadtrats Bezug, die Stadtteilbücherei in Glebe zu schließen, und die Gebäude an Maxivelle Constructions zu veräußern.

Stadtrat Donovan Verinder zufolge werde dieser Plan dringend benötigten innerstädtischen Wohnraum schaffen. »Der Wohnungsbau darf nicht auf Kosten öffentlicher Bildung betrieben werden«, hält Barea dagegen.

Für ihren Kampf gegen die Schließung will sie nächsten Monat mit einer öffentlichen Kundgebung auf dem Gelände der Bücherei in Glebe Bürger mobilisieren.

Auf der gegenüberliegenden Seite ist ein Foto von Rosa, wie sie im Flamenco-Kleid vor der Bücherei steht und ein sehr leidenschaftliches Funkeln in den Augen hat. Ich streiche mit der Fingerspitze über ihr Bild.

Es reicht beinahe, um meine Wut auf June zu besänftigen.

17. Marina Bitar

Marina Bitar, die Anwältin der Familie McFarlane, kennt das Gesetz in- und auswendig und besitzt zudem die dunkelbraunsten Augen der Welt. Ich muss zugeben, diese Kombination finde ich schon ziemlich attraktiv. In ihrem Büro ist es dank Klimaanlage angenehm kühl, und die Aussicht auf den Hafen wirkt beruhigend, aber ich spüre trotzdem die Hitze in mir aufsteigen.

»Tätlicher Angriff mit Körperverletzung«, sagt Marina Bitar gleichgültig und starrt auf ihren Bildschirm. »Paragraph neunundfünfzig.« Ihre frisch manikürten Nägeln klicken ein paarmal mit der Maus. »Höchstes Strafmaß fünf Jahre Gefängnis.«

Charlie wimmert. »Fünf Jahre??«

»Korrekt.« Ihr Timbre lässt mir einen angenehmen Schauer den Rücken hinunterrieseln.

Charlie wird ganz blass und krallt sich an meinem Arm fest. Ich gönne ihm einen flüchtigen Blick, bevor ich mich wieder Marina zuwende.

»Jetzt wird's ernst, Del«, flüstert Charlie.

»Ich weiß.«

»Warum hast du dann so einen Ausdruck im Gesicht?«

»Was für ein Ausdruck? Ich hab keinen Ausdruck.«

Wir sind hergekommen, weil Tornbull und Stoke gestern noch mal im Café waren und diesmal einen offiziellen Schrieb vom Gericht in der Hand hatten. Nach seinem Besuch auf der Polizeidienststelle hat Charlie gleich Marina angerufen.

»Was haben die eigentlich für Beweise in der Hand?«, fragt Charlie.

Marina schiebt ihren Sessel ein Stück vom Schreibtisch weg. »Erst einmal die Aussage des Opfers. Dazu kann ich Ihnen mehr sagen, wenn ich Einblick in die Akte genommen und mit dem Staatsanwalt gesprochen habe. Aber eines ist klar.« Sie verwebt ihre eleganten Finger ineinander. »So eine Anklage ist kein Kinderspiel, Charles. Sie werden beschuldigt, dem Mann die Nase gebrochen zu haben.«

»Ich hab ihn gar nicht angefasst!«, lügt Charlie voller Inbrunst.

Draußen blinkt die rote Leuchte oben an der Harbour Bridge in die einsetzende Dunkelheit hinein, und jetzt, wo Charlies Zukunft auf dem Spiel steht, sieht sie verdächtig nach dem Laser eines Gewehrs aus, auf der Suche nach seinem Ziel.

»Können Sie ihm denn nicht irgendwie helfen?«, wende ich mich an Marina. »Charlie darf nicht ins Gefängnis kommen. Das geht einfach nicht.«

Marina sieht mich, sieht uns, mit ihrem ernsthaften Anwältinnenblick an. »Ich kann Maßnahmen ergreifen, um seine Aussichten zu verbessern. Und wenn Sie bereit sind, sich schuldig zu bekennen, Charles, wird das beim Strafmaß natürlich entsprechend berücksichtigt.«

»Aber wenn ich mich schuldig bekenne, hab ich keine Chance, freigesprochen zu werden. Außerdem bin ich ja nicht schuldig«, fügt er hastig hinzu.

»Ich habe schon eindeutigere Fälle gesehen«, gibt Marina zu. »Die Aussage des Opfers wird durch die Tatsache geschwächt, dass es den Angreifer als einsneunzig groß und dunkelhaarig beschreibt.«

»Ha, das ist doch gut, oder nicht?«

Marina schürzt die Lippen. »Es ist hilfreich, ja. Aber Beschreibungen der Opfer sind meist nicht besonders genau, und das wird der Richter berücksichtigen. Ihr größeres Problem ist, dass das Auto Ihres Vaters in der Nähe des Tatorts gesehen wurde. Wenn Sie es getan haben, wäre es wirklich besser, Sie würden sich schuldig bekennen, glauben Sie mir.« Sie lehnt sich in ihrem Sessel zurück. »Aber das müssen Sie nicht jetzt sofort entscheiden. Denken Sie darüber nach. Und wenn ich mir einen Überblick über den Fall verschafft habe, treffen Sie Ihre Entscheidung.«

»Okay«, sagt Charlie und runzelt die Stirn.

Wir wollen aufstehen.

»Nicht so schnell«, pfeift Marina uns zurück. »Da ist noch etwas, was ich Sie fragen muss.«

Bitte, lieber Gott, lass sie mich fragen, was ich Samstagabend vorhabe.

»Mein Honorar. Haben Sie vor, das selbst zu bezahlen,

Charles?«, fragt sie mit einem ironischen Lächeln. »Oder hatten Sie gehofft, ich würde die Rechnung an Ihren Vater schicken?«

Charlie wirkt auf einmal sehr nervös.

»Wenn Letzteres, dann gehe ich davon aus, dass Ihr Vater von der Geschichte weiß und damit einverstanden ist, dass Sie meine Dienste in Anspruch nehmen?« Marina lächelt, und die weiche Haut an ihrer Nasenwurzel legt sich in kleine Fältchen. »Bevor Sie mich das nächste Mal aufsuchen, müssten Sie bitte mit ihm über die Vorkommnisse sprechen, falls Sie das noch nicht getan haben sollten.«

Ich schaue auf Marinas maßgeschneiderten Rockanzug und die perfekt sitzenden Leder-Highheels. Ja, das passt. Nur Charlies Vater kann sich jemanden leisten, der solche Teile trägt.

18. Keine Ausreden mehr

Nach dem Termin bei Martina Bitar biegen wir am Martin Place in eine kleine Seitenstraße ein.

»Lass uns irgendwo was essen gehen«, schlage ich vor. »Ich muss mich hinsetzen und das alles erst mal sacken lassen.«

In einer Ecke abseits des Windes, der eiskalt zwischen den Gebäuden durchpfeift, finden wir ein kleines Restaurant. Die Tische sind verchromt, die Stühle auch.

»Ausstattung?«, fragt Charlie, sobald wir Platz genommen haben. Das Spiel spielen wir immer, wenn wir irgendwo auswärts essen.

»Ein Stern«, sage ich mit Blick auf die Möbel, das kitschige Bild hinter dem Tresen und das Schild über der Tür, das in Kleinbuchstaben und schlichter Schrift gehalten ist.

Eine Kellnerin stöckelt herbei und platziert ihre Hüfte direkt neben Charlies Schulter. »Was darf ich dir bringen, Süßer?«, fragt sie.

»Einen Espresso bitte«, antwortet er, ohne aufzusehen. »Und dann noch was zu essen.« Er studiert die laminierte Speisekarte, auf der einige Standard-Nudelgerichte und als einzige Abwechslung ein Risotto aufgelistet sind. »Ein getoastetes Sandwich vielleicht? Mit Vegemite und Käse?«

»So was haben wir normalerweise nicht, aber ich schau mal, was ich für dich tun kann«, sagt die Kellnerin und drückt sich an ihn. Dann stapft sie arschwackelnd wieder davon.

»Hallo?«, rufe ich ihr hinterher.

Als sie sich umdreht, wirkt sie ehrlich erstaunt darüber, am Tisch eine zweite Person zu entdecken.

»Machen Sie *zwei* Sandwiches mit Vegemite und Käse draus.«

»Service?«, fragt Charlie, als sie weg ist.

»Null Sterne«, sage ich kühl. »Ich hoffe, der Laden, in den du Stereo Girl gestern Abend ausgeführt hast, war wesentlich besser.«

»Alyssa«, sagt Charlie.

»Also gut, Alyssa. Und, war der Laden besser?«

»Unwesentlich.«

»Jetzt lass dir nicht alles aus der Nase ziehen. Wie ist es gelaufen?«

Charlie lehnt sich zurück und schiebt die Karte weg. »Gut«, sagt er ausweichend.

»Gut? Ist das alles?«

»Wir hatten Spaß. Vor allem danach, im Auto.« Er grinst. »Ich wusste gar nicht, dass man die Sitze in einem Geländewagen so weit nach hinten klappen kann.«

Die Kellnerin kommt mit seinem Kaffee und legt ihm die Handfläche auf den Rücken, während sie die Tasse absetzt.

»Aber ich weiß noch nicht, ob ich sie wiedersehen will«, fügt er hinzu, als die Kellnerin weg ist.

Ich ziehe seinen Espresso zu mir heran. »Du bist echt ätzend.«

Er richtet sich auf. »Hey, das war jetzt aber ein bisschen hart.« Er versucht, sich seine Tasse zurückzuschnappen.

»Dir geht's immer nur ums Erobern, oder?«, sage ich und halte die Tasse so, dass er nicht drankommt. »Eine schnelle Nummer auf dem Rücksitz, und dann ab zur Nächsten.«

»Hey, *sie* hat *mich* angebaggert!«

Ich nippe am Espresso und schaue ihn über den Rand der Tasse hinweg an. »Na dann erzähl. Was ist denn mit dieser Alyssa, dass sie es nicht wert ist, sich ein zweites Mal mit ihr zu treffen?«

Charlie starrt zur Decke und senkt den Blick dann wieder. »Sie ist schon okay«, gibt er zu. »Aber irgendwie … ich weiß nicht. Ein bisschen schlicht gestrickt.«

»In welcher Hinsicht?«

»In jeglicher. Sie hat die ganze Zeit nur über Low-Carb-Diäten geredet, und wie viele Follower sie auf Instagram hat und so.«

»Das klingt wirklich nicht prickelnd.« Ich mustere ihn nachdenklich. »Aber vielleicht ist es ja auch ganz gut so.«

»Inwiefern?«

»Na ja … Vielleicht kannst du dich jetzt zur Abwechslung mal darauf konzentrieren, wie du dein Leben wieder auf die Reihe kriegst, statt immer nur einem Mädchen hinterherzuhecheln.« Charlie will schon protestieren, aber ich halte Ruhe gebietend eine Hand hoch. »Du hast doch gehört, was

Marina gesagt hat. Du musst mit deinem Dad sprechen. Ernsthaft. Du musst ihm alles erzählen. Er kommt doch bald zurück, oder nicht?«

»Morgen früh«, sagt Charlie und knabbert an seinem Daumennagel.

Ich trinke seinen Espresso bis zum letzten Tropfen aus. »Charlie«, sage ich dann und stelle die leere Tasse vor ihm ab. »Diesmal meine ich es wirklich ernst. Keine Ausreden mehr. Du musst wieder nach Hause.«

*

Und so verschwindet Charlie kurz darauf für ein paar Tage. Jetzt, nachdem wir uns zwei Wochen lang Tag und Nacht auf die Füße getreten haben, fühlt es sich komisch an, ihn nicht mehr in der Nähe zu haben. Obwohl wir so wenig Kundschaft haben, dass ich das *Flywheel* zusammen mit den Aushilfen alleine wuppen kann, und ich echt froh bin, mein Bett wieder für mich zu haben, ertappe ich mich dabei, dass ich Charlie vermisse.

Nicht, dass ich keine anderen Sorgen hätte, seit er weg ist. Tom drängt mich jeden Tag, ich solle das Café schließen und den Verkaufsraum vermieten, um unsere Schulden abzuzahlen. Dad hat den Laden schon bis zum Anschlag mit Hypotheken belastet, und Tom meint, je früher neues Geld reinfließt, desto besser. Ansonsten verlieren wir nicht nur das Café, sondern auch unsere Wohnung darüber.

Ich halte immer noch daran fest, dass es irgendeine andere Möglichkeit geben muss, aber wie es genau gehen soll – keine Ahnung.

Als hätte sich alles gegen mich verschworen, haben jetzt auch noch ein paar der Stammgäste angefangen mich zu nerven. Vorgestern musste ich einige Studenten rausschmeißen, weil sie der Meinung waren, ihre Pokerrunde in Strippoker verwandeln zu müssen. Wenn man auch noch dem letzten weiblichen Gast den Appetit verderben will, gibt es kaum was Wirkungsvolleres als einen Typen in knallengen Unterhosen.

Ich habe Tom gesagt, dass ich keine geschäftlichen Entscheidungen treffen werde, ohne vorher mit Dad zu sprechen, und den erreiche ich derzeit nun mal nicht. Und ich denke die ganze Zeit über Junes Vorschlag nach, zu ihr und Mungo zu ziehen. Ich wünschte, ich könnte das Angebot einfach ausschlagen und die Sache abhaken. Aber jetzt, wo das Geschäft immer schlechter läuft und Dad nicht da ist, bin ich alles andere als immun gegen Junes Verführungskünste.

Ich denke an das Zimmer, das ich bei June und Mungo haben könnte. Vom Fenster aus kann man die alte Platane vor dem Haus sehen, und an windigen Tagen klopfen ihre Zweige leise ans Fenster. Als ich meine Mutter in den Osterferien besucht habe, fand ich es toll, morgens im Bett liegen zu bleiben, der Stille zu lauschen und zuzusehen, wie die fleckigen Schatten der Äste sich über die Daunendecke schoben.

Ich denke schon, dass ich im Süden leben könnte.

Als hätte ich noch nicht genug Sorgen, kam an diesem

Morgen eine neue hinzu. Ich war gerade dabei, Halloumi-Käse für eine Ladung HAT-Sandwiches in Scheiben zu schneiden, da streckte Mandy auf einmal den Kopf herein. »Da will dich jemand sprechen.«

»Ein Gast?«

»Ich glaube nicht. Sie möchte mit dir persönlich sprechen.«

Sofort war mein Misstrauen geweckt. »Wie sieht sie aus?«

»Ungefähr mein Alter, trägt einen alten Pullover und hat einen Stapel Bücher dabei. Ein Atlas könnte auch dabeigewesen sein.«

O mein Gott. »Okay, Dallas«, wandte ich mich an unsere Donnerstagsaushilfe. »Du verrammelst die Tür. Mandy, du sagst ihr … Ich bin in Urlaub gefahren. Nach … Kangaroo Island.«

Dallas baute sich breitschultrig vor der Tür auf, während Mandy mich verständnislos anschaute. »Aber ich hab ihr schon gesagt, dass du hier bist.«

»Wieso das denn?«, flüsterte ich.

»Ich könnte ihr sagen, ich hab dich nicht gefunden. Dass du losgegangen bist, um irgendwas einzukaufen oder so.«

»Du bist die Beste. Dein Sandwich geht heute aufs Haus.«

Ich spitzelte unter Dallas' Achselhöhle hinweg ins Café. Tatsächlich – die Frau am Tresen war Mrs Cronenberg. Ungeduldig wechselte sie von einem Fuß auf den anderen. Ich sah zu, wie Mandy auf sie zuging. Sie würde es bestimmt schaffen, Mrs Cronenberg loszuwerden.

Oder auch nicht. Mandy hatte noch gar nicht zu Ende gesprochen, da schob Mrs Cronenberg sich schon an ihr vorbei und hielt schnurstracks auf die Küche zu.

»Lass sie nicht rein, Dallas«, raunte ich heiser.

Dann rannte ich durch die Hintertür auf die Straße hinaus und verfluchte dabei die Hartnäckigkeit meiner Erdkundelehrerin. Verzweifelt hielt ich Ausschau nach einem Hofeingang zum Verstecken oder zumindest einer Mülltonne, in die ich klettern konnte. Nichts.

Da fiel mein Blick auf den mit einer Plane abgedeckten Mercedes von Charlies Vater.

Dallas rief etwas, ich hörte Mrs Cronenberg durch die Küche tigern, meinen Namen auf den Lippen. Ich duckte mich unter der Plane durch und rüttelte an der Beifahrertür. Abgeschlossen. Ich probierte die anderen Türen durch. Gleiches Ergebnis.

»Delilah?« Das Geräusch der sich öffnenden Hintertür drang an meine Ohren.

Jetzt blieb mir nichts anderes mehr übrig als unter das Auto zu kriechen.

Es war feucht und ölig da unten, und es roch nach verdorbenem Essen. Mein rechter Ellbogen landete in einem Haufen verfaulter Salatblätter, mit der Hüfte rutschte ich über einen halb aufgegessenen Döner Kebab.

»Del?«, rief Mrs Cronenberg wieder. Ich schlug mir eine Hand vor den Mund, damit sie mich nicht würgen hörte.

Ich lauschte ihren Schritten, als sie kreuz und quer durch

die Gasse stapfte. Sie rief noch mehrmals nach mir. Ich atmete langsam durch die Finger und gab mir alle Mühe, nicht zu kotzen.

Endlich hörte ich, wie Mrs Cronenberg wieder ins Café ging. Ich blieb noch ein paar Minuten liegen, nur für alle Fälle, dann krabbelte ich heraus und hastete nach oben, um ausgiebig zu duschen.

Und seitdem lebe ich in ständiger Angst davor, dass sie wieder im *Flywheel* aufkreuzen könnte.

Doch eben ist etwas passiert, was mich von alldem ziemlich abgelenkt hat. Beim Fegen des Fußbodens habe ich ein Notizbuch gefunden, das hinter ein Couchkissen geklemmt war. Das von Hand gezeichnete Bild auf dem Umschlag ist mir sofort ins Auge gesprungen: eine Frau mit Rüschenrock, die Arme ausgestreckt, Kastagnetten in jeder Hand.

Ich werde gar nicht erst so tun, als hätte ich das Buch nicht aufgemacht oder als hätte ich zumindest gezögert, bevor ich die Seiten über die Spiralbindung umgeschlagen habe, um zu sehen, was alles drin ist. Worauf habe ich gehofft? Auf ein Tagebuch vielleicht. Aufzeichnungen von Rosas verborgensten Geheimnissen, einen Schlüssel zu ihrem Herzen.

Aber in dieser Hinsicht hilft mir das, was ich jetzt in Händen halte, nicht wirklich weiter. Das Heft ist nämlich voll mit nüchternen Fakten über die Bücherei-Kundgebung.

Die ersten Seiten enthalten eine To-do-Liste. Rosas Schrift ist ziemlich krakelig, aber wenn ich die Augen zusammenkneife, kann ich sie entziffern.

Datum festlegen
Mit dem Stadtrat sprechen
~~200 Poster + 500 Flyer: bei Posterboy~~
~~Yolanda von LW Mail kontaktieren wg. Artikel~~
~~FB-Seite einrichten~~
T-Shirts drucken lassen
Werbung/Artikel in Unizeitung?
Mit B. H. sprechen wg. Mikroanlage
Flyer verteilen: ~~Del @Flywheel~~, Andy, ~~Bengt~~, Typ von Tempest, Gleebooks & andere Cafés
Freiwillige - Angeline, Joss, Solomon, Nadine, Del (?), Saxon

Diese Liste zu sehen und festzustellen, dass ich gleich ZWEIMAL drauf auftauche, hat eine ziemlich beschleunigende Wirkung auf meinen Puls. Ich versuche mich zu beruhigen. Rosa möchte, dass ich ihr bei der Veranstaltung helfe, das ist alles. Und wahrscheinlich hat sie nach meinem irren Auftritt letzten Samstag beschlossen, mich doch nicht zu fragen.

Aber irgendwie erfüllt es mich trotzdem mit einer merkwürdigen Freude, den Block gefunden zu haben. Vielleicht hat Rosa meinen Ausbruch schon längst wieder vergessen. Vielleicht kommt es ja gar nicht so selten vor, dass irgendwelche Tänzer mitten im Auftritt einfach abhauen.

Bevor ich völlig durchdrehe, schnappe ich mir meine Jacke und das Notizbuch und stürze aus dem Café.

19. Späte Lieferung

In den Läden und Restaurants entlang der Straße gehen langsam die Lichter an. Der Strom der Autos und Fußgänger hat abgenommen. Ich überquere die Straße, ohne groß auf den Verkehr achten zu müssen, und klopfe an die Tür des *Charada*. Es macht niemand auf.

Ich spähe durchs Schaufenster. Die Stühle liegen umgedreht auf den Tischen, alles ist still.

Ich klopfe noch einmal an und warte. Es kommt keiner.

Auf der Innenseite des Notizbuchs steht in großen Buchstaben Rosas Privatadresse. Sie wohnt nur ein paar Straßen entfernt. Fünf Minuten Fußweg, höchstens.

Es ist fast elf, also nicht gerade die beste Zeit, um jemandem einen spontanen Besuch abzustatten. Die Lektion haben Charlie und ich ja erst neulich auf schmerzhafte Art gelernt. Bestimmt kommt Rosa morgen Abend wieder ins Restaurant, dann kann ich ihr das Heft zurückgeben.

Denk doch mal nach, überlege ich. *Wenn du zu so nächtlicher Stunde vor ihrer Tür aufkreuzt, denkt sie doch erst recht, du bist ein Freak.*

Ich beglückwünsche mich selbst dafür, dass ich so vernünftig sein kann, und mache mich dann auf den Weg zu Rosas Adresse.

Ich entscheide mich für die Route durch die kleineren, ruhigen Straßen, abseits des Lichtkonzerts von blinkenden Neonreklamen, Autos und Ampeln. Ich spaziere an schmalen Häuserreihen vorbei. Die Nacht ist kühl, es ist Vollmond. Ich laufe schnell und leise, lausche dem weichen Schmatzen meiner Turnschuhe auf dem Asphalt, dem Geklimper der Münzen, die in meinen Taschen tanzen.

Als ich den Park erreiche, folge ich ein paar Straßen weit seinem Zaun.

Rosas Haus liegt ganz am Ende einer Sackgasse. Es ist ein einstöckiges, breites Gebäude, mit einer cremefarbenen Gipsputzfassade und Bogenfenstern, davor steht eine niedrige Ziegelsteinmauer, die oben von einer Reihe abgerundeter Tonziegel gesäumt wird.

Zögernd bleibe ich vor dem Haus stehen. Ich fahre mir durch die Haare, aber davon werden sie auch nicht ordentlicher. Ich schaue an mir herunter und schimpfe über mich selbst – wie üblich bin ich von oben bis unten voller Essens- und Milchflecken. Sogar auf meinem rechten Jackenärmel prangt irgendwelcher Schmutz, oder vielleicht sogar Schimmel. Ich spucke mir auf die Finger und versuche, zumindest die ekligsten Flecken abzurubbeln. Aber jetzt sieht es nur noch schlimmer aus, als hätte ich mich vollgesabbert.

Ich hätte mich vorher umziehen sollen. Am besten hätte ich gar nicht erst herkommen sollen. Ich sollte sofort wieder nach Hause gehen und ihr das Buch morgen zurückgeben.

Ich entscheide mich für einen Kompromiss. Ich werde das Notizbuch auf die Türschwelle legen. Dann muss sie den Anblick meines abstoßenden Outfits nicht ertragen und wird nicht an meinen Aussetzer im *Charada* erinnert.

Ich mache die Gartenpforte auf, die leise quietscht, und schreite langsam über einen betonierten Pfad, an mehreren Blumentöpfen vorbei. Dann steige ich die drei Stufen zu der Mauernische vor dem Hauseingang hoch, die von gewundenen Säulen getragen wird. Leise und behutsam lege ich das Buch auf die Fußmatte.

Jetzt, wo meine Mission einwandfrei erfüllt ist, setze ich zu einem schnellen Rückzug an.

Und krache direkt in die Blumentöpfe.

Es stellt sich heraus, dass Terracottapötte, die auf Betonuntergrund zerbersten, erstaunlich melodisch klingen, vermutlich dank der Krümmung der Tongefäße und der unterschiedlich großen Scherben.

Die Lautstärke ist dagegen eher weniger überraschend. Sofort setzen gleich mehrere Nachbarshunde zu einem Kläffkonzert an. In etlichen Fenstern geht das Licht an. Rosas Tür wird einen Spalt breit geöffnet, und ein warmer Schweißfilm bildet sich in meinem Nacken. Ein kleiner Junge reibt sich verschlafen die Augen und sieht zu mir herunter, wie ich inmitten von Erdklumpen und entwurzelten Pfingstrosen auf dem Gartenpfad hocke.

»Hallo«, flüstere ich und winke ihm freundlich zu, um ihn nicht zu erschrecken.

Das kleine Gesicht verschwindet, und ich höre die Kinderfüße leise in den Flur zurücktrippeln.

»Geh schnell wieder ins Bett«, sagt eine Stimme. »Na los, ab in dein Zimmer.«

Dann geht die Tür wieder ein Stück weiter auf, und da steht sie plötzlich: Rosa. Sie trägt einen Schlafanzug und darüber einen Morgenmantel, um ihre Augen herum glänzen noch Make-up-Reste.

Sie späht in die Dunkelheit, dann schaltet sie das Außenlicht ein. »Oh«, sagt sie, als sie mich erblickt. »Del! Alles okay? Hast du dich verletzt?« Sie eilt auf mich zu.

Das ist nun schon das zweite Mal innerhalb kürzester Zeit, dass ich mich zu ihren Füßen befinde. Und wieder reicht sie mir eine Hand, um mir aufzuhelfen. Und diesmal greife ich danach.

»Ich wollte dir deinen Block zurückbringen«, erkläre ich und klopfe mir die Erde von den Klamotten. Ich führe sie die Stufen zur Tür hoch, um ihr das Notizbuch auf der Türmatte zu zeigen.

Ihr Gesicht leuchtet auf, als sie versteht. »Oh! Danke!«, sagt sie und hebt es auf. »Das suche ich schon seit Tagen.«

Ich lächele nervös. »Du hast es im *Flywheel* vergessen.«

»Das kann sehr gut sein. Danke fürs Herbringen, du bist ein Schatz.«

»Tut mir leid wegen der zerbrochenen Pötte und so«, sage ich matt.

»Das kann doch mal passieren«, tut sie das Ganze schulterzuckend ab. »Das war echt nett von dir, hierherzukommen. Ich wohne ja nicht gerade um die Ecke von dir.«

»Schon okay, ich war sowieso gerade in der Gegend.«

Die Lüge ist so offensichtlich, dass ich mir auf die Lippe beiße und den Blick auf einen faszinierenden Riss in der Ziegelmauer richte. Als ich wieder hochschaue, begegne ich Rosas neugierigem Lächeln. Ich lächele zurück, und wir halten mehrere Sekunden Augenkontakt.

Ein wilder Gedanke schießt mir durch den Kopf. Vielleicht fand Rosa meine Tanz-Blamage gar nicht so schlimm. Vielleicht gibt es einen Grund, warum ich gleich zweimal auf ihrer Liste auftauche. Vielleicht hat die Tatsache, dass sie so oft ins *Flywheel* gekommen ist, gar nichts mit dem Kaffee zu tun. Sondern mit … mir.

Bitte mich rein, Rosa, würde ich am liebsten sagen. *Nimm mich mit in dein Haus. In dein Zimmer. In dein Bett.*

Ich räuspere mich. »Wie läuft's mit den Vorbereitungen für die Kundgebung?«, frage ich. Ich weiß, dass es spät ist und ich sie lieber in Ruhe lassen sollte, aber ich will nicht gehen, noch nicht. »Ich hab den Zeitungsartikel über dich gesehen.«

»Tatsächlich?« Sie wirkt erfreut. »Ja, läuft ganz gut. Ich hab einen Haufen Flyer verteilt und eine Facebook-Seite erstellt. Und nach dem Artikel hab ich ziemlich viel Zuspruch bekommen.«

»Das ist doch toll!« Ich wringe mir das Gehirn nach irgendwas Schlauem zum Thema Büchereien oder Kundgebungen oder Bildung aus. Aber mir fällt nur eins von Dads Lieblingszitaten ein. »Wie sagte Groucho Marx … Fernsehen bildet. Immer wenn jemand den Fernseher einschaltet, gehe ich ins Nebenzimmer und lese ein Buch.«

Rosa lächelt. Und dann verwandelt sich ihr Lächeln in Lachen. »Der Spruch gefällt mir!«

Ob es wohl was Schöneres auf der Welt gibt, als Rosa Barea zum Lachen zu bringen? Mir fällt nichts ein, außer vielleicht, mit ihr in einer engen Besenkammer eingesperrt zu sein. Ich wende mich schließlich zum Gehen, zögere aber dann. »Tut mir echt leid. Wegen der Blumentöpfe und wegen … wegen der Sachen beim Tanzen«, stammele ich. »Im *Charada.*«

Rosa wird auf einmal verlegen und schüttelt heftig den Kopf. »Nein, *ich* bin diejenige, die sich entschuldigen muss. Das war meine Schuld. Ich hab dich zu stark herumgewirbelt.«

»Nein, hast du nicht«, versichere ich ihr. »Wie du bestimmt schon gemerkt hast, bin ich ein ziemlicher Tollpatsch. Und ich war an dem Abend irgendwie nervös. Ich hab nämlich neulich erst eine schlimme Erfahrung gemacht, die mit Tanzen zu tun hatte, weißt du. Das hört sich jetzt bestimmt total merkwürdig an …«

»Schon gut, ich hab davon gehört. Mein Cousin geht auf deine Schule. Ich versteh dich total.«

Vor Entsetzen dreht sich mir der Magen um.

»Manche Leute sind echt grausam, Delilah. Aber das

braucht dir nicht peinlich zu sein. Im Gegenteil, du solltest stolz auf dich sein. Ich finde, du bist echt tapfer.«

Ich nicke ein paarmal, unsicher, was ich von diesem Kompliment halten soll, oder von dem ernsten Tonfall in ihrer Stimme. »Wenn du bei der Kundgebung Hilfe brauchst, sag mir Bescheid, okay?«, sage ich dann.

»Ja? Ich wollte dich nämlich sowieso fragen …« Sie deutet auf das Notizbuch. Ein seltsamer Ausdruck huscht über ihr Gesicht – die Erkenntnis, dass ich ihre Liste vermutlich gelesen habe.

Ich werde auf der Stelle rot.

Dann bemerke ich, dass Rosa auch rot angelaufen ist. »Wir wollen morgen in den Park unten am Wasser, um ein paar T-Shirts zu bedrucken. Würdest du vielleicht …?«

»Ich komme gern«, sage ich hastig.

Sie schaut mich erleichtert an. »Das wäre super. Echt super. Wir müssen ganz viele T-Shirts schaffen, und einige Leute haben mir gerade heute abgesagt.«

»Kein Problem.«

Rosa lächelt. »Wir treffen uns um neun.«

Sie bleibt kurz auf der Schwelle stehen, und einen verrückten Augenblick lang glaube ich fast, sie bittet mich tatsächlich gleich rein. »Na dann, gute Nacht«, sagt sie schließlich.

Verdammt.

»Nacht«, antworte ich widerstrebend.

Rosa schließt die Tür mit einem leisen Klicken.

Ich bleibe noch so lange in dem schwachen Schein der Verandaleuchte stehen, wie ich es verantworten kann, ohne bekloppt zu wirken. Ich will nicht, dass Rosa denkt, ich wäre eine Stalkerin oder so was. Dann stürme ich, mit einem Herzschlag so wild wie ein Rushmore-Schlagzeugsolo, die Stufen nach unten und zurück auf die stille Straße.

20. Ein Anfang

Um kurz vor neun stehe ich am Eingang zum Park an der Bucht und halte nach Rosa Barea Ausschau. Mal wieder. Es ist wärmer als in den letzten Tagen, daher sind haufenweise Leute in kurzen Hosen und T-Shirt unterwegs, führen ihre Hunde aus, joggen, schieben Kinderwagen oder spazieren einfach in Grüppchen durch die Gegend. Mit meinem dunkelgrünen Kapuzenpulli und der Café-Hose fühle ich mich total fehl am Platz. Wahrscheinlich denken diese ganzen frühlingsinfizierten Leute, ich würde Trauer tragen oder so. Dabei ist niemand gestorben. Im Gegenteil. Wenn alles gut läuft, ist heute ein Neuanfang.

Erstens ist Charlie heute Morgen zurückgekehrt. Gerade als ich am Überlegen war, wer für ein paar Stunden das Café im Auge behalten könnte, kam er herein, schmiss zwei schwer aussehende Taschen auf eines der Sofas und machte sich einen extrastarken Espresso.

»Harte Zeit gehabt?«, fragte ich und sah zu, wie er das schwarze Gebräu runterstürzte. »Hast du deinem Dad die Sache mit der Körperverletzung gebeichtet?«

Charlie lehnte sich schwer gegen den Tresen und nickte.

»Und?«

»Er war extrem angepisst.« Er hämmerte auf den Knopf

der Kaffeemühle und stopfte eine neue Ladung frisch gemahlenen Kaffee in den Filter. »Er sagt, er würde gern behaupten können, er sei überrascht, aber bei mir würde ihn langsam gar nichts mehr überraschen. Er hätte immer versucht, mir sämtliche Möglichkeiten im Leben zu bieten, aber jetzt hätte ich alles verbockt.«

Ich verzog das Gesicht. »Und dass du so viel Unterricht geschwänzt hast? Das findet er bestimmt auch nicht toll.«

»Das ist ihm scheißegal.« Charlie rammte seine Tasse unter den Kaffeefilter. »Er tut zwar ganz besorgt, aber im Grunde ist er nur sauer, dass diese Schule mich auch wieder nicht in den Griff kriegt.«

»Das glaube ich nicht.«

Charlie schnappte sich seine Tasse und trank. Dann wischte er sich mit dem Handrücken über den Mund. »Er hat gesagt, wenn ich mich nicht schuldig bekenne, dreht er mir den Hahn ab.«

Ich starrte ihn an. »Was soll das denn heißen?«

»Er streicht mein Taschengeld, enterbt mich, schmeißt mich raus, verweigert jeglichen Kontakt …« Charlie lachte bitter. »Soll er doch. Ich will sowieso raus da. Ich bleibe jetzt hier bei dir, und wir machen zusammen einen Plan, wie wir das Café retten können. Und wenn ich etwas Geld zusammen hab, suche ich mir eine eigene Wohnung.«

»Aber ein bisschen kann ich ihn schon verstehen, Charlie …«

»Ich mein's ernst, Del. Ich bin fertig mit ihm.«

»Aber er ist dein Vater.«

»Nur rein biologisch betrachtet«, sagte Charlie und ließ sich auf eine Couch fallen.

Ich setzte mich neben ihn. Und dann schwiegen wir beide eine Weile. Ich kenne Charlie gut genug, um zu wissen, dass nicht nur die blanke Wut aus ihm sprach. Er war auch tieftraurig und verletzt. Was auch immer seine Mutter für Fehler gemacht hatte – verstoßen hätte sie ihn garantiert nie. Aber sie war nun mal nicht mehr da.

»Warst du eigentlich mal wieder im *Minnows*?«, fragte ich.

Die meisten Menschen gehen auf den Friedhof, wenn sie ihren verstorbenen Angehörigen nahe sein wollen, aber bei Charlie war das schon immer etwas anders. Der Ort, wo er sich seiner Mutter am nächsten fühlt, ist ein dreistöckiges Restaurant in Watson Bay, direkt am Wasser. Dort hatte sie viel Zeit verbracht, ihre Kunden zu Wein und Köstlichkeiten eingeladen und sich durch einen Ozean von Meeresfrüchten gegessen.

»Ja«, sagte Charlie leise. »Gestern.«

»Haben sie dich diesmal reingelassen?« Im Restaurant herrscht ein strenger Dresscode. Einmal war er abgewiesen worden, weil er Turnschuhe trug, ein andermal, weil er ein T-Shirt anhatte.

»Ich hab sogar den Tisch in der Ecke bekommen. An dem verdammten Tisch hat sie praktisch ihr halbes Leben verbracht.«

Ich grinste. »Freut mich für dich.«

Charlie schaute mich ernst an. »Danke, dass du immer für mich da bist, Del«, sagte er. »Ich weiß nicht, was ich ohne dich tun würde.« Er sah aus, als würde er gleich anfangen zu weinen.

»Ach komm, alles wird gut!«, sagte ich erschrocken.

Charlie wischte sich flüchtig über die Augen. »Ich weiß auch nicht, was heute mit mir los ist.«

»Hör zu, wenn du eine Weile hierbleiben willst, geht das klar. Wir müssen uns nur was einfallen lassen, um das Café wieder in die schwarzen Zahlen zu bringen.«

»Ich helfe dir, so gut ich kann.«

»Na ja, also ich müsste heute noch in den Park …«

»Ach ja?«

»Ja, mit … ähm … Rosa.«

Charlie schubste mich kumpelhaft von der Seite. »Na dann los. Ich halte solange die Stellung.«

*

Rosas Cousine Angeline springt mir als Erste ins Auge. Sie und ein Mädchen, das ich nicht kenne, kleben Zeitungsblätter auf einen Picknicktisch neben einem riesigen Feigenbaum. Ich halte nach Rosa Ausschau – und entdecke sie zusammengekauert neben dem Tisch, wo sie aus einer Plastikbox irgendwelche Sachen rausholt.

Ich spaziere so lässig wie möglich den Hügel runter zu ihnen.

»Hi«, sage ich verlegen, als ich nahe genug bin.

Rosa sieht hoch. Die Plastikbox ist voll mit Farben, Schablonen und Holzrahmen. »Hey, Del«, sagt Rosa so weich, dass mir total warm ums Herz wird. »Schön, dass du da bist.«

Sie stellt mich Angeline und ihrer Freundin Joss vor, die aus Korea stammt und eine Baseballkappe trägt.

»Hast du schon mal was bedruckt?«, fragt Joss.

Ich schüttele den Kopf.

»Macht nichts. Ich zeig dir, wie's geht«, bietet Rosa mir an.

Sie haben sich genau den richtigen Tag ausgesucht, um am Wasser zu sein. Der Wind hat etwas angenehm Hartes an sich, das alle Konturen schärfer erscheinen lässt, die Fußgänger, die Fahrradfahrer, die Rudermannschaften, die mit ihren Booten am Ufer entlanggleiten.

Rosa erklärt mir, wie man eine Schablone herstellt, und sie wiederholt alles geduldig, wenn ich sie darum bitte, was ziemlich häufig vorkommt. Ihr Outfit lenkt mich ein wenig ab – ein psychedelischer Sixties-Rock mit weißem T-Shirt und Leinenslippern –, aber noch mehr lenkt mich die Tatsache ab, dass wir was zusammen machen.

Ich genieße es so sehr, Zeit mit ihr zu verbringen, dass ich immer wieder vergesse, ihre Anweisungen zu befolgen. Fünfmal muss sie mir erklären, wie man die Schablone auf den Rahmen klebt und die Farbe über die Schablone streicht.

Unwillkürlich denke ich an die paar guten Wochen zurück, die Georgina und ich hatten, bevor alles aus dem Ruder gelaufen ist. Als das Englischprojekt vorbei war, haben wir immer wieder Gründe gefunden, uns zu treffen. Einmal habe ich in der Schule erwähnt, dass ich ihre Hilfe bräuchte, um zu entscheiden, in welcher Farbe ich mein Zimmer streichen soll. Ein andermal kam sie auf dem Schulflur auf mich zu, als niemand anders in der Nähe war, und bat mich um Hilfe bei ihrem Geschichtsaufsatz. Ohne solche Ausreden ging es nicht: Es war einfach nicht »normal«, dass Georgina und ich Freundinnen sind. »Normal« wäre gewesen, dass sie nach der Schule mit ihren Schulhof-Girls Haarschmuck und Highheels shoppen ging, während ich mit Lucas und Misch in einer Videospiel-Halle abhing und Air Hockey spielte oder mit Lauren zusammen Hausaufgaben machte.

Wir sprachen nie darüber, aber immer, wenn wir Zeit zusammen verbrachten, passierte am Ende etwas zwischen uns. Wir standen nebeneinander vor meinem Zimmerfenster und taten so, als würden wir die Farbe des Rahmens begutachten und uns angeregt unterhalten, dann stieß der Wind ihr das Rollo gegen den Arm, ich griff über sie hinweg, um das Ding wegzuschieben, und sie drehte sich zu mir. Und dann küssten wir uns.

An einem Samstag haben wir in der Küche ihrer Eltern Mandelkuchen gebacken. Wir brauchten mehrere Stunden dafür, weil Georginas Hand jedes Mal, wenn ihre Mutter aus dem Raum ging, meine Hand suchte. Dann schubste sie mich sanft gegen den Kühlschrank und drückte ihren Körper gegen mich. Wir küssten uns und ließen unsere

Hände in der südlichen Hemisphäre auf Entdeckungsreise gehen, bis wir wieder die Schuhabsätze ihrer Mutter über den Steinboden im Flur klackern hörten.

*

»Das müssen wir auf jedes T-Shirt hinten draufdrucken«, erklärt Rosa und zeigt mir ein fertiges Shirt mit dem »Rettet unsere Bücherei«-Slogan. »Vorne kannst du alles draufmachen, was du willst, solange es was mit Büchern zu tun hat. Wir haben auch Papier und Stifte da, falls du was Eigenes entwerfen möchtest. Ansonsten kannst du gern auch die Sachen von Angeline benutzen.«

Ich blättere den Schablonenstapel durch, den Rosa mir zeigt. »Wow, die sind echt toll.«

Angeline zuckt schüchtern mit den Schultern. »Ich zeichne einfach nur gern.«

»Sie ist zu bescheiden«, sagt Rosa und stupst mich an. »Sie heimst seit Jahren einen Kunstpreis nach dem anderen ein.«

»Ich möchte versuchen, was Eigenes zu entwerfen, aber wenn es nichts wird, nehm ich gern eine von deinen Schablonen«, sage ich zu Angeline.

»Was schwebt dir denn so vor?«, hakt Rosa nach.

»Ein Mädchen, das ein Buch liest. Aber nur, wenn du mir dafür Modell stehst.« Ich bin total in Flirtlaune.

Rosa lacht. »Okay, in welcher Position willst du mich haben?«

Ich schlucke alle zweideutigen Antworten runter, die mir spontan durch den Kopf schießen, und dirigiere sie stattdessen unter den großen Feigenbaum

Rosa zu zeichnen ist die perfekte Ausrede, um mir in aller Ruhe ihr Gesicht anzuschauen. Verrückt, wie anders Menschen auf einmal aussehen, wenn man eine Möglichkeit bekommt, sie *richtig* anzugucken. Immer wieder kreuzen sich unsere Blicke, bevor ich mich wieder aufs Blatt konzentriere.

Es dauert fünf Minuten, bis mir klar wird, dass die Zeichnung der totale Flop ist.

»Lass mal sehen.«

Ich protestiere, aber Rosa reißt mir das Blatt aus der Hand. Sie schaut erst die Zeichnung an, dann mich, dann beginnt sie zu lachen. »Das ist echt furchtbar. Ich glaube, wir besorgen dir lieber einen Entwurf von Angie.«

»Ich zeichne genauso schlecht, wie ich tanze. Echt unfair, dass Angeline beides so perfekt kann.«

»In dieser Familie ist so unfassbar viel Talent vorhanden, dass einem ganz schwindlig wird«, gibt Joss mir recht.

»Ich wünschte, ich könnte nicht so gut tanzen«, sagt Angeline und schaut vielsagend zu Rosa rüber.

»Was meinst du damit?«, frage ich.

Angeline und Rosa wechseln einen Blick. »Wir machen das einfach schon so lange«, sagt Rosa. »Manchmal wird's eben etwas …«

»Anstrengend. Monoton. Langweilig«, führt Angeline ihren Satz zu Ende.

»Oh.« Ich schaue von einer zur anderen. »Aber ihr seid so wahnsinnig gut. Und ich hab deinen Zeitungsartikel über die Kundgebung gelesen, Rosa. Da hast du doch erzählt, wie leidenschaftlich gern du Flamenco tanzt.«

Rosa weicht meinem Blick aus. »Ja, das war auch mal so. Das Flamencotanzen ist eine Familientradition. Aber wir treten so oft auf … Sechs Abende die Woche, Del.«

»Und das seit zehn Jahren!«, ruft Angeline aus.

»Und warum hört ihr dann nicht einfach damit auf?«

»Weil es meinen Eltern so viel bedeutet«, antwortet Angeline und meint Rosas Tante Adelina und ihren Onkel Elvio.

»Außerdem lockt es haufenweise Gäste an«, fügt Rosa hinzu.

»Dann würdest du viel lieber was anderes arbeiten?«

»Ich würde viel lieber in Ruhe studieren. Und das hier machen«, sagt Rosa und lächelt. »Und wo wir gerade davon sprechen – wir müssen uns reinhängen, los!«

Sie reicht mir ihre Hand. Ich greife danach, das Herz voller Hoffnung.

21. Krisengespräche

Für diesen Nachmittag haben wir im *Flywheel* ein Krisengespräch anberaumt. Ich habe dazu Mandy, Tom, meine Schulfreunde und den am wenigsten bekifft wirkenden Rucksacktouristen aus dem Café eingeladen, einen Kalifornier namens Buck, und ich schließe den Laden für eine Stunde, damit wir genug Zeit haben, einen Plan zur Rettung des Cafés auszuarbeiten. Wenn man die aktuellen Durchschnittseinkünfte zugrunde legt, verlieren wir durch diese eine Stunde etwa ein Drittel eines Gastes, also höchstens 2,60 Dollar. Das wird die Sache ja wohl hoffentlich wert sein.

Die beste Nachricht ist, dass Rosa auch kommen will. Sie schien sich zu freuen, als ich sie heute Vormittag im Park danach gefragt habe. Sie hat mich zwar gewarnt, sie könnte uns vielleicht nicht besonders viel helfen, aber ich meinte, je mehr Leute die Köpfe zusammenstecken, umso besser.

Inzwischen sind bis auf Rosa alle eingetroffen, die ich eingeladen habe. Ob sie irgendwo aufgehalten wurde? Vielleicht hat sie sich verpflichtet gefühlt, zuzusagen, wollte aber nicht ernsthaft kommen. Oder ich bin einfach nur total paranoid.

Unsere Krisensitzung findet neben dem Kuchentresen statt, so dass die zum Brainstormen lebenswichtige Zuckerzufuhr nur eine Armlänge entfernt ist. Charlie hat Kaffee gemacht, und ich hoffe, die Kombi aus Zucker und Koffein generiert Unmengen genialer Ideen.

Vielleicht wird es aber auch der totale Reinfall. Mandy hat vor fünf Minuten angefangen, in ihr Taschentuch zu heulen. Ich bugsiere sie in die Küche, um sie wieder ein bisschen in die Spur zu bringen. »Was ist denn los? Macht dein Ex dir immer noch Ärger?«, frage ich, die Hände in die Hüften gestemmt, das Kinn mafiosomäßig nach vorn gereckt.

Mandys Wimperntusche ist zu langen Streifen zerlaufen, die bis zum Kinn hinunterreichen. »Er hat jetzt eine Neue«, sagt sie, und ihre Schultern beben dabei.

»Woher weißt du das?«

»Ich hab sie gestern zusammen gesehen, sie haben Badespielzeug eingekauft.«

»Badespielzeug? Wie alt ist die Neue denn? Vier?«

Ein flüchtiges Lächeln huscht über Mandys Gesicht. »Sah schon ziemlich jung aus.«

Ich schaue ihr in die traurigen Augen. »Der Typ ist es nicht wert. Das weißt du doch, oder? Du bist toll. Und wenn er das nicht sehen kann, dann ist er ein Riesenidiot.«

»Aber ich liebe ihn. Was soll ich denn jetzt bloß machen?« Wieder steigen ihr Tränen in die Augen.

»Du wirst noch eine Zeitlang traurig sein«, sage ich. »Du wirst dich jedes Mal, wenn du einen romantischen Film guckst oder irgendwelche Liebespaare auf der Straße knutschen, selber bemitleiden. Und dann wird es dir irgendwann langsam, langsam bessergehen. Und genau in dem Moment werden alle tollen Typen, die nur drauf gewartet haben, dass du endlich über den Vollpfosten hinweg bist, auf einmal aus ihren Löchern gekrochen kommen. Und weißt du, was, Mandy? Einer von denen wird dann der Richtige für dich sein. Du wirst dich Hals über Kopf in ihn verlieben und ihn zum glücklichsten Mann der Welt machen.«

Mandy schnieft in ihr Taschentuch. »Danke, Del. Das hört sich gut an.« Sie hält inne. »Aber weißt du, wenn mir das passieren kann, dann kann es genauso gut auch dir passieren.«

Ich spüre, wie ich rot anlaufe. »Vielleicht«, sage ich leise und frage mich einmal mehr, wo Rosa wohl bleibt.

Wir gesellen uns wieder zu den anderen, die so aussehen wie die Weight-Watchers-Gruppe, zu der June früher immer gegangen ist. Mit dem Unterschied, dass hier das Kalorien-Punktesystem total aus den Angeln gehoben wird, denn Tom, Charlie und Buck sind schon bei ihrem jeweils dritten Stück Kuchen angekommen. Charlie hat sich mit Papier und Bleistift bewaffnet und kritzelt zwischen zwei Bissen immer wieder etwas hin.

»Okay, was für Ideen habt ihr bisher so gesammelt?«, frage ich.

»Charlie, lies Del mal die Liste vor«, sagt Misch und nimmt ihren Stapel Margaret-Atwood-Romane von dem Stuhl neben sich, damit ich mich setzen kann.

Charlie räuspert sich und streicht sich das schlapp herunterhängende Haar nach hinten.

O Gott, jetzt geht's los. Das wird wieder eine seiner Ansprachen.

»Also, Del«, setzt er mit Grabesstimme an. »Wie wir alle wissen, blutet das *Flywheel* sozusagen aus. Noch nie habe ich erlebt, dass ein Geschäft, das einst so erfolgreich lief, auf einmal so …«

»Die Liste, Charlie«, sagt Misch.

»Wie recht du hast. Wir dachten, es wäre eine gute Idee, eine Liste mit den positiven Faktoren zu machen, und eine mit den Punkten, die verbesserungsfähig wären. Denn wie oft bekommen wir im Leben schon die Möglichkeit, innezuhalten, in uns hineinzulauschen und zu sinnieren …«

»Lies einfach die Liste vor«, geht Tom dazwischen.

»Mach dir nichts aus ihren Kommentaren, Charlie«, sagt Lauren. »Lass dir Zeit.« Sie legt ihm eine Hand auf den Arm.

Charlie lächelt sie dankbar an. »Die Positiv-Liste«, verkündet er dann. »Punkt eins: Wi-Fi. Punkt zwei: Essen. Punkt drei: Öffnungszeiten.«

»Das ist doch schon mal ein guter Anfang«, sage ich. »Und weiter?«

»Mehr steht da nicht drauf.«

Ich starre Tom an, der leer zurückstarrt, dann schaue ich zu Misch und Lauren rüber, die synchron mit den Schultern zucken. Lucas schenkt mir ein dümmliches Grinsen, Buck knipst sich mit der Schere seines Schweizer Armeemessers die Fingernägel ab. »Euch sind nur drei positive Sachen zum *Flywheel* eingefallen?«

»Bisher«, betont Charlie, und Buck sagt in demselben Moment: »Kommt noch, Schnecke«, und ein Stück von seinem Fingernagel fliegt quer über den Tisch direkt in meinen Kaffee.

Ich fische das Ding angewidert heraus. »Und was steht auf der Liste mit den verbesserungswürdigen Sachen?«

Charlie schaut auf den Zettel. »Preise. Ausstattung. Musik. Hygiene. Service …«

»Moment mal, stopp«, sage ich und reiße ihm die Liste aus der Hand. »Musik? Was soll das denn? Ich spiele hier nur tolle Musik!«

»Ich finde deine Musik zum Kotzen«, wirft Buck ein.

»Also wenn du glaubst, ich fang jetzt an, diesen Charts-Schrott zu spielen …«

»Hey, meinetwegen spiel weiter Dolly Parton und Patti Smith, wenn's sein muss, aber hör endlich auf mit Rushmore!«, sagt Buck. »So, ich hau jetzt ab hier. Muss wieder zum Hostel, eine Norwegerin abholen.« Er schiebt seinen Stuhl zurück, steht auf und geht zur Tür.

»Na du warst mir ja eine tolle Hilfe!«, rufe ich ihm hinterher. »Suuuper! Ich hoffe, dir bekommt der ganze Kuchen, den du dir reingestopft hast!«

»Die perfekte Überleitung zum nächsten Punkt«, sagt Lauren, während die Kuhschellen lautstark klimpern. »Unfreundliches Personal.«

»Du meinst wohl eher unfreundliche Gäste«, knurre ich.

Stille. Alle Augen sind auf mich gerichtet.

»Was?«

»*Du* bist das unfreundliche Personal, Schätzchen«, sagt Misch.

»Ich bin doch nicht unfreundlich«, widerspreche ich. »Oder nur ganz, ganz selten. Ich schreie nie. Ich bin lustig und unterhaltsam«, füge ich matt hinzu.

»Du schreist ständig rum«, sagt Misch.

»Wann denn zum Beispiel?«, rufe ich aus.

»Als Hamish noch hier war, hast du ihn praktisch jeden Tag angebrüllt«, sagt Misch.

»Wen wundert's? Der Typ hat geklaut und gelogen, dass sich die Balken biegen.«

»Und die Aushilfen pampst du auch immer wieder an«, springt Lauren ein. »Ganz zu schweigen von den Gästen.«

»Vorgestern Abend hab ich gehört, wie du ein paar Studenten angeschrien hast …«, sagt Lucas.

»Weil sie sich bis auf die Unterhosen ausgezogen haben!«

»Charlie brüllst du in der Küche auch an«, sagt Mandy.

»Und gerade eben hast du noch Buck angeschrien …«, sagt Charlie.

»Das reicht! Okay, ich geb's ja zu. Ich werde manchmal ziemlich wütend!«, schreie ich. »Aber ihr müsst doch verstehen …«

»Ähm … hi. Sorry, bin spät dran, darf ich trotzdem noch reinkommen?«

Wir wirbeln alle herum. Rosa steht in der Tür, und bei ihrem Anblick verwandelt sich meine Wut schlagartig in Aufregung.

»Hi«, sage ich schwach.

»Tut mir leid, ich wollte echt früher kommen, aber ich wurde aufgehalten«, sagt Rosa und streicht sich den psychedelischen Rock glatt.

»Wir haben gerade erst angefangen«, sage ich und rubbele hastig an meinen Mundwinkeln herum, um sicherzugehen, dass da keine Kuchenkrümel kleben. »Komm rein, komm rein!« Ich wische mir schnell die Schürze glatt und klopfe auf den Stuhl, den Buck gerade verlassen hat.

Lauren und Misch sehen erst Rosa an, dann mich, dann einander.

Ich bringe rasch die Vorstellungsrunde hinter mich.

»Der nächste Punkt auf der Liste: Bushaltestelle«, sagt Tom ungeduldig.

»Bushaltestelle«, wiederhole ich dümmlich. Gott, Rosas Haare duften so herrlich! Der Conditioner, den sie benutzt, sollte zum Produkt des Jahres gekürt werden.

»Ja«, sagt Mandy. »Ich hab mitgekriegt, wie ein paar Rucksacktouris sich beschwert haben, dass es total schwierig ist, von hier aus zu den Sehenswürdigkeiten zu kommen.«

»Man kann doch überall in einen Bus Richtung Stadt steigen.«

»Die wollen aber zum Bondi Beach«, sagt Mandy.

»Du könntest selber eine Transportmöglichkeit anbieten«, sagt Tom. »Einen Shuttle vom Café zum Bondi und zurück.«

»Das klingt aber teuer«, protestiere ich.

»Darf ich euch mal unterbrechen?«, sagt Rosa. »Ich weiß natürlich nicht, was ihr schon alles besprochen habt ... Ich finde, euer Service könnte besser werden. Aber ich bin am Überlegen, ob man den Hebel nicht auch an einer anderen Stelle ansetzen könnte.«

Alle starren Rosa verständnislos an.

»Euer größtes Problem«, erklärt Rosa, »ist doch dieser Franchise-Laden ein Stück weiter, das *Crunch*. Die haben ein riesiges Unternehmen, das ihnen den Rücken stärkt. Vielleicht muss man den Stier bei den Hörnern packen.«

Ich nicke langsam. »Und wie genau soll das funktionieren?«

»Eine Marketingkampagne«, sagt Rosa, und ihre Augen funkeln. »Ihr startet eine Kampagne, die euch als Familienbetrieb hervorhebt und das *Crunch* als seelenlosen aufgeblasenen Wichtigtuer-Laden bloßstellt.«

Die anderen wechseln unsichere Blicke.

»Das klingt aber ziemlich destruktiv«, sagt Charlie.

»Muss es ja auch sein«, erwidert Rosa schlicht. »Sonst verliert ihr das Café. Tut mir leid, dass ich das so direkt sage, aber alles andere wäre echt naiv.«

Charlie läuft dunkelrot an. Den Gesichtsausdruck kenne ich. So hat er ausgesehen, kurz bevor er dem Mann die Nase gebrochen hat.

»Ich werde darüber nachdenken«, sage ich hastig zu Rosa. »Vielen Dank euch allen. Ihr habt total tolle Ideen eingebracht. Am besten machen wir jetzt Schluss. Kann ich dir noch irgendwas bringen, bevor du wieder losmusst, Rosa? Einen Kaffee vielleicht?« Ich scheuche sie eilig Richtung Küche.

Ein Schatten, der nach Enttäuschung aussieht, huscht ihr übers Gesicht. »Ein Sandwich wäre super«, sagt sie und zeigt auf ein verpacktes Baguette in der Auslage. »Danke, Del«, fügt sie warm hinzu.

»Gerne doch.«

Ich suche unter dem Tresen nach einer Papiertüte für ihr Sandwich. Da bimmeln die Kuhschellen wieder und die Tür geht wie von Zauberhand auf. Eine kleine Gestalt mit wuscheligen schwarzen Haaren streckt den Kopf herein.

Es ist Rosas kleiner Bruder. »Rosa«, singsangt er mit süßer, hoher Stimme. »Du musst ins Restaurant rüberkommen.«

Rosa schaut mich an und verdreht die Augen. »Ich komme gleich, Franco«, sagt sie dann und wühlt in ihrer Tasche nach Kleingeld.

»Aber schnell!«, gibt Franco zurück, während ich ihr Brot in die Tüte gleiten lasse. »Dein Freund ist da.«

Das ist der Moment, in dem ich erstarre.

Das Wort trifft mich wie ein Schlag ins Gesicht, ein Schlag vom Kaliber Charlie McFarlane, der dich blutend und gebrochen zurücklässt – und bereit, jeden zu verklagen.

Rosa hat einen Freund.

Wieso ist mir noch nie der Gedanke gekommen, sie könnte einen Freund haben?

Ich reiche ihr wie betäubt die Papiertüte.

»Er meint Ramon«, sagt Rosa peinlich berührt.

Ramon, mit dem sie Flamenco tanzt? »Oh. Ich dachte, Ramon wäre dein Cousin.«

»Ist er nicht, jedenfalls nicht direkt, er ist …«

»Schon okay, geht mich nichts an«, sage ich hastig und winke ab. Wie blöd kann man eigentlich sein? Ich habe die beiden doch mit eigenen Augen im *Charada* gesehen: Rosa und Ramon, in innigem Tanz miteinander verbunden. Natürlich! Ich war so damit beschäftigt, auf Charlies Tanz mit Rosa eifersüchtig zu sein, dass ich das eigentliche Problem gar nicht gesehen habe. Aber wo ich jetzt so darüber nachdenke … Der Blickkontakt zwischen Rosa und Ramon ist keine Sekunde lang abgerissen. Ich denke wieder an die vielen Stunden, die sie bei Proben miteinander verbringen. Alles fügt sich auf einmal zusammen. Die Wahrheit lag die ganze Zeit direkt vor meinen Augen, und ich hab sie nicht gesehen. Ich bin so bescheuert!

»Du gehst jetzt besser. Ich will dich nicht aufhalten«, keuche ich.

Rosa zögert, die Papiertüte in der Hand.

»Geh ruhig«, wiederhole ich. »Und guten Appetit.«

Lauren kommt zu mir herüber, als Rosa weg ist. »Sie scheint nett zu sein.« Ihre Stimme klingt gekünstelt, als würde sie in einer Fremdsprache reden. Sie schaut mir nicht in die Augen. »Wie heißt sie noch mal?«

»Ich hab jetzt gerade echt viel zu tun.« Ich schnappe mir ein Tuch und fange an, den Tresen abzuwischen.

Lauren sieht enttäuscht aus. Als ob sie wüsste, was echte Enttäuschung ist. Echte Enttäuschung ist, Rosa Barea aus meinem Café verschwinden zu sehen – und aus meinem Leben.

22. Die schwarze Welle

Gegen fünf Uhr nachmittags breche ich zu einem langen Spaziergang auf. Die Straße entlang, an den anderen Cafés, der Eckkneipe und der efeuvernarbten Sandsteinkirche vorbei. Mein Herz pocht wie verrückt, was gleichermaßen meinem emotionalen Zustand wie meiner Unsportlichkeit geschuldet sein dürfte. Der Verkehr rollt unbekümmert an mir vorbei.

Oh, Rosa.

Kann man jemanden vermissen, mit dem man gar nicht richtig zusammen war?

Ich setze mich in den Park, um mich zu beruhigen. Ich weiß, es ist total erbärmlich, so am Boden zerstört zu sein, nur weil ein Mädchen, auf das ich stehe, einen Freund hat.

Sie ist immerhin zu meiner Versammlung gekommen. Das muss aber noch lange nichts bedeuten. Aber sie hat sich von mir zeichnen lassen.

Ich bin so dämlich.

Nach etwa einer halben Stunde mache ich mich wieder auf den Heimweg, die Küstenstraße entlang, am endlosen Streifen der Reihenhäuser vorbei, zurück auf die Hauptstraße.

Und als ich um die Ecke biege, weiß ich endgültig, dass Murphys Gesetz heute ausschließlich für mich gilt.

Denn vor dem *Flywheel* steht, einen Bücherstapel an sich gedrückt, Georgina Trump, süß wie ein Cupcake, die Haut so blass wie Milchschaum.

Erst überschwemmt mich Verlangen, dann eine Welle der Trauer, schließlich übermächtige Wut. Ich erinnere mich selbst daran, dass Georgina zwar rosa Wangen und blondes Haar hat, aber auch ein rabenschwarzes Herz.

Ich überlege, ob ich um die Ecke verschwinden und später wiederkommen soll, aber wer weiß schon, wie geduldig Georgina sein kann? Vielleicht bleibt sie ja den ganzen Tag hier stehen. Außerdem … Wenn das Schicksal dich ins dunkle Wasser schmeißt, bleibt dir nichts anderes übrig, als auf der schwarzen Welle zu reiten.

Vorsichtig nähere ich mich. Und sehe zu meiner Freude, dass Georgina nervös wirkt. Als ich fast bei ihr bin, verzieht sie ihr Gesicht zu etwas, das wohl wie ein Lächeln aussehen soll.

»Was machst du denn hier?«, frage ich ungerührt.

Sie deutet mit dem Kopf auf die Bücher, die sie an die Brust drückt. »Mrs Cronenberg hat mich gebeten, dir die hier zu bringen?«

»Warum?«

»Weil du schon viel gefehlt hast und sie nicht will, dass du zu sehr zurückfällst?«

Es gab Zeiten, da habe ich ihre Angewohnheit, jede Aussage in einen Fragesatz zu verwandeln, irgendwie niedlich gefunden. Diese Zeiten sind vorbei.

»Ich hab die Schule geschmissen. Ich geh nicht mehr zurück«, sage ich scharf. Wobei ich das gerade erst in dieser Sekunde entschieden habe. Doch als ich höre, wie meine Worte durch die Luft zischen, als ich sehe, wie fest umrissen sie sind, bin ich mir auf einmal ganz sicher.

»Oh«, sagt Georgina betreten. »Kannst du die Bücher trotzdem nehmen? Mrs Cronenberg hat drauf bestanden, dass ich sie dir gebe. Sie sagt, du interessierst dich für … äh … Südostasien?«

Ich schiele auf die Buchrücken. In einem geht es um den Bürgerkrieg in Burma, ein anderes handelt von ethnischen Gruppen in Laos. Ich frage mich, ob darin auch ein Kapitel über das Volk der Arem vorkommt, schiebe den Gedanken aber gleich wieder beiseite.

»Warum hat sie ausgerechnet dich geschickt?«, frage ich.

Zu meiner großen Freude scheint ihr die Frage unangenehm zu sein. Sie späht über die Schulter zur Tür des Cafés rüber. Und da sehe ich sie – die Oberhexe Ella, die auf der anderen Seite lauert und an einem Triple-Choc-Milchshake aus dem *Flywheel* nuckelt.

Ich starre Ella an, sie starrt zurück.

Georgina wird rot. »Sie wollte, dass ich dir persönlich … sage, dass … du wieder zur Schule kommen sollst? Dass inzwischen alle vergessen haben, was … du weißt schon …«, stammelt sie.

»Was hat das denn damit zu tun?« Mein Gesicht glüht.

»Woher soll ich das wissen?«, keift Georgina zurück.

Ich weiß gar nicht, was mich mehr ärgert: dass Georgina denkt, mein Wegbleiben hätte was mit ihr zu tun, oder dass sie so tut, als wüsste sie nichts von meiner Vorliebe für Südostasien. Der letzte Tag, den wir zusammen verbracht haben, war auf dem Asia-Filmfestival, verdammt! Ich hatte sie überredet, sich mit mir einen Film über Kambodscha anzuschauen.

Als sie schließlich zusagte, war ich total aus dem Häuschen. Es war das erste Mal, dass wir wirklich zusammen ausgingen, sozusagen öffentlich, statt uns nur zu Hause hinter verschlossenen Türen rumzudrücken.

An den Film kann ich mich nicht mehr besonders gut erinnern. Dafür weiß ich noch, wie sich die Leute um uns herum anhörten, die ihre Finger in Popcorn tauchten, und wie Georgina nach Orangenschokolade geschmeckt hat. Ich erinnere mich an ihre Lippen auf meinem Nacken, und daran, wie ich aufstöhnen musste, als sie eine Hand unter mein Shirt schob.

Als wir aus dem *Dendy* kamen, griff ich nach ihrer Hand. Nach zwei Stunden Kinoknutschen hatte ich das Gefühl, wir wären so weit. Aber Georgina riss sich los. »Bist du verrückt geworden?«, raunte sie und stopfte beide Hände in ihre Hosentaschen.

Am nächsten Tag sah ich sie in der Pause auf dem Schulflur. Sie redete gerade mit Clare Ando und Sophie Murray. Normalerweise ging ich den Schulhof-Girls aus dem Weg, gerade seit Georgina und ich uns nähergekommen waren. In der Schule hielt ich mich immer von ihr fern. Aber nachdem sie am Abend zuvor so überraschend kühl gewesen war, wollte ich sichergehen, dass zwischen uns alles okay war. Ich wollte nur einen Blick von ihr, ein Lächeln, mehr nicht.

Ich ging auf dem Flur auf sie zu. Aber sie wandte sich sofort ab, stapfte in die entgegengesetzte Richtung davon und zog ihre Freundinnen wie eine Schleppe hinter sich her.

In der Mittagspause schrieb ich ihr eine Nachricht. Ella ertappte mich dabei, wie ich den Zettel in Georginas Schließfach steckte.

»Was machst du denn da?«, fragte sie misstrauisch.

»Ich hinterlasse Georgina eine Nachricht.«

Sie schob ihre perfekt gezupften Augenbrauen zusammen. »Wie kommst du auf die Idee, dass Georgina von *dir* eine Nachricht haben möchte?«

Solche Sprüche waren typisch für die Schulhof-Girls. Als wäre jeder, der nicht zu ihrer Clique gehörte, nichts wert. »Das meinst du ja wohl nicht ernst?!«, gab ich giftiger als sonst zurück.

Ella kniff die Augen zusammen. »Ist ja reizend, dass ihr euch durch dieses alberne Pappmaché-Projekt besser kennengelernt habt«, sagte sie. »Aber das ist jetzt vorbei. Georgina möchte nicht mit dir befreundet sein oder so was.«

»Aha, und warum lädt sie mich dann ständig zu sich nach Hause ein?«, rutschte es mir heraus.

»Das ist ein Scherz, oder?« Ich sah Ella an, dass sie ehrlich überrascht war und keine Ahnung hatte.

»Zufällig mögen wir uns«, blaffte ich in ihr perfekt symmetrisches Gesicht. »Wir mögen uns sogar sehr, wenn du's genau wissen willst.«

Einen Augenblick lang wirkte Ella vollkommen irritiert. Dann lachte sie los. »Na klar. Mal schauen, was Georgina dazu sagt.« Damit wirbelte sie auf dem Absatz herum und verschwand.

Vierundzwanzig Stunden später war ich eine Aussätzige.

*

Wir stehen vor dem *Flywheel*, und es sieht so aus, als würde dieser Tag zu einem der schlimmsten der modernen Menschheitsgeschichte. Georgina schürzt ihre schimmernden Lippen. »Du bist doch nicht etwa immer noch sauer wegen dem Video? Das sollte doch nur ein Spaß sein.«

»Ja, superwitzig.«

Sie streicht sich mit einem Finger eine Haarsträhne über die Schulter nach hinten. »Hier, bitte.« Als sie mir die Bücher gibt, streift ihre Hüfte meine, und ich spüre ihre Körperwärme. »Da sind auch Sachen von Ms Shanker und Mr Hammer dabei.«

Ich starre sie an, und für einen Moment blickt mir die alte Georgina unsicher entgegen. Dann kommt Ella rüber, und ein matter Schleier legt sich über Georginas Augen, als hätte man den Fernsehsender umgeschaltet.

Ella blinzelt – wie alle Vampire – gegen das helle Tageslicht an und schleudert ihr Haar nach hinten. »Fertig?«

Georgina weicht hastig vor mir zurück. »Na dann, tschüs«, sagt sie leichthin.

Und sie gehen die Straße runter.

Auf halber Strecke dreht Ella sich noch mal herum. »Du hättest dich wenigstens bei ihr bedanken können«, schreit sie in meine Richtung.

»Wofür denn? Für die öffentliche Demütigung? Oder für ihr dilettantisches Schlabberknutschen?«, rufe ich zurück.

Georgina fällt alles aus dem Gesicht, und einen Augenblick lang tut es mir leid.

Aber nur einen Augenblick.

»Lesbenschlampe«, schnaubt Ella, und beide lachen.

Wann ist dieser Scheißtag nur zu Ende …

23. Etwas höchst Seltsames

Zwischen Charlie und mir ist gerade etwas Seltsames passiert. Etwas höchst Seltsames.

Ich versuche es mal zu erklären.

Nachdem Georgina und ihre böse Zwillingsschwester weg waren, haben wir den Laden zugemacht und sind nach oben gegangen, ich mit Herzschmerz, Charlie mit einem Sixpack Wodka-Mixgetränke, zwei Flaschen billigem Rotwein und einem großen Bier. (Dass Charlie schon achtzehn ist, mag strafrechtlich ungünstig sein, hat aber auch gewisse Vorteile.)

Vor seinem Alk-Großeinkauf hatte ich mir den Abend eher so vorgestellt, dass ich in Gesellschaft mehrerer Kerzen, meiner Rushmore-Unplugged-CD und einer heißen Badewanne in meinem Elend schwelgen würde. Stattdessen gab ich mir mit Charlie die Kante.

Wir lagen nebeneinander auf dem Bett, und unser erstes Gesprächsthema war Charlies Gerichtsverfahren.

»Hast du dir schon mal überlegt, ob es nicht gut wäre, das zu machen, was Marina und dein Vater gesagt haben? Zugeben, dass du schuldig bist?«

Charlie ließ sich schwer ins Kissen sinken. »Ich will aber keinen Eintrag im Strafregister haben, der mir dann lebenslang nachhängt.«

»Also willst du lieber unter Eid lügen?« Ich nahm einen Schluck Wodka.

»Aus deinem Mund klingt das so dramatisch. Ich glaube kaum, dass es überhaupt so weit kommt.« Charlie holte einen Joint aus der Tasche und zündete ihn an.

»Charlie, du hast den Typen nun mal geschlagen. Ich hab's gesehen. Sie werden dir nachweisen, dass du es getan hast. Warum machst du es dir nicht leichter und gibst es von vornherein zu?«

»Du machst dir einfach zu viele Sorgen«, erwiderte Charlie. »Hier, trink noch was.«

Erst nach meinem dritten Wodka und mehreren Zügen am Joint gab ich auf, Charlie umstimmen zu wollen. Wir wechselten das Thema und gingen zu meinem verkorksten Liebesleben über. Und da fing es an, seltsam zu werden.

»Eins musst du dir immer vor Augen halten«, begann Charlie. »Das Meer ist groß, und es schwimmen jede Menge Fische darin.« Er wackelte mit den Fingern, um die unendliche Zahl der Fische zu verdeutlichen. Dann breitete er die Arme aus, um die Größe des Meeres anzuzeigen, und schlug dabei meine Nachttischlampe zu Boden.

Ich hörte, wie die Glühbirne in tausend Scherben zersprang. Der Raum versank in Dunkelheit.

»Das ist jetzt mein geringstes Problem«, sagte ich und machte eine wegwerfende Geste – mit der Hand, in der ich den Joint hielt. Ich spürte, wie Asche aufs Laken rieselte. »Hier, nimm die Kerze, mach damit die Tüte an und hör mir zu. Für dich mag das Meer unendlich groß sein und die Fische unzählig viele, Mr Superhetero Aber in meinem Fall haben wir es mit einem deutlich kleineren Gewässer zu tun. Kennst du diese muschelförmigen Plastikbecken, in denen Kleinkinder rumplanschen?«

»Glaub schon. Das kann doch nicht sein.«

»Doch, das versuch ich dir ja gerade klarzumachen.«

»Ich meine, ich krieg die Kerze nicht mit dem Joint an.«

Ich tastete herum und warf Charlie blind eine Schachtel Streichhölzer zu. Er zündete die Kerze an und stellte sie auf den Nachttisch. Gelbes Geflacker zuckte durchs Zimmer.

Charlie nahm einen Zug und schaute nachdenklich an die Decke. »Ich bin mir ziemlich sicher, dass Rosa dich mag, Del«, sagte er.

»Ich weiß, dass sie mich mag. Aber ich will, dass sie auf mich abfährt, verstehst du?«

»Vielleicht fährt sie ja auf dich ab. Wie willst du das wissen, wenn du sie noch nie danach gefragt hast?«

»Sie hat einen Freund. Einen spanischen Freund. Mit einem sexy Akzent, olivfarbenem Teint und dieser niedlichen Art, ›Barcelona‹ zu lispeln.«

»Ramon hat doch gar keinen spanischen Akzent. Er ist hier geboren.«

»Ist doch auch egal! Sie sind ein Paar «

»Ich glaube trotzdem, dass sie auf dich steht.«

Ich öffnete eine der Flaschen Rotwein und füllte zwei Gläser.

»Ich hab doch gesehen, wie sie dich anschaut«, fuhr Charlie fort. »Was ich gut nachvollziehen kann. Schließlich bist du sehr, sehr …« Er wandte den Blick ab.

»Was?«

»Zwing mich nicht, es noch mal zu sagen.«

»Oh. Dass ich süß bin und meine Beine in Ordnung sind, aber meine Schuhe grauenvoll?«

»Das hab ich nicht gesagt.«

»Ich zitiere: ›Die Schuhe solltest du dringend in die Tonne kloppen.‹«

»Wen interessieren denn deine Schuhe?«, erwiderte Charlie ernst. »Ich rede davon, dass du mit dem ganzen Gesicht lächelst, mit deinen Grübchen, deinen Augen. Und wenn du dir die Haare nach hinten bindest, sieht man diese süßen kleinen Leberflecken auf deinem Nacken …« Charlie brach ab. »Ich meine nur … Sie wäre echt bescheuert, wenn sie nicht auf dich abfahren würde. Del …«

»Was? Wieso schaust du mich so komisch an?«

»Ach, vergiss es.«

»Nein, komm schon. Raus damit, egal, was es ist. Höchstwahrscheinlich kann ich mich morgen sowieso an nichts erinnern.«

»Ich hab mich nur gefragt …«

»Jaaaa?« Ich nahm einen Schluck Wein und spürte, wie er mir warm die Kehle hinunterlief.

»Schon okay.«

»Es ist erst okay, wenn du es ausgesprochen hast. Also los.«

»Ich hab mich gefragt, wie du so sicher sein kannst.«

»Was meinst du?«

»Ach, du weißt schon.«

»Nein, weiß ich nicht.«

»Dass du nur auf Frauen stehst«, sagte Charlie und nahm einen großen Schluck.

Die Frage erwischte mich auf dem falschen Fuß. »Was soll das denn heißen? Ich hab das schon immer gewusst. So wie du schon immer gewusst hast, dass du auf Frauen stehst. Ich verliebe mich in Mädchen. Punkt. Wenn ich mir vorstelle, mit jemandem zusammen zu sein, dann geht's um ein Mädchen. Genau wie bei dir.«

»Aber wie kannst du so sicher sein, dass du richtig liegst?«

»Ich hatte schon Zweifel«, gab ich zu und leerte mein Glas in einem Zug. »Ich meine, das ist ja gesellschaftlich nicht gerade erwünscht, also muss man sich darüber Gedanken machen.«

»Aber wann wusstest du es hundertprozentig sicher?«

Ich zuckte mit den Schultern. »Das hört sich jetzt vielleicht blöd an, nach allem, was sie mir angetan hat, aber das war, als ich Georgina geküsst hab.«

»Das ist doch scheiße. Die hat dich total verarscht!«, sagte Charlie.

»Ich weiß. Klar war sie total fies zu mir, aber damals war das einfach ein Wahnsinnsgefühl. Als ob Strom durch den Körper schießt.«

Charlie trank seinen Wein aus und hielt mir das Glas zum

Nachfüllen hin. »Aber hast du dich nie gefragt, wie es wohl mit einem Typen wäre?«

»Echt jetzt?«

»Ich meine ja nur … Es heißt doch, Probieren geht über Studieren.« Er grinste schief.

Ich hatte Charlies Glas in der einen, die Weinflasche in der anderen Hand. »Willst du damit sagen, Homosexuelle sollten erst ausprobieren, wie sich Sex mit dem anderen Geschlecht anfühlt, bevor sie sich festlegen – aber andersrum gilt das nicht?«

»Nein, so hab ich das nicht gemeint …«

»Hattest *du* schon mal was mit einem Typen, Charlie? Nein? Dann solltest du es unbedingt mal probieren. Es könnte dein Leben verändern.« Ich stupste ihn mit der Schulter an. Was ausreichte, um Charlie umzuschmeißen. Er fiel vom Bett und riss auf dem Weg nach unten die Kerze mit.

Ich hörte, wie er auf den Teppich krachte. Und das Klirren von zersplitterndem Glas.

»Autsch!«

Ich krabbelte über die Matratze und spähte über den Rand. Er lag, wie ein Embryo zusammengekrümmt, auf dem Boden, und ein roter Schein tanzte über sein Gesicht. »Das Glas. Ich hab mich geschnitten«, wimmerte er.

Ich dagegen widmete meine Aufmerksamkeit mehr dem rötlichen Schein. Die Kerze war brennend über den Teppich gerollt und hatte ein herabhängendes Laken angezündet.

Panisch griff ich mir die nächstbeste Rotweinflasche und kippte sie über den Flammen aus.

Das Zimmer versank in Dunkelheit

Stille breitete sich aus, nur Charlies schweres Keuchen war zu hören. Es roch nach Wein und Asche. Ich stieg aus dem Bett und knipste die Deckenlampe an.

»Ach du Scheiße«, sagte ich, als mir das Ausmaß der Verwüstung klar wurde.

Es sah aus wie nach einem Gemetzel. Die Laken waren angekokelt und voller Rotweinflecken, über den Nachttisch war Wachs gelaufen. Glühbirnenscherben ragten aus Charlies Händen und Armen hervor. Behutsam kroch er wieder ins Bett.

»Warte, ich suche den Erste-Hilfe-Kasten.«

Ich kramte das Ding in der Küche hervor und setzte mich damit neben Charlie aufs Bett. Zwischen den Verbänden wühlte ich nach einer Pinzette. Charlie reichte mir seinen linken Arm. Ich gab mir alle Mühe, nicht ohnmächtig zu werden, und zupfte ihm drei ziemlich große Scherben aus dem Fleisch.

Während ich ihn weiter verarztete, dachte ich über den Kuss mit Georgina nach. Nein, ich hatte meine Gefühle für sie während jener drei seligen Wochen nie angezweifelt. Ich hatte es nur satt, dass mir ständig irgendjemand weismachen wollte, ich würde mir meine Gefühle nur einbilden – oder ihre.

Als im letzten Halbjahr die Sache mit den Beschimpfungen anfing, war es Mrs Cronenbergs Aufgabe als Koordinatorin des elften Jahrgangs, sich um mich zu kümmern. Sie goss uns also beiden Kaffee ein und setzte mich auf den bequemen Sessel in ihrem Büro, und ich umklammerte den heißen Becher so fest, dass ich mich fast verbrannte. Ich wünschte, ich könnte sie nicht spüren. Ich wünschte, ich könnte gar nichts spüren. Vielleicht würde dann das Georgina-förmige Loch in meinem Herzen endlich aufhören weh zu tun. Ich könnte sie vergessen und weiterleben.

Ich war damals froh, dass es Mrs Cronenberg war, zu der ich gehen musste. Ich mochte sie lieber als die anderen Lehrer. Sie behandelte uns zumindest wie erwachsene Menschen. Wenn wir unsere Hausaufgaben nicht machten, bekam sie weder einen Schreikrampf, noch verpasste sie uns Nachsitzstunden. Wir wären alt genug, sagte sie, um selber zu entscheiden, ob wir vorwärtskommen wollen oder nicht. Ich habe ihr nie gesagt, dass es mir in ihrem Unterricht gefiel oder so, aber sie steckte mir trotzdem immer mal wieder einen Zeitungsartikel oder eine Fachzeitschrift zu, »für den Fall, dass es dich interessiert«. Ich respektierte sie. Sie verstand mich. Dachte ich zumindest.

An dem Tag, als ich zu ihr musste, saß sie mir gegenüber und sah zu, wie ich an meinem Kaffee nippte. »Tut mir leid, was da passiert ist«, sagte sie.

Ich hätte am liebsten losgeweint, meine Brust war wie zugeschnürt, aber ich riss mich zusammen.

»Ich nehme an, Sie haben schon mit Georgina gesprochen«, sagte ich.

Mrs Cronenberg nickte.

»Was hat sie gesagt?«

Sie schaute mich an, als überlege sie, ob sie mir das erzählen soll oder nicht. »Dass du in sie verliebt warst und nicht akzeptieren konntest, dass sie deine Gefühle nicht erwidert«, sagte sie schließlich. »Und dass du deswegen ständig zu ihr nach Hause gegangen bist.«

Ich schnaubte, um über meinen Schmerz hinwegzutäuschen. »Das ist gelogen.«

Mrs Cronenberg musterte mich.

Ich umklammerte den Becher noch fester. »Sie hat Sie angelogen. Da war was zwischen uns, und das ging genauso von ihr aus wie von mir.«

Es war mir wichtig, dass sie mir glaubte. Ich wollte sie auf meiner Seite haben.

»Mir ist bewusst, dass das, was zwischen euch war, dir sehr viel bedeutet hat«, sagte sie langsam. »Ich frage mich nur, Delilah …« Sie hielt inne, als wäge sie ein Dilemma im Unterricht ab, etwa ob Neuseeland lieber in Schafzucht oder in Kohlebergbau investieren sollte. »Vielleicht solltest du die Möglichkeit in Betracht ziehen, dass du die Situation missverstanden hast.«

Ich lachte.

»Warum bist du dir so sicher, dass das nicht der Fall ist?«, beharrte Mrs Cronenberg, ohne den Blick von mir abzuwenden. »Du bist ein kluges Mädchen. Du fühlst dich wohl in deiner Haut. Du bist furchtlos, was ich an dir bewundere. Aber nicht jeder ist so wie du. Es gibt nicht viele Teenager, die so viel Selbstvertrauen haben. Einige lassen sich … von anderen Leuten leichter … beeinflussen als andere.«

Also war sie der Meinung, ich hätte Georgina in die Sache reingequatscht. Ich dachte daran, wie Georgina in der Küche hinter mir gestanden und mir mit den Fingerspitzen über den Arm gestrichen hatte, während ich Mehl in eine Schüssel siebte. Ich dachte an ihre Lippen auf meinem Nacken. Ich dachte … dass Mrs Cronenberg mich mal am Arsch lecken kann.

Also knallte ich meinen Kaffeebecher auf den Tisch und marschierte aus dem Zimmer.

*

Schweigend zupfte ich Charlie eine Scherbe nach der anderen aus der Haut. Was angesichts unseres Zustandes nicht gerade einfach war. Als ich ihn versehentlich mit der Pinzette zwickte, zuckte er zusammen. »Sorry.«

»Mir tut's auch leid«, sagte Charlie hastig. »Wegen dem, was ich vorhin gesagt hab, dass du es mit einem Kerl versuchen solltest und so. Ich hab das nicht ernst gemeint, aber es war total daneben.«

»Tut mir leid, dass ich dich vom Bett geschubst hab.«

»Ich hab's nicht anders verdient.«

Um ihm zu zeigen, dass ich ihm verziehen hatte, zerzauste ich ihm spielerisch die Haare. Sein Atem kitzelte auf der Haut meines Handgelenks. Er drückte meinen Arm und tippte mit den Fingerspitzen darauf herum, als würde er Klavier spielen. Ich strich ihm flüchtig über die Wange.

An dieser Stelle sei noch mal betont, wie betrunken ich war. Hackedicht. Ich trinke so gut wie nie was, und zu diesem Zeitpunkt hatte ich schon eine beträchtliche Menge Wodka und Rotwein intus, aber keinerlei Abendessen. Bei dem ganzen Alkohol und dem Joint war es ein Wunder, dass ich nicht schon längst gekotzt hatte. Wahrscheinlich hätte ich gekotzt, wenn mich das Fiasko mit den Glasscherben und dem Zimmerbrand nicht halbwegs ernüchtert hätte.

Aber statt zu reihern oder umzukippen, oder etwas auch nur ansatzweise Vernünftiges zu tun, tat ich Folgendes: Ich setzte mich rittlings auf Charlies Schoß und küsste ihn auf den Mund.

*

Ich will niemanden mit den Details des nun folgenden Ereignisses langweilen. Daher nur so viel:

Charlies Zunge in meinem Mund fühlte sich an, als würde ich an einem Wurm saugen.

Bartstoppeln sind kratziger, als sie aussehen.

Jemandem einen Knutschfleck zu verpassen ist absolut bescheuert und albern. Man fühlt sich wie ein Staubsauger. Wieso ist mir das bisher noch nie aufgefallen?

Von Charlies Fingerfertigkeit beim Öffnen eines BHs kann ich mir eine dicke Scheibe abschneiden.

Um ehrlich zu sein, seine Fingerfertigkeit ist insgesamt ziemlich gut. Aber die Augen zu schließen und sich vorzustellen, dass der Mensch, der gerade versucht, dir einen Orgasmus zu verschaffen (in dem Fall Charlie), jemand anderes wäre (in dem Fall Rosa), funktioniert leider nur bis zu einem gewissen Punkt.

Dieser Punkt ist ziemlich schnell erreicht, wenn erstens die Deckenlampe gnadenlos strahlt, du zweitens dringend aufs Klo musst und der andere Beteiligte jedes Mal vor Schmerz zusammenzuckt, wenn du ihn berührst.

Nach einer Viertelstunde gaben wir auf.

Um das durchzuziehen, war ich bei weitem noch nicht betrunken genug.

»Ich glaube, ich hab immer noch ein paar Scherben im Arm«, sagte Charlie und verzog übertrieben das Gesicht, während ich halbherzig versuchte, ihm das Shirt auszuziehen.

»Die Pinzette liegt auf dem Tisch«, sagte ich, zog meine andere Hand aus seiner Hose heraus und sammelte hastig meine Klamotten ein.

»Ich bin auch total erschöpft«, sagte Charlie und machte eilig seine Knöpfe zu.

»Und ich hab morgen einen anstrengenden Tag vor mir, mit der Kundgebung und so.« Ich schnappte mir den BH vom Kissen.

Charlie nickte eifrig. »Dann muss ich im *Flywheel* die Stellung halten. Also sollte ich jetzt echt dringend ein bisschen schlafen.«

»Du kannst diese Seite haben.« Ich klopfte auf die andere Bettseite, so weit weg von mir wie möglich. »Ich bleib hier an der Kante.«

*

Es ist jetzt lange nach Mitternacht, Charlie schnarcht, das Zimmer stinkt wie eine Kneipe, und ich wünschte, Rosa wäre hier. Mit dem Gedanken an sie und der Vorfreude, sie morgen wiederzusehen, drifte ich in den Schlaf.

24. Die Kundgebung

Der Tag ist absolut perfekt für die Kundgebung. Die Sonne scheint, die Luft ist mild, und die einzigen Wolken am Himmel sind faserige kleine Gebilde, die so hoch schweben, dass man sie gegen das Blau kaum erkennen kann. Fast könnte mich das den bohrenden Kater vergessen lassen und die schmerzhafte Erinnerung daran, was Charlie und ich letzte Nacht veranstaltet haben. Ich schaue mich auf dem Vorplatz der Bücherei um und versuche abzuschätzen, wie viele Leute schon da sind. Mindestens zweihundert, alle mit dem Gesicht zum improvisierten Podium.

Ich entdecke Rosa, die sich vor der Bühne über einen Stapel Flyer beugt, mehrere leere Spendentöpfe zu ihren Füßen. Sie sieht einfach umwerfend aus mit ihrer Jeans, den Strandschuhen und einem der grellroten T-Shirts, die wir mit dem Slogan *Rettet unsere Bücherei!* bedruckt haben. Aber irgendwie verwirrt es mich auch, sie wiederzusehen. Jetzt, wo ich weiß, dass sie mit Ramon zusammen ist, wird das schöne Gefühl, das ich bisher hatte, von einem Gefühl der Leere überdeckt.

»Del! Danke, dass du gekommen bist! Joss liegt krank im Bett und von den anderen Freiwilligen sind zwei nicht aufgetaucht. Ich hab schon befürchtet, ich steh am Ende alleine da.«

»Kein Problem«, sage ich locker, obwohl mein Herz wie irre klopft.

Rosa reicht mir einen der Spendeneimer. »Du weißt gar nicht, wie viel mir das bedeutet, dass du hier bist.«

Ich bahne mir einen Weg zurück durch die Menge und versuche das Kribbeln, das ihre Worte ausgelöst haben, zu dämpfen, indem ich mich innerlich mit einem Kübel voller Selbstbeschimpfungen überschütte. Nur ein Volltrottel würde in dem, was sie gesagt hat, mehr sehen als den Ausdruck ihrer Dankbarkeit. Sich falsche Hoffnungen zu machen kann nur zur Katastrophe führen. Ich beschließe, irgendwie über Rosa hinwegzukommen, um mir wenigstens den letzten Rest meiner geistigen Gesundheit zu erhalten. Und erstelle im Kopf eine Liste mit allem, was dazu nötig sein wird:

Den Tatsachen ins Auge sehen.

Aufhören, in jedes Wort etwas hineinzuinterpretieren.

Aufhören, davon zu träumen, Rosa zu küssen.

Aufhören, sich vorzustellen, wie sie mir in aller Öffentlichkeit eine Liebeserklärung macht.

Aufhören, sich vor dem *Charada* rumzudrücken, in der Hoffnung, ihr zu begegnen.

Aufhören, sich die Flamenco-Show anzusehen.

*

Applaus brandet auf. Ich drehe mich zur Bühne – Rosa steht da, mit dem Mikro in der Hand.

»Dürfte ich kurz um eure Aufmerksamkeit bitten«, sagt

sie. »Ich muss noch schnell etwas loswerden, bevor wir mit der Kundgebung beginnen. Es geht um eine ganz bestimmte Person, die heute hier ist, aber ich möchte das, was ich sage, vor aller Augen und Ohren sagen.« Sie schaut ins Publikum und findet mich. »Delilah Woolwich-Green, ich liebe dich über alles«, verkündet sie unter dem frenetischen Beifall der Versammelten. »Und jetzt komm bitte zu mir, damit ich dir das persönlich zeigen kann.«

Aber siiicher doch.

Die Liste zu befolgen könnte doch schwieriger werden, als ich dachte.

Was Rosa tatsächlich ins Mikro sagt, ist Folgendes: Sie freue sich, dass so viele Menschen gekommen sind. »Wie viele von euch wissen, bin ich in diesem Stadtviertel geboren und aufgewachsen. Meine Familie führt hier ihren Laden. Ich habe eine unserer hervorragenden örtlichen Highschools besucht. Ich gehe hier auf die Uni. Ich war immer stolz darauf, dass wir eine Gemeinschaft sind, in der sich einer um den anderen kümmert – und in der alle sich bemühen, die vom Leben Benachteiligten besonders zu unterstützen.«

Applaus. Rosa wartet gekonnt ab, bis er wieder abgeebbt ist.

»Die geplante Schließung unserer Bücherei ist ein Angriff auf die Werte unserer Gemeinschaft.«

Ein paar Leute jubeln.

»Ein Angriff auf unsere Kinder«, fährt Rosa fort. »Auf

unsere Senioren. Der Beschluss des Stadtrats, das Büchereigelände zu verkaufen, basiert auf Gier und schmutzigen Machenschaften und entzieht genau denen wichtige Ressourcen, die sie am dringendsten brauchen.«

Jetzt klatscht fast die gesamte Menge. Ich kann mich gerade noch davon abhalten, mich ehrfürchtig vor Rosa in den Staub zu werfen. Stattdessen gehe ich mit meinem Eimer langsam zwischen den Leuten durch und freue mich, dass doch ziemlich viele Münzen und sogar Scheine darin landen.

Auf der Bühne zählt Rosa die Leute auf, die bei der Kundgebung sprechen werden, darunter ein Mitglied der Regierung, ein Vertreter eines Seniorenheims und ein früherer Stadtrat. Sie stellt den ersten Sprecher vor, dann setzt sie sich hinter dem Mikrophonständer auf den letzten Stuhl in der Reihe.

Im hinteren Bereich des Publikums treffe ich Rosas Tante und Onkel, Adelina und Elvio, die das *Charada* führen. Seit Jahren hab ich mit keinem von ihnen mehr gesprochen, aber wir lächeln einander immer zu, wenn wir uns auf der Straße begegnen. Als ich klein war, hat Elvio uns öfter Sachen gebracht, die im Restaurant übrig waren, vor allem Chorizo, weil er wusste, wie gern ich die aß.

Adelina, eine kleine Frau mit grünen Augen und grauem Dutt, zieht mich ohne ein Wort am Ellbogen zu sich heran. Ich beuge mich an ihr vorbei nach vorn, um Elvio anzulächeln. Er winkt zurück. Adelina tätschelt mir mit ihren kurzen, weichen Fingern den Handrücken. »Du bist also gekommen, um Rosa zu helfen, no?«

»Ja.«

»Ihr zwei habt eine besondere Freundschaft.«

Das klang nicht nach einer Frage. »Ähm … glaub schon«, sage ich und wünsche mir, es wäre wahr.

»Schau«, sagt Adelina.

Rosa steht jetzt wieder auf dem Podium. Sie bedankt sich bei allen Sprechern und zählt dann eine ganze Liste weiterer Helfer auf. Auf einmal höre ich, wie mein Name fällt.

»Und ein großes Dankeschön an Delilah vom *Flywheel*, die mir beim Verteilen der Flyer, beim Shirt-Drucken und Spendensammeln geholfen hat. Wo steckt sie?« Sie beschattet ihre Augen mit einer Hand und schaut ins Publikum.

Adelina winkt ihr zu und zeigt auf mich.

»Danke, Del!«, ruft Rosa ins Mikro und wendet sich dann an alle. »Ich kann euch nur empfehlen, die örtlichen Familienbetriebe zu unterstützen und noch diese Woche ins *Flywheel* zu gehen. Es ist das mit Abstand beste Café weit und breit!«

Ich glaube, ich liebe diese Frau.

So viel zu meiner Über-Rosa-Hinwegkommen-Liste.

25. Das Konzert im Factory

Man stelle sich meine Freude vor, als ich feststelle, dass die Umsätze des *Flywheel* nach Rosas Ansprache merklich ansteigen. Anscheinend kann meine Lieblings-Flamenco-Tänzerin zaubern.

Der zweite Faktor, der zu einer Verbesserung beigetragen hat, war Toms Vorschlag, einen täglichen Shuttle zwischen dem *Flywheel* und Bondi Beach einzurichten. Den hatte ich in die Tat umgesetzt, als ich am Tag nach der Kundgebung aus dem Fenster schaute und bemerkte, dass der Mercedes von Charlies Vater immer noch im Hinterhof stand, die Plane darüber müde im Wind flatternd.

Seitdem kriegt man für zehn Dollar eine Fahrt zum Strand, mit dem charmanten Charlie McFarlane als Chauffeur. Für fünfzehn gibt es ein leckeres Frühstück zum Mitnehmen dazu. Was will man mehr? Bisher läuft das super. Es bedeutet zwar auch, dass ich Charlies Einsatz in der Küche irgendwie kompensieren muss, aber unsere Rucksack-Kundschaft – besonders die weibliche – ist total aus dem Häuschen. Innerhalb von zwei Wochen haben sich die Umsätze durch Morgenkaffee und Kuchenverkauf verdoppelt. Und gestern, als Charlie eine Gruppe Gäste zum Strand karrte, hatte er eine unerwartete Begegnung.

Er war gerade dabei, eine Ladung sonnenverbrannter Briten vor dem Pavillon abzusetzen, da streckte Alyssa den Kopf durchs Beifahrerfenster rein, wie immer eine Ausgabe von *Stereo* unter einen Arm geklemmt.

»Sie hat sich richtig gefreut, mich zu sehen«, sagte Charlie und wirkte schockiert.

»Das ist in der Tat überraschend, wenn man bedenkt, dass du sie nach dem ersten Date abgesägt hast. Hat sie dir das Neueste über Low-Carb-Diäten berichtet?«

»Nein, sie hat mich gefragt, ob ich hierhin mitgehen möchte.« Er reichte mir einen Flyer für eine Veranstaltung im *Factory* am kommenden Samstag. Ich hatte schon davon gehört, denn eine der Bands, die dort spielen würden, war Rushmore.

Ich war mir zwar nicht sicher, was ich von Alyssa halten sollte, aber dass sich Charlies Aufmerksamkeitsspanne in Sachen Beziehung verlängerte, gefiel mir. »Das ist doch perfekt«, sagte ich. »Wir können ja alle zusammen hin, Alyssa, du, Lauren und ich.«

»Lauren will da auch hin?«

»Jep. Das wird bestimmt spaßig. Wenn Alyssa sich wieder als Langweilerin rausstellt, hast du immer noch die Musik. Und du kannst dich jederzeit an uns halten.«

Jetzt ist es Samstagabend zwanzig Uhr, und ich stehe mit Charlie und Lauren in einer Schlange, die bis zum Ende der Straße geht. Wir sind eingequetscht zwischen zwei Mittdreißigern mit Ziegenbärtchen und Filzhüten und einer Horde giggelnder Möchtegern-Groupies mit Minirock und High Heels. Es regnet. Und zwar wie aus Eimern. Ich drücke mich an Charlies Rücken, einen feuchten knallgelben Werbeprospekt optimistisch über den Kopf gereckt. Allerdings löst sich die Broschüre langsam auf, und die Farbe rinnt mir über Arme und Gesicht.

Es mag überraschend klingen, aber eigentlich hatte ich nicht vorgehabt, im Gelbsucht-Look zu gehen. Eigentlich wollte ich einfach nur nicht auffallen und war in meine bewährte schwarze Café-Hose und Dads alte Lederjacke geschlüpft.

Lauren quatscht mit einem Typen aus der Schule, der mit ein paar Leuten da ist, von denen ich niemanden kenne. Er heißt Saxon, geht in Laurens Mathekurs, und ich weiß, dass sie ihn süß findet. Außerdem hat er einen Schirm dabei.

Mich nimmt Saxon nicht wirklich wahr, was mir ganz recht ist. Schließlich hatten wir noch nie einen Kurs zusammen. Vielleicht weiß er tatsächlich nicht, wer ich bin, und der Begriff »Tanzende Lesbe« sagt ihm nichts, was mir sehr, sehr recht wäre.

»Hier«, sagt Charlie und reicht mir eine Flasche.

Ich nehme einen großen Schluck. Das Zeug brennt mir in der Kehle. »Holla! Kräftige Mischung.«

»Nix Mischung«, sagt Charlie durch die feuchten Haarsträhnen hindurch, die ihm ins Gesicht hängen. »Das ist Gin pur. Ich möchte, dass du mir einen Gefallen tust.«

»Und da hast du gedacht, du machst mich erst mal besoffen?«

»Ich hab mir die Sache mit dem Gericht überlegt und eine Entscheidung getroffen. Ich werde auf nicht schuldig plädieren«, sagt er absolut schuldbewusst. »Ich weiß, dass du das falsch findest, aber ich bin fest entschlossen. Wenn du bereit bist, auszusagen, dass ich das nicht gemacht hab …«

»*Das* verlangst du von mir?«, zische ich. »Ich soll vor Gericht für dich lügen?«

»Es wäre ja keine wirklich große Lüge. Wir geben zu, dass wir an dem Abend in der Gegend herumgefahren sind. Das erklärt, warum der Typ Dads Wagen gesehen hat. Wir lassen nur den Teil der Geschichte aus, wo wir angehalten und an die Tür geklopft haben.«

»Und den Teil, wo du dem Typen eine reingehauen hast, dann wohl auch.«

»Ja, logisch.«

»Und was hatten wir dann in der Gegend zu suchen?«, frage ich sarkastisch. »Sind wir nur blöd in der Landschaft rumgefahren oder wie?«

»Ja, auf der Suche nach einem stillen Plätzchen, wo wir … du weißt schon.« Charlie zuckt vielsagend mit den Augenbrauen.

»Suuuuper Idee«, schnaube ich. »Du weißt aber schon noch, wie irre gut das im echten Leben gelaufen ist?«

»Wenn es sein muss, hätte ich jetzt zumindest Beweise. Ich könnte ihnen von dem Muttermal auf deinem …«

»Und du meinst, so kriegst du mich auf deine Seite?«, gehe ich dazwischen. »Indem du mir androhst, in aller Öffentlichkeit zu erzählen, wie ich nackt aussehe?«

»Das ist meine einzige Chance«, fleht Charlie. »Du willst doch sicher auch nicht, dass ich in den Knast wandere.«

»Wenn emotionale Erpressung eine Straftat wäre, Charlie McFarlane ...«

Er tätschelt mir sachte die Hand. »Denk doch erst mal drüber nach.«

Die Leute um uns herum lenken mich zum Glück von Charlies Wahnsinn ab. Die Möchtegern-Groupies neben mir – die Beine sonnengebräunt und perfekt glatt, der Hintern in knallengen Stoff gepresst – drängen sich im Regen aneinander. Die sind garantiert nicht wegen Rushmore da. Traurig, aber wahr – die Rushmore-Fans sind eher unter den Filzhut-Freaks zu finden.

»Nein, nein, nein, nein. *Victor Took a Trip* ist viel bahnbrechender als *Steamy Anaemic*«, sagt Freak 1 zu Freak 2.

Womit sie auf das zweite und dritte Album von Rushmore anspielen. Ich hatte also tragischerweise recht.

Endlich setzt sich die Schlange in Bewegung.

Mit siebzehn dürfte ich eigentlich noch gar nicht eingelassen werden, aber ich komme locker rein, weil Charlie bei mir ist, der das Mädchen an der Tür so anstrahlt, dass sie kurz geblendet ist und das Geburtsjahr auf meinem Ausweis nicht sieht. Sie verpasst uns einen rosa Minnie-Mouse-Stempel aufs Handgelenk und winkt uns alle drei durch.

Wir halten schnurstracks auf die Bar zu. Ich schnappe mir einen Stapel Papierservietten und betupfe mir verzweifelt die Klamotten, um wenigstens etwas trockener zu werden. Sofort bleiben winzige Serviettenfetzen an meinem schwarzen Outfit hängen, und ich sehe aus wie ein Streuselkuchen. Charlie bestellt zwei Bier für jeden von uns, damit wir uns später nicht noch mal anstellen müssen. Dankbar nehme ich ihm eine Flasche ab und trinke einen tiefen Schluck, und sofort wird mein vom Gin beduseltes Gehirn noch beduselter.

Saxon kommt auf Lauren zu. »Willst du bei uns stehen? Wir haben einen tollen Platz direkt neben der Bühne.«

»Schon okay, danke«, sagt sie. »Ich bleib lieber bei meinen Freunden.«

»Sicher?«, fragt Saxon lächelnd.

Sie wirkt geschmeichelt, aber verunsichert.

»Mach dir wegen uns keinen Kopf«, sage ich. »Wir sammeln dich nachher wieder ein.«

Lauren schielt zu Charlie rüber, der gerade unsere Getränke bezahlt. »Sag ihm einen schönen Gruß«, sagt sie, bevor sie Saxon durch die Menge zur Bühne folgt.

Der erste Act ist ein Sänger aus Redfern, der seine eigenen Titel singt. Als er loslegt, strömen die Leute nach vorn. Rushmore kommt bestimmt frühestens in einer Stunde, aber angesichts der vielen Leute, die in die Halle strömen, frage ich mich, ob wir uns nicht auch einen Platz weiter vorne suchen sollten.

»Lauren ist mit ein paar Leuten drüben an der Bühne«, sage ich zu Charlie.

»Oh. Ist sie einfach so mitgegangen?«

»Wir könnten sie suchen und uns dazustellen.«

Charlie hält nach Alyssa Ausschau, während wir uns seitwärts durch die Menge schieben, aber sie ist nirgendwo zu sehen. Stattdessen entdecke ich in einer Gruppe, die gleich rechts von der Bühne herumhängt, zu meinem Verdruss Adrian Hibbert vom *Crunch*.

Bevor ich herumwirbeln und davonrennen kann, reckt er schon die Hand hoch, winkt und drängelt sich durch die Massen auf uns zu. »Hallo!«, johlt er und beugt sich mit gespitzten Lippen zu mir, um mich auf die Wange zu küssen.

Entsetzt weiche ich zurück, aber ich bin zu langsam. Adrian pflanzt seine feuchten Lippen auf meine Haut, und ich falle wegen seiner Aftershave-Duftwolke beinahe in Ohnmacht.

»Hübsche Krawatte«, sagt Charlie. Der Strick des Tages ist von einem tiefen Marineblau und mit winzigen gelben Trompeten gesprenkelt.

»Danke!« Adrian strahlt ihn an. »Ich dachte, die passt perfekt zum Anlass. Außerdem hab ich heute Abend auch ein paar nette Neuigkeiten hinauszu*trompeten*.«

Ich stöhne innerlich. Ich weiß, wie gut das *Flywheel* läuft, seit Rosa ihre Ansprache gehalten hat und wir unseren Bondi-Shuttle eingerichtet haben. Würde mich nicht wundern, wenn ein paar unserer neuen Kunden vom *Crunch* rübergewechselt wären. »Sind die Geschäfte letzte Woche nicht etwas schlechter gelaufen?«, frage ich so beiläufig wie möglich.

»Ja, wir hatten tatsächlich ein bisschen Rückgang zu verzeichnen«, gibt Adrian so unumwunden zu, dass ich sofort misstrauisch werde. »Aber wir haben einen bombensicheren Plan, wie wir das Ruder wieder herumreißen können. Eigentlich war es Hamishs Idee. Er hat mich überzeugt, dass das *Crunch* in Zukunft auch Musikveranstaltungen machen sollte. Der Typ ist echt ein Knüller. Deswegen sind wir heute hier – um das zu feiern.«

»Ihr habt doch gar nicht genug Platz für Musikveranstaltungen«, wende ich stirnrunzelnd ein.

»Ach, da gibt es Mittel und Wege«, tut Adrian geheimnisvoll. Er dreht sich um und zeigt auf die Leute hinter ihm. Und da erblicke ich Hamish Creel in voller Dreadlock-Pracht, wie er mit einer Bierflasche wedelt und auf ein armes wehrloses Mädchen einredet, dem ich morgen am besten gleich eine Beileidskarte schicken sollte.

Ich murmele eine Entschuldigung, greife nach Charlies Hand und zerre ihn weg. Wir zwängen uns durch die Menge, bis ich das Gefühl habe, wir haben genug Fans zwischen Adrian und uns gebracht, um halbwegs in Sicherheit zu sein. Was eine Weile dauert angesichts der Tatsache, dass die meisten von der extrem schmächtigen Sorte sind. Als wir endlich einen vernünftigen Platz gefunden haben, möchte ich mich keinen Meter mehr wegbewegen. »Planänderung«, sage ich. »Wie wär's, wenn wir aufhören, nach Alyssa zu suchen, und stattdessen hier warten, bis sie uns findet?«

»Wie wär's, wenn du hier die Stellung hältst und ich mich allein auf die Suche mache?«, schlägt Charlie vor. »Und wenn ich Lauren treffe, sage ich ihr Bescheid, wo du bist.«

Ich zucke mit den Schultern, als würde es mir nichts ausmachen, auf einem Konzert von meinen zwei einzigen Begleitern sitzengelassen zu werden.

Und schon ist Charlie verschwunden.

Wie sich herausstellt, hat der Typ aus Redfern noch sechs weitere selbstgeschriebene Songs auf Lager. Ich stehe zwischen zwei eingefleischten Anhängern mit Jeans und Tour-T-Shirts, die jedes Wort mitsingen, und sehe dem Sänger zu, wie er unter den gleißenden Scheinwerfern seine Melodien schmettert, bis seine braune Wollweste nassgeschwitzt und sein Straßenräuber-Bart verwelkt ist. Als er endlich fertig ist, tragen die Techniker ein paar Equipment-Teile von der Bühne und zehn Minuten später neue wieder rauf.

Ein paar Typen prüfen die Mikros und stimmen die Gitarren ein. Aaron Jarvis, Leadsänger und Bassist von Rushmore, streckt kurz seinen Kopf hinter dem Vorhang raus. Sofort fangen mehrere Leute in den vorderen Reihen an zu klatschen und zu jubeln. Aufregung und Freude kribbeln in meinem Bauch.

Wo bleiben bloß Charlie und Lauren? Hat Charlie Alyssa gefunden? Hat Lauren beschlossen, für den Rest des Konzerts bei Saxon und seinen Freunden zu bleiben? Seit mindestens vierzig Minuten hab ich keinen von beiden mehr gesehen. Auf Zehenspitzen lasse ich meinen Blick über das Publikum wandern.

Nichts.

Damien Kite, Schlagzeuger und Back-up-Sänger, kommt auf die Bühne. Mehr Beifall. Jade Roth, die die Lead-Gitarre spielt, tritt ebenfalls heraus und wurschtelt an ihrem Kabel herum, während auch Alice Wang und Leith Crouch – Keyboard und Gitarre – auf die Bühne kommen.

Der Applaus schwillt mit jeder Sekunde weiter an. Von früheren Konzerten weiß ich, dass gleich Aaron mit seinem Bass herauskommt und die Show beginnen wird.

Wieder schaue ich mich nach meinen Freunden um. Ich wünschte, wenigstens einer von ihnen wäre hier, um mit mir mitzusingen. Dass ich die Band schon diverse Male live gesehen habe – egal. Jeder Auftritt ist was ganz Besonderes.

Zu spät. Aaron kommt auf die Bühne und winkt der Menge zu. Als er die ersten Zeilen aus *Movie About Your Life* schmettert, rasten die Leute aus.

Das ist mein absolutes Lieblingslied von Rushmore. Und trotzdem – oder vielleicht gerade deswegen, oder wegen des Schuljahrs, das hinter mir liegt, oder wegen des *Flywheel*, oder weil meine Freunde mich inmitten eines Ozeans aus glücklich kreischenden Leuten allein gelassen haben – fange ich an zu weinen, als Aarons süße, soulige Stimme sich über die Gitarrenklänge erhebt. Ich kann nicht anders, ich muss mitten im *Factory* heulen.

Ich wische mir mit dem Handrücken übers Gesicht.

Jade Roth setzt zu einem Gitarrensolo an.

Ich mache die Augen zu und fange an zu tanzen.

Ich tanze den ganzen Song durch, schleudere die Arme hoch, wippe mit Körper und Kopf im Takt der Musik. Sechseinhalb Minuten lang fühle ich mich wie berauscht und es ist mir total egal, wie ich aussehe. Es gibt auf der Welt nichts Wichtigeres als diese Musik. Ich tanze so, wie ich bei geschlossener Tür in meinem Zimmer tanze. Ich tanze, als hätte Georgina nie dieses dämliche Video gedreht. Ich tanze und schwinge und lasse mich von den Tönen treiben.

Als der Song zu Ende ist, spüre ich, dass jemand mich beobachtet.

Ich schlage die Augen auf.

26. Rockabilly rocks!

Rosa Barea. Sie sieht mit ihrem gepunkteten Top, dem schwarzen Rock, der weißen Strumpfhose und den Korkschuhen hinreißend rockabilly-mäßig aus. Sie hat sich vorne eine Tolle hochgeföhnt und die Haare hinten zu einem Pferdeschwanz gebunden, der Lippenstift schimmert kirschrot dazu.

»Seit wann bist du schon da?«, frage ich entsetzt.

»Eine Weile.« Aber sie sagt es nicht so, dass ich das Gefühl habe, mich schämen zu müssen.

»Ähm. Ich wusste gar nicht, dass du Rushmore magst.«

Sie schüttelt den Kopf. »Mag ich auch nicht.«

»Okay, und warum bist du dann hier?«

»Weil ich gehofft hatte, dich zu treffen.«

Ich starre sie an. »Echt?«

Sie lächelt nervös. Was geht hier eigentlich ab? Bin ich schon so besoffen, dass ich mir das einbilde?

»Ist Ramon auch da?«, rutscht es mir heraus.

Rosa nickt. »Und Angeline auch. Wir sind im Restaurant gerade fertig geworden. Sie stellen nur noch schnell das Auto ab.«

»Okay.« Sie ist mit Ramon gekommen. War ja klar.

Jade Roth schlägt die ersten Töne von *Light Years Away* an. Sofort fangen die Leute um uns herum wieder zu tanzen an.

Rosa quetscht sich neben mich, das Gesicht zur Bühne. Der Song ist fetziger als der letzte, und Rosa stupst mich im Takt mit der Hüfte an.

»Na los«, ermuntert sie mich über das Dröhnen von Gitarren und Bässen hinweg. »Du liebst die Musik doch.«

Um ihr zu gefallen, schubse ich ein paarmal mit der Hüfte zurück, bin aber gnadenlos aus dem Takt. Rosa schlingt mir lachend einen Arm um die Mitte, um mich zu führen. Und dann lässt sie den Arm da liegen, auch nachdem der Song zu Ende ist.

Das nächste Lied ist langsamer und ruhiger. Rosa schlingt auch den anderen Arm um mich und hält mich den ganzen Song lang, bis ich regelrecht verrückt werde. Einerseits läuft da eindeutig was zwischen uns, aber andererseits – wie soll das gehen, wenn sie doch mit Ramon zusammen ist?

»Wo bleibt denn Ramon?«, frage ich betont locker, als der Song zu Ende ist.

Rosa lässt mich abrupt los. »Komm, wir gehen raus und reden. Hier drin ist es zu laut.«

Wir holen uns an der Bar etwas zu trinken und gehen dann gemeinsam raus. Ich wünschte, ich hätte nie nach Ramon gefragt. Ich wünschte, ich wäre wieder drin, in Rosas Armen, aber dazu ist es jetzt zu spät.

Es muss gerade erst aufgehört haben zu regnen. Es ist kalt draußen, und nirgendwo ein trockenes Plätzchen, wo man sich hinsetzen könnte. Schließlich finden wir eine niedrige Mauer unter einer triefenden Markise. Um uns herum sind bestimmt noch fünfzehn andere Leute vom Konzert, die zum Rauchen und Plaudern rausgekommen sind, aber wir setzen uns ein Stück von ihnen entfernt.

»Ich hoffe, du bist mir nicht böse, dass ich dich rausgezerrt hab«, sagt Rosa schuldbewusst.

»Schon okay. Ich war schon öfter auf Rushmore-Konzerten.« Ich versuche einen leichten Ton anzuschlagen.

»Ich weiß doch, dass Rushmore deine absolute Lieblingsband ist.«

»Ich spiel die ziemlich oft im Café, was? Damit hab ich bestimmt schon den einen oder anderen Gast vertrieben.« Ich lache nervös. Warum labere ich so einen Mist? Dabei würde ich lieber über ganz andere Sachen reden.

»Quatsch.« Rosa schiebt sich ein paar Zentimeter näher an mich heran. »Hast du noch mal über das nachgedacht, was ich gesagt hab? Von wegen dem *Crunch* die Stirn bieten und so?«

»Um ehrlich zu sein, das war bisher noch gar nicht nötig. Die Werbung, die du bei der Kundgebung für uns gemacht hast, war echt Gold wert. Das war total lieb von dir. Aber ich hab die Typen vom *Crunch* vorhin getroffen, und es sieht so aus, als würden die was aushecken, um das Ruder wieder rumzureißen. Wir müssen uns über Wasser halten, bis Dad zurückkommt.«

Sie scheint etwas sagen zu wollen, aber dann hält sie es doch zurück.

»Was ist denn?«, hake ich nach.

»Es ist nur …« Sie zögert.

»Na los, spuck's aus.«

»Ich frage mich, ob das das Richtige für dich ist. Dass du deine gesamte Zeit im *Flywheel* verbringst.«

»Was meinst du damit?«, frage ich überrascht. »Im Moment bleibt mir einfach nichts anderes übrig.«

»Sicher?«

Ich runzele die Stirn. »Ich komm gerade nicht ganz mit.«

Rosa mustert mich eine Weile, dann schüttelt sie den Kopf. »Tut mir leid. Es geht mich ja auch nichts an. Ich hab nur gefragt, weil ich selber nur zu gut weiß, wie das ist, wenn man sich nach dem richtet, was die Familie von einem erwartet, statt das zu tun, was man selber möchte.«

»Du meinst das Tanzen?«

Sie nickt.

»Zumindest kannst du mit deinem Freund tanzen«, rutscht es mir raus.

»Del. Ich muss dir unbedingt was sagen.« Ihre Stimme hört sich auf einmal ganz anders an.

»Nämlich?«

»Ich glaube, du hast das neulich falsch verstanden. Das mit Ramon und mir …«

Sofort schnürt mir etwas die Kehle zu – ein Kloß im Hals, der zu einem Drittel aus Scham und zu zwei Dritteln aus Hoffnung besteht.

»Ramon ist nicht mein Freund. Wir sind nur Tanzpartner, mehr nicht.«

»Dein kleiner Bruder sieht das wohl anders.« Mein Herz hämmert zum Zerspringen.

»Ich weiß.« Rosa schüttelt den Kopf. »Ich hab ihn auch in dem Glauben gelassen. Ihn und alle anderen auch: Elvio, Adelina, meine Eltern … Ramon spielt mit, weil es eben dem entspricht, was unsere Eltern sich wünschen – dass wir irgendwann gute spanische Katholiken heiraten.« Sie verdreht die Augen. »Es ist schwer, ihnen klarzumachen, wie bescheuert das ist. Ramons Freundin ist Jüdin, deswegen kommt es ihm auch gelegen, sich hinter unserer angeblichen Beziehung verstecken zu können. Aber ich wollte, dass du die Wahrheit erfährst.« Sie greift nach meiner Hand. »Ich … ich mag dich nämlich, Del.«

O Gott. »Wirklich?«

»Ja, wirklich. Du bist … umwerfend.« Sie schaut betreten zur Seite.

Ich starre sie mit weit aufgerissenen Augen an. »Findest du?«

Sie nickt.

»Du meinst nicht, ich hab zu kurze Beine und einen schrecklichen Klamottengeschmack?«

Sie schüttelt lachend den Kopf.

Das muss ich jetzt erst mal verdauen. Ich sitze hier mit Rosa, sie hält meine Hand und erzählt mir, dass sie mich umwerfend findet.

»Ich bin mir ziemlich sicher, dass mein Oberkörper normal lang ist«, plappere ich drauflos. »Im Sitzen bin ich genauso groß wie jeder andere auch, nur wenn ich aufstehe, ist das eine ganz andere …«

»Del, bitte hör auf.« Rosa drückt fast schon verzweifelt meine Hand. »Das ist mir doch alles so was von egal.«

Und dann beugt sie sich zu mir rüber und küsst mich auf den Mund.

Sie duftet nach Haarspray, und ihre Lippen sind samtweich. Ich greife zitternd nach ihrem Handgelenk und ziehe sie an mich heran. Sie lehnt sich zu mir, und ihre Zunge dringt in meinen Mund.

Ich küsse Rosa Barea. Und es fühlt sich einfach unglaublich an.

Plötzlich höre ich hinter uns jemanden schnauben, und mir gefriert das Blut in den Adern. Auch Rosa hat es gehört und löst sich von mir.

»Na, bisschen frische Luft schnappen, die Damen?«, höhnt Hamish Creel.

Seine Dreadlocks türmen sich als wüster Haufen auf seinem Kopf. Er hält seine Bierflasche am Hals zwischen zwei Fingern und lässt sie anzüglich grinsend hin und her pendeln.

»Verpiss dich, Hamish«, sage ich und habe Mühe, meine Stimme unter Kontrolle zu halten.

»Na, na«, sagt er. »So redet man doch nicht mit alten Freunden.«

Ich werfe ihm einen vernichtenden Blick zu.

Er grinst weiter und rührt sich keinen Millimeter. Ich

lasse Rosas Hand los und stehe auf. »Hast du nicht gehört? Verpiss dich.«

»Ich wollte doch nur freundlich sein«, protestiert Hamish und weicht ein paar Schritte zurück. »Was ziemlich nett von mir ist, wenn man bedenkt, dass ich dich wegen der ungerechtfertigten Kündigung sogar verklagen könnte. Aber ich bin bereit, alles zu verzeihen, wenn ich euch beiden Hübschen ein Weilchen zugucken darf. Oh, Moment mal.« Er schaut mit übertriebener Besorgnis an mir vorbei. »Wo ist denn deine Freundin auf einmal hin?«

Ich wirbele zu der Stelle herum, an der Rosa gesessen hat, aber sie ist verschwunden.

»Schade, die Show scheint vorbei zu sein«, sagt Hamish mit gespielter Enttäuschung.

Ich widerstehe mit Mühe der Versuchung, ihm seine Dreadlocks samt Wurzel auszureißen.

Ich sehe mich um. Wohin zum Teufel ist Rosa bloß so schnell verschwunden? Ich kann sie nirgendwo entdecken. »Echt jetzt, Hamish. Verpiss dich!« Meine Unerschrockenheit ist jetzt noch nur vorgetäuscht.

»Wie du meinst«, sagt Hamish. »Aber glaub bloß nicht, ich hätte vergessen, was du mir angetan hast. Du verdienst das, was auf dich zukommt. Und glaub mir, es kommt.« Damit schlendert er davon.

Ich mache mich auf die Suche nach Rosa. Bestimmt hat sie eine absolut glaubhafte Erklärung dafür, dass sie weggerannt ist. Lebensmittelvergiftung. Akut einsetzender Durchfall. Irgend so was. Schließlich entdecke ich sie um die Ecke, in der Nähe der Außenbar.

»Was ist denn los?«

Sie schaut mich verstört an.

»Was?« Besorgt strecke ich die Arme nach ihr aus.

Aber sie weicht zurück. »Hamish«, sagt sie nur und sieht sich gehetzt um.

Ich schaue sie verständnislos an. »Was ist denn mit Hamish?«

»Der wird Adrian davon erzählen, und Adrian kennt meinen Onkel. Die sind beide Mitglieder in so einer Unternehmervereinigung.«

Ich starre sie an. »Und deswegen bist du gerade abgehauen?«

Sie schaut mich an, als wäre es das Selbstverständlichste von der Welt. »Mein Onkel darf das nie erfahren!«

Anscheinend spürt sie meine Verbitterung, denn sie schenkt mir einen flehentlichen Blick. »Del, für mich ist das alles noch ganz neu. Bitte.«

Ich merke ihr an, dass sie den Tränen nahe ist, aber in diesem Augenblick spült meine Enttäuschung das warme Gefühl, das ich für sie empfinde, davon. Sie ist doch Rosa Barea, Retterin der Alten, Schwachen und Benachteiligten, die Frau, die es ganz allein mit einem ganzen Stadtrat aufgenommen hat. Und jetzt hat sie nicht den Mut, es mit einem Idioten wie Hamish Creel aufzunehmen?

»Offenbar stehst du null hinter der ganzen Sache«, sage

ich mit wummerndem Herzen. »Warum bist du dann überhaupt erst auf mich zugekommen?«

Rosa schlingt die Arme um sich selbst. »Du verstehst nicht, wie schwer das für mich ist. Für dich ist es leichter.«

Ich denke daran, wie Georgina sich vor dem Kino von mir losgerissen hat. Ich denke an Ellas Gelächter. Ich denke daran, wie Mark Wellington mich durch den Schulflur gewirbelt hat. »Glaubst du das wirklich?«

Rosa schaut sich nervös um. »Nicht so laut, bitte. Die Leute gucken schon. Sei doch vernünftig …«

»Ich bin dir also nicht vernünftig genug?«, frage ich mit absichtlich lauter Stimme.

»Du hast in dem Bereich schon viel mehr Erfahrung als ich, Del«, zischt Rosa. »Mehr wollte ich doch gar nicht …«

Aber ich höre ihr schon nicht mehr zu. »Tja, wenn ich für dich nur ein unvernünftiges dummes Kind bin, bitte schön. Ich werde dich in Zukunft nicht weiter belästigen.«

»Del …« Rosa versucht nach meinem Arm zu greifen, aber ich schüttele sie ab und mache mich auf den Weg zum Eingang.

27. Idiotin

An diesem Morgen macht die Kaffeemaschine besonders widerliche Stöhngeräusche. Ich schalte sie aus, warte ein bisschen und schalte sie dann wieder ein.

Du Idiotin, ächzt sie. *Idiotin, Idiotin, Idiotin.*

Was hast du dir bloß dabei gedacht, Delilah? Wieso überrascht dich das überhaupt? Wie konntest du annehmen, Rosa Barea wäre besser als Georgina? Nur weil sie in ihrem Flamenco-Röckchen so sexy aussieht, ja? Weil ihr Hüftschwung dich in Sekundenbruchteilen zum Zittern bringt?

Nie hätte ich erwartet, dass Rosa so reagieren würde. Ich will einen Menschen haben, der stolz ist, mich an seiner Seite zu haben, der mich nicht wie eine heiße Kartoffel fallenlässt, sobald jemand rausfindet, dass wir zusammen sind.

»Da bist du ja!«, sagt Charlie viel zu fröhlich und schiebt ein Tablett über den Tresen. »Ich hab mich schon gefragt, ob wir dich überhaupt noch vor Mittag zu Gesicht bekommen.«

»Du hättest mich schon vor einer Stunde wecken sollen.«

»Keine Panik, ich hab alles unter Kontrolle.«

Ein Rundumblick durchs *Flywheel* sagt mir, dass Charlie

recht hat. Ein Großteil der Tische ist mit Frühstücksgästen besetzt, ein Schwarm Rucksacktouristen bevölkert die Sofas. Vor den meisten Leuten steht etwas zu essen. Die Sonntagsaushilfen eilen von einem zum anderen und nehmen Bestellungen auf, fast wie echte Kellner. Stolz folgt Charlie meinem Blick. Er genießt es eindeutig, das Ruder übernommen zu haben. Ich versuche mich zu erinnern, wann ich zuletzt so stolz auf das Café gewesen bin. Derzeit ist mein vorherrschendes Gefühl die pure Erschöpfung.

»Wo bist du denn gestern Abend abgeblieben?«, frage ich. »Ich hab das ganze *Factory* nach dir abgesucht.«

»Tut mir leid«, sagt Charlie und versucht sein Lächeln zu verbergen.

»Hast du Stereo Girl gefunden?«

Er zögert.

»Na, hast du?«

»Ja, könnte man so sagen.«

»Und?«

»Und – ich hatte einen superschönen Abend.«

»Das hört sich doch toll an. Seht ihr euch wieder?«

»Vielleicht. Möglicherweise«, antwortet er kurz angebunden. »Tut mir leid, dass ich dich allein gelassen hab.« Er scheint es ehrlich zu bedauern, trotz der unbändigen Freude, die er ausstrahlt. »War dein Abend denn auch noch ganz gut?«

Ich denke daran, wie ich Rosa geküsst habe. Und wie elektrisierend es war.

Ich denke an Hamish. Und daran, wie Rosa mich hat sitzenlassen.

»War schon okay«, sage ich, was mir als Mittelwert zwischen Ekstase und Todesqualen eine ganz passende Umschreibung des Abends zu sein scheint. »Ich … ich bin Rosa über den Weg gelaufen.«

Charlie reißt die Augen auf. »Und?«

Ich liefere ihm eine kurze Zusammenfassung der Ereignisse. Er jubelt erfreut, als ich ihm vom Kuss erzähle. Doch als ich zu Hamishs Auftauchen und Rosas Abtauchen komme, fällt sein Gesicht regelrecht in sich zusammen. Ich schließe mit Rosas lahmer Ausrede, warum sie mich so hatte stehen lassen.

»Lahm? Jetzt bist du aber ein bisschen streng«, sagt Charlie.

»Komm schon, ich hab schon diverse Stufen von ›lahm‹ in meinem Leben mitgemacht, und ihre Ausrede passt perfekt da rein.«

»Aber was sie gemacht hat, ist doch nicht so schlimm wie ein Video hochzuladen, in dem du durch die Café-Küche tobst, oder?«, wagt er sich vorsichtig vor.

»Vielleicht nicht ganz so schlimm, aber es gehört eindeutig zur selben Kategorie.«

»Du hast die Angewohnheit, Dinge in dieselbe Kategorie zu packen, die nicht in eine Kategorie gehören. Rosas Angst, ihrer Familie zu sagen, dass sie auf Mädchen steht, ist nicht vergleichbar mit öffentlicher Blamage im Internet.« Er hält inne. »Del, ich wechsle nur ungern das Thema, weil ich denke, wir müssen das unbedingt klären, aber kannst du dich erinnern, dass ich dich gestern um einen Gefallen gebeten habe?«

Ich schürze die Lippen. »Ach, die Sache mit der Aussage vor Gericht? Ja, ich erinnere mich.«

»Hast du schon drüber nachgedacht?« Charlie streicht sich nervös das blonde Haar aus der Stirn.

Ich verdränge meine Wut auf Rosa für einen Moment, um darüber nachzudenken, was es bedeuten würde, vor Gericht für Charlie zu lügen. Ich weiß noch, wie schrecklich es war, als er dem Typen ins Gesicht geschlagen hat, und irgendwie denke ich auch, er hätte es verdient, für seine Tat bestraft zu werden.

Aber dann fällt mir wieder ein, wie viel Charlie mir bedeutet. Er ist nicht die Liebe meines Lebens und wird es nie werden. Aber ich habe ihn lieb, und ich kann mich drauf verlassen, dass er immer auf meiner Seite steht – mehr noch als Lauren, die mich eher überzeugen als unterstützen will, mehr als Dad, der ja nicht mal anwesend ist, und auf jeden Fall mehr als Rosa.

Und trotzdem nicht genug.

»Tut mir leid, Charlie. Das kann ich nicht machen.«

»Del, du bist meine einzige Chance«, fleht er.

»Ich hab dich doch nicht in diese Scheiße reingeritten. Und wenn du meinst, du kommst billig davon, nur weil ich irgendein unglaubwürdiges Statement für dich abgebe, dann hast du dich geschnitten.«

»Unfassbar«, sagt Charlie bitter. »Ich war mir sicher, du würdest ja sagen.«

Die Kuhschellen knallen so laut gegen die Scheibe, dass wir beide verstummen. Charlie und ich schauen uns um. Beim Anblick wallender Dreadlocks erstarre ich.

Zumindest ist Hamish auf dem Weg zur Tür *raus*.

»Was zum Teufel hatte der denn hier zu suchen?«, rufe ich über den Lärm von scharrenden Stuhlbeinen und noch mehr Kuhschellengebimmel hinweg. Die Rucksacktouris sind aufgestanden und strömen Hamish Creel im Pulk hinterher.

»Hey!«, ruft Charlie ihnen zu. »Ich hab hier noch eure Bestellungen laufen!«

»Die Straße runter gibt's ein besseres Angebot«, ruft einer von ihnen und zuckt entschuldigend mit den Schultern.

Innerhalb von Minuten sitzt kein Mensch mehr auf den Sofas.

28. Trostfuttern

Ich sage immer, nichts macht glücklicher als ein *Flywheel*-Karamell-Milchshake aus frischer Milch, Karamellsirup und einer großzügigen Portion Panna-Cotta-Eis. An diese Theorie glaube ich so fest, dass ich sie in Großbuchstaben auf den Rand all unserer Speisekarten geschrieben habe. Und so erfüllt es mich mit Scham und Trübsal gleichermaßen, zugeben zu müssen, dass Charlie und ich uns gerade je drei solcher Milchshakes reingezogen haben und uns trotzdem kein bisschen besser fühlen als vorher.

Im Gegenteil: schlechter.

»Ich glaube, gleich mehrere hintereinander zu trinken war keine so gute Idee«, sagt Charlie leise.

Die heutige Tageszeitung liegt aufgeschlagen auf dem Tisch. Ich schaue mir den zweiseitigen *Lifestyle*-Artikel noch mal an. Auf einem überdimensionalen Foto ist Adrian Hibbert vor dem *Crunch* zu sehen. Er trägt eine rote Krawatte mit kleinen Croissants darauf und zeigt auf einen nigelnagelneuen Minivan. INNENSTADTCAFÉ ZIEHT MIT STRAND-SHUTTLE NEUE KUNDEN AN, lautet die Schlagzeile darüber.

Ich stelle meinen Milchshake beiseite. »Den Kerl erwürge ich eigenhändig, ich schwör's. Das war *unsere* Idee!«

»Wo soll ich die Stühle hinstellen?«, fragt Charlie.

»Küche«, gebe ich einsilbig zurück.

Draußen gehen immer mehr Lichter an. Die Abendgäste strömen über die Bürgersteige zu den Lokalen. Es ist echt seltsam, ihnen aus der Stille des leeren *Flywheel* zuzusehen, wo Charlie und ich damit beschäftigt sind, zwischen zwei Schlucken Milchshake Zeug auszusortieren und Kartons zu packen.

Jetzt, wo die Rucksacktouristen, unsere größte Kundschaft, komplett ins *Crunch* abgewandert sind, stellt das *Flywheel* »kein rentables Business-Projekt« mehr dar, wie Tom es formuliert hat. Und zwar sehr deutlich formuliert. Als er uns die schlechten Nachrichten überbrachte, wechselte seine Stimme hörbar von monoton zu streng.

Ich sagte, wir würden auf Dads Rückkehr warten müssen, vorher könnte ich keine wichtigen Entscheidungen treffen.

»Dafür haben wir aber keine Zeit«, wandte Tom ein. »Kannst du ihn anrufen? Oder ihm eine E-Mail schreiben?«

»In den nächsten paar Wochen nicht, nein.«

»Dann müssen wir jetzt selbst das tun, was wir schon vor Wochen hätten tun sollen.«

»Und was genau wäre das?«

»Das *Flywheel* schließen.«

Ich ziehe die Weltkarten vorsichtig von der Wand hinter dem Tresen ab. Ich bringe es nicht übers Herz, sie wegzuwerfen, also lege ich sie stattdessen in einen Karton, zu den Bestellblöcken, den Zucker- und Salzstreuern und den

Pfeffermühlen. Dann stehen wir beide nur stumm da und starren ins düstere Café: zu den Sofas vor dem Fenster, den Secondhand-Stühlen, das Marx-Brothers-Wandmotiv … All das wird verscherbelt, weggepackt oder übergestrichen.

Es war Dads Idee gewesen, das Café *Flywheel* zu taufen – inspiriert von einer seiner Lieblings-Groucho-Marx-Rollen, Wolf J. Flywheel, einem Detektiv aus dem Film namens *Die Marx Brothers im Kaufhaus.* Natürlich strotzt der Film nur so vor Gags und wilden Verfolgungsjagden. Aber egal, wie verrückt es in den Marx-Brothers-Filmen auch zugeht – sie enden immer gut, meist mit einer großen Musik- und Tanznummer. Wahrscheinlich hat Dad gehofft, es sei ein gutes Omen, den Laden *Flywheel* zu nennen.

»Mach dir keine Sorgen«, sagt Charlie, meinen Gesichtsausdruck richtig deutend. »Wir finden schon einen Weg, den Laden doch noch zu retten.«

Ich atme tief und lange aus. »Was hat Dad sich bloß dabei gedacht, mich mit all dem hier alleinzulassen?«

»Eigentlich hatte er ja Dominic alles überlassen«, verbessert mich Charlie. »Und *du* hast ihn überredet, die Reise zu machen. Wo soll das Poster hier hin?«

»Lagerraum«, sage ich, ohne hinzusehen.

»Wirklich? Willst du es nicht lieber oben haben? Ich fand es immer so schön.«

In der Hand hält er ein Werbeplakat für eine obskure Spätsechziger-Komödie namens *Skidoo*, in der Groucho einen Gangsterboss namens Gott spielt. Es zeigt die Nahaufnahme eines weiblichen Körpers von oberhalb der Taille bis runter zur Mitte der Oberschenkel. Ihr Bauch ist nackt und der Knopf ihrer Cordsamthose geöffnet, weiche Haut blitzt darunter hervor.

Das Bild ist echt sexy, heitert mich jetzt aber auch kein bisschen auf. »Was für eine Farce«, sage ich bitter.

»Was denn sonst? In einem Historiendrama wäre Groucho Marx ja auch ziemlich fehlbesetzt.«

»Nein, ich meine mein *Leben*. Mein Leben mit Dad.«

Charlie sieht mich an, als hielte er mich für übertrieben melodramatisch, aber ich meine das wirklich ernst. Siebzehn Jahre lang habe ich zugeschaut, wie Dad planlos durchs Leben stolperte, genau wie diese Kinoleinwand-Clowns, die er so bewundert. Und mich hat er mitgezerrt. Vielleicht sollte er lieber ganz aufgeben, sich übergroße Hosen anziehen und mit einer Riesentröte in der Hand hupend durch die Gegend laufen. »Weißt du, was ich mir in Situationen wie diesen wünsche?«

»Was?« Charlie wirkt auf einmal ganz misstrauisch.

»Ich wünschte …« Aber noch bevor ich es ausgesprochen habe, fühle ich mich schuldig.

»Na spuck's schon aus.«

»Ich wünschte, Dad wäre nach Melbourne gezogen«, sage ich leise. »Weißt du? Dass Mum hier bei mir geblieben wäre, statt ihm.«

Charlie starrt mich an, als wäre mir eben ein Strauß Gerberas aus der Nase gesprossen.

»Sie ist vielleicht verrückt, zugegeben, aber in manchen Bereichen hat sie das Leben doch wesentlich besser unter Kontrolle gehabt«, fahre ich fort. »Sie und Mungo führen doch ein nettes, stabiles Leben. Das hätte sie mit Dad nie geschafft, und das wusste sie. *Sie* hat gesehen, was er für ein hoffnungsloser Fall ist. Warum konnte ich das nicht?« Ich fange an zu weinen.

»Na komm schon, Del«, sagt Charlie sanft. »Dein Vater ist toll. Er liebt dich so, wie du bist. Er weiß, dass du auch ohne ihn alles im Griff hast. Er glaubt so sehr an dich!«

»Ja, super, und wohin hat uns das geführt?« Ich zeige auf den leeren Raum.

»Für das, was mit dem Café passiert ist, kannst du nichts. Wenn Dominic nicht über die rote Ampel gefahren wäre …«

Ich schüttele den Kopf. »Ich kann nicht kochen. Ich kann nicht mit Geld umgehen. Wie konnte ich nur so bescheuert sein zu glauben, ich könnte ein Café führen?«

»Das meinst du nicht so«, sagt Charlie. »Du sagst das nur, weil es im Moment so schlecht läuft …«

»Ich hätte nie die Schule abbrechen dürfen.«

»Schule wird überbewertet, das kann ich dir sagen«, sagt Charlie spöttisch. »Ich würde viel lieber das *Flywheel* leiten, als zur Schule zu gehen. Schulen wollen dich doch nur in ein Schema pressen. Das hast du gar nicht nötig.«

»Du hast leicht reden.«

»Wieso?«

»Weil deine Familie Kohle hat.«

»Und was hat das damit zu tun?«

Ich funkele ihn finster an, während ich Tabletts in eine Kiste fege. »Für dich ist es egal, ob du einen Schulabschluss hast oder nicht. Selbst wenn du die Schule komplett in den Sand setzt, kannst du immer noch alles tun und alles haben, was du willst. Egal, wie du verkackst, du hast immer noch die Chance, etwas zu werden.« Ich steigere mich immer mehr hinein. »Vielleicht ist genau das dein Problem, Charlie – du hast im Leben schon viel zu viele Chancen bekommen.«

»Ach ja?«, sagt er empört.

»Ja. Egal, was du anstellst, dein Dad kauft dich immer wieder frei. Er hat dir den besten Anwalt bezahlt, genau wie er für die besten Nachhilfelehrer bezahlt. Und er wird dich in Zukunft genau den richtigen Leuten vorstellen, damit du die besten Jobs kriegst. Und was hab ich, wenn ich verkacke? Was hat mein Vater? Wenn wir das *Flywheel* nicht wieder zum Laufen bringen, haben wir bald noch nicht mal mehr ein Dach überm Kopf!«

»Jetzt wirst du aber ein bisschen ungerecht. Ich hab dir doch erzählt, was mein Vater bei unserem letzten Gespräch gesagt hat.« Charlie läuft knallrot an. »Er hat gedroht, mich zu enterben. Und ich glaube kaum, dass eine Vorstrafe sich in meinem Lebenslauf besonders gut machen wird. Für dich sieht's doch gar nicht so schlecht aus. Wenn du das Café nicht mehr leiten willst, kannst du immer noch nach Melbourne ziehen, zu deiner Mutter, die du ja soooo sehr vermisst ...«

»Ich soll mein Leben hier mal eben sausenlassen, einfach

so, ja? Alles zurücklassen, und jeden, den ich liebe?« Ich lasse den Karton fallen und trete ihn in eine Ecke.

»Du bist doch erst siebzehn, Del«, sagt Charlie wütend. »Wenn du für ein paar Jahre aus Sydney weggehst, wird die Welt davon noch lange nicht untergehen. Vielleicht wäre das sogar gut für dich – schon mal daran gedacht?«

»Gut für mich?«, schnaube ich. »Typisch, dass gerade du das sagst. Menschen zu verlassen liegt dir im Blut. Du hüpfst von einem Mädchen zum nächsten. Du verliebst und entliebst dich so oft, wie andere Leute ihre Unterhosen wechseln!«

»Ha, ha«, sagt Charlie sarkastisch.

Ich betrachte ihn einen Moment. »Weißt du, was mir am besten an dir gefallen hat, als wir uns kennengelernt haben?«

»Mein Charisma? Meine witzige Art? Mein tolles Aussehen?«

Ich lächle matt. »Deine Leidenschaft. Du hast mir einen Vortrag gehalten zum Thema ›Die ganze Weltgeschichte besteht nur aus Kriegen‹, und ich dachte – wow, der Typ macht sich echt Gedanken! Über Frieden und so. Darüber, dass man Gewalt in jeglicher Form ausrotten müsste.« Ich lache. »Und jetzt … Wenn das nicht Ironie des Schicksals ist.«

»Was weißt *du* schon von Leidenschaft, Delilah?«, entgegnet Charlie sauer. »Seit Monaten bist du von Rosa besessen, aber als du eine Gelegenheit kriegst, Nägel mit Köpfen zu machen, läufst du weg!«

»Hast du mir eigentlich zugehört, als ich dir die Story

vom Konzert erzählt hab? Dass *ich* weggelaufen wäre, kam da nämlich nicht drin vor.«

»Na logisch. Rosa hat dir ihr Herz zu Füßen gelegt. Sie hat dir ehrlich gesagt, was sie für dich empfindet. Und was machst du? Du drehst durch, weil sie sich nicht drei Minuten nach eurem ersten Kuss vor ihrer Familie outen will. Statt ihr auch zu gestehen, was du fühlst, haust du ab und brichst den Kontakt ab.«

»Wenn sie nicht dazu stehen kann, dass sie mit einem Mädchen zusammen ist, hat das Ganze doch sowieso keinen Sinn, oder?«

Charlie seufzt und schaut mich an, als wäre ich ein totales Weichei. »Hör zu. Ich versteh dich. Du hast Angst. Du bist wegen Georgina ein gebranntes Kind, also willst du jetzt kein Risiko mehr eingehen. Aber nur weil du einmal verarscht worden bist, heißt das noch lange nicht, dass das wieder passieren muss. Für mich hört sich das so an, als hätte Rosa einen Haufen familiärer Probleme – Probleme, mit denen du dich zum Glück nicht rumschlagen musst, weil dein Vater eben anders drauf ist. Ich will damit nur sagen, es gibt jede Menge Gründe, weshalb es diesmal anders laufen könnte. Warum redest du nicht noch mal mit ihr darüber? Das hast du mit Georgina auch nie gemacht, und vielleicht war das ja auch Teil des Problems. Sag Rosa, wie es in dir aussieht, Del!«

»Das ist es nicht wert.«

»Du bist echt nicht zu fassen! Du beschuldigst mich, ein Heuchler zu sein, aber zumindest handle *ich* so, wie ich mich wirklich fühle, statt bloß blöd rumzusitzen und gar nichts zu tun. Zumindest kämpfe ich um die Menschen, die ich liebe.«

»Ja, genau zwei Sekunden lang, und meistens beinhaltet der Kampf auch ein paar gebrochene Nasenbeine. Liegt es an deinem Mutterkomplex, Charlie? Bist du deswegen so ein hoffnungsloser Fall, was Frauen angeht?«

Der finstere Blick aus Charlies Augen sagt mir, dass ich zu weit gegangen bin.

»O Gott. Es tut mir leid«, sage ich hastig.

Charlie steht auf.

»Ich hätte das nicht sagen dürfen. Bitte …«

Charlie verzieht das Gesicht zu einem bitteren Lächeln. »Weißt du, ich hatte lange Zeit keine Ahnung, was Loyalität und Zusammenhalt überhaupt bedeutet. Klar, meine Familie hat Geld, aber es war nie jemand für mich da. Nicht mal Mum.« Seine Stimme bröckelt. »Wenn ich heute auf ihrem Platz im Restaurant sitze, fühle ich mich ihr näher als je zu ihren Lebzeiten. Wenn das nicht erbärmlich ist …« Er wischt sich den Pony ruppig aus der Stirn. »Dein Vater würde auf der Stelle zurückkommen, wenn er wüsste, dass du ihn brauchst. Meiner dagegen verbringt *jedes Jahr* neun von zwölf Monaten auf anderen Kontinenten, und das seit *fünfzehn Jahren*, und egal, wie ich ihn angefleht hab, er hat nie was dran geändert. Ich hab dich immer beneidet, weil ein Vater dich liebt und ermutigt und dir als Freund zur Seite steht. So was hab ich nie gehabt.« Seine braunen Augen glühen. »Aber ich dachte immer, es gibt *einen* Menschen in meinem Leben, dem ich loyal beigestanden hab. Einen Menschen, der sich seinerseits immer hinter mich stellen würde, wenn ich Hilfe brauche, wenn ich zum Beispiel kurz davor bin, in den Knast zu wandern. Einen Menschen, der mir ganz bestimmt keinen Mutterkomplex vorwerfen würde.« Er sieht mich vielsagend an. »Aber ich weiß nicht … Vielleicht habe ich mich auch getäuscht.«

Er marschiert zur Tür und reißt sie auf. Die Kuhschellen bimmeln schrill und hohl.

Ich trete so gegen das Tischbein, dass der Tisch mit einem befriedigenden Quietschen über den Boden schrappt. Scheiß auf Charlie. Der kommt schon wieder. Er macht bestimmt nur einen Abstecher ins *Catarina's* und holt uns ein paar Chicken Burger als Abendessen.

Eine halbe Stunde lang bleibe ich in der Dunkelheit sitzen und warte.

Es wird ihm schon noch leidtun, dass er das alles gesagt hat, und wenn nicht, dann sorge ich schon dafür. Er kann doch nicht von mir erwarten, dass ich einen Meineid für ihn schwöre. Und wie kann er es wagen zu behaupten, ich hätte zu viel Angst, um mich auf Rosa einzulassen?

Der Raum fühlt sich unglaublich leer an. Ich setze mich an einen der Tische und schluchze in eine Papierserviette. Das Weinen hilft ein bisschen, macht aber auch hungrig. Ich merke erst jetzt, wie viel Hunger ich habe. Ich könnte echt einen Chicken Burger vertragen.

Die halbe Stunde verdoppelt sich zu einer ganzen – und

ich frage mich, ob heute vielleicht aus mysteriösen Gründen in der ganzen Stadt keine Chicken Burger zu kriegen sind.

Mein Handy klingelt. Wird auch Zeit, Charlie.

Auf dem Display wird kein Name angezeigt, aber ich kenne die Nummer. Mrs Cronenberg. Aaaargh.

Ich lasse die Mailbox drangehen und höre mir hinterher die Nachricht an.

»Delilah, hier Jade Cronenberg noch mal. Ich wollte dir sagen, dass es mir gelungen ist, deine Mutter in Melbourne ausfindig zu machen. Ich werde sie anrufen, um mit ihr über deine Fehltage zu sprechen. Ich wollte dir nur Bescheid sagen, damit du die Chance hast, vorher mit ihr zu reden. Ich hoffe, es geht dir gut …?«

Was hat die Frau eigentlich für ein Problem? June wird ausflippen! Und was soll ich dazu sagen? Dass ich die Schule bewusst geschmissen habe, weil es mir die Sache wert war? Dass das *Flywheel* mich für alles entschädigt?

Ich mache die Augen zu. In meinem Kopf braut sich ein Schmerzsturm zusammen.

Es ist neun Uhr abends.

Wo bleibt Charlie?

Ich stehe auf. Das rechte Bein ist mir eingeschlafen. Ich schüttele es aus, trete den Tisch noch mal und stelle mir vor, es wäre Charlies Schienbein.

In meinem Magen liegt ein bleischweres Gewicht. Kommt bestimmt nur vom Hunger. Ich gehe in die Küche, um mir was zu essen zu machen.

29. Der Ausraster

Am Dienstag packe ich mit einer der Aushilfen im Café die letzten Sachen zusammen. Am Freitag hilft mir Mandy bei der Endreinigung. Ich wische die Böden, sie scheuert die Fußleisten sauber.

»Wo steckt Charlie denn heute?«, fragt sie. »Ich dachte, er kommt auch.«

»Er hatte was vor«, sage ich ausweichend.

Mandy sieht mich kurz an, sagt aber nichts.

»Okay, wir haben uns gestritten«, gebe ich zu.

»Oh, Del, das tut mir leid. Worum ging's denn? Nur wenn du's erzählen willst …«, fügt sie hastig hinzu.

Ich klatsche den triefnassen Wischmopp auf den Boden. »Schon gut. Es ging darum, dass er völlig verzogen ist.«

»Okay …?«

»Weißt du, was er zu mir gesagt hat? Dass ich nicht wieder zur Schule gehen bräuchte, auch jetzt nicht, wo das *Flywheel* Geschichte ist.«

»Ich bin sicher, er wollte nur …«

»Sein Problem ist, dass er keine Ahnung hat, wie das ist, einen Schulabschluss kriegen zu müssen, um sich seinen Lebensunterhalt verdienen zu können. Leben bedeutet in seiner Welt nämlich nur, sich am Pool auszuruhen, während die Angestellten einem Häppchen servieren. Ihm ist alles scheißegal, ist doch wahr. Sieht doch ein Blinder mit Krückstock, dass ich total unfähig bin, das Café zu führen.«

»Du bist nicht unfähig, Del …«

»Ein echter Freund hätte mir geraten, lieber die Schule weiterzumachen.«

»Wie Lauren, meinst du?«, fragt Mandy. »Die hat doch gesagt, du solltest lieber weiter zur Schule gehen, oder nicht?«

Ich schrubbe eifrig einen Zuckerfleck weg. »Glaub mir, es gibt Gründe, warum Lauren das macht. Ihre Eltern wollen unbedingt, dass sie Jura studiert, deswegen überträgt sie ihre Besessenheit für Schule und gute Noten auf jeden um sie herum.«

Mandy tunkt ihre Bürste vorsichtig ins Seifenwasser. »Aber bist du auf Charlie nicht sauer, weil er sich *zu wenig* um die Schule kümmert?«

»Weißt du, Mandy, eigentlich bin ich so sauer, dass ich überhaupt nicht darüber reden möchte. Ich hätte gar nicht erst damit anfangen sollen. Könnten wir bitte das Thema wechseln?«

Also reden wir über die neue Aushilfe in ihrer Krankengymnastik-Praxis, bis Tom plötzlich hereinschlüpft, eine Aktenmappe unter den Arm geklemmt. Ich lege meinen Mopp beiseite, und Mandy rappelt sich vom Boden auf. Tom reicht mir die Unterlagen aus der Mappe.

Sie entpuppen sich als Mietvertrag. »Hast du so schnell jemanden gefunden?«

Ich weiß, ich sollte dankbar sein. Ein Pächter, der regelmäßig Miete einbringt, ist genau das, was wir jetzt brauchen. Und trotzdem kann ich nicht fassen, wie es so weit kommen konnte. Die Vorstellung, dass jemand anders in dem Laden, der schon so lange in Familienbesitz ist, ein neues Geschäft eröffnet, finde ich extrem schmerzhaft. Ich habe immer gedacht, ich würde noch rechtzeitig eine andere Lösung finden.

»Wer ist der neue Pächter?«, frage ich.

»Ein anderes Café«, antwortet Tom.

»Naheliegend. Die Räume sind perfekt dafür. Kennen wir die neuen Leute?«

Ein merkwürdiger Laut dringt aus Toms Mund – irgendwas zwischen Husten und dem Todesröcheln eines sterbenden Vogels. Ich starre ihn durchdringend an.

»Tom, alles gut?«, fragt Mandy besorgt.

»Wer ist es?«, wiederhole ich nervös.

Aber Tom presst die Lippen so fest zusammen, dass man meinen könnte, der Raum wäre mit giftigem Gas geflutet worden.

Ich blättere den Mietvertrag durch und wimmere wie ein wundes Tier. »O nein. Nein, nein, nein.«

»Das ist doch total unlogisch«, sagt Mandy, die mir über die Schulter geschaut hat. »Warum sollte Adrian Hibbert das *Flywheel* anmieten wollen, wenn er nur ein Stück die Straße runter selber ein Café hat?«

»Weil man da nicht genug Platz hat«, erkläre ich. »Vor

allem wenn man plant, das Café in eine Location für Musikveranstaltungen zu verwandeln, mit Tanzfläche und allem Drum und Dran. Ich kann das nicht machen, Tom.«

»Ich finde, das solltest du«, sagt er.

»Wir werden das *Flywheel* nicht an Adrian Hibbert vermieten.«

»Ich finde …«, setzt Tom an.

»Was?«, frage ich.

»… dass du ein bisschen … äh … melodramatisch bist. Unter den gegebenen Umständen …«

»Melodramatisch? Ich sage jetzt mal lieber nicht, wie ich mich *wirklich* fühle …«

»Okay, wir sollten uns jetzt alle mal kurz beruhigen«, fleht Mandy.

»Er bietet eine höhere Miete, als du normalerweise verlangen kannst«, fährt Tom fort. »Der Vertrag würde über drei Jahre gehen, und er ist bereit, das Doppelte der üblichen Kaution im Voraus zu bezahlen, was deine einzige Chance ist, deine derzeitigen Schulden zu begleichen.«

»Außer, wir machen das *Flywheel* wieder auf und denken uns was aus, um … um …«

»Das hast du doch alles schon versucht, Del«, wirft Mandy leise ein.

Mir dröhnt der Schädel. Hamish wird also endlich seine Rache kriegen. Er hat mich bestohlen, meine Bestellungen torpediert, mir die Kunden geklaut – und jetzt kriegt er meinen ganzen Laden. Mit einem einzigen Schlag macht er mich fertig und erfüllt sich den Traum von seinem Musikcafé. »Ich müsste jeden Tag auf dem Weg nach oben in die Wohnung an denen vorbei! An Hamishs dreckigem Grinsen und Adrians Geschleime! Und Hamishs bescheuerte Musik würde ständig durch die Decke zu mir hochdringen …«

»Es ist deine Entscheidung«, sagt Tom. »Natürlich können wir das Ding erst hieb- und stichfest machen, wenn dein Vater wieder da ist, aber sie wollen so bald wie möglich einziehen.«

Auf einmal frage ich mich, warum ich mich eigentlich dagegen wehre. Tom hat doch recht. Es ist das Vernünftigste, das *Flywheel* zu vermieten. Warum will ich unbedingt einen Laden weiterführen, der sich in so einen Albtraum verwandelt hat?

Ich denke an das Zimmer, das mir June in Melbourne in Aussicht gestellt hat, das Zimmer mit der Platane vor dem Fenster. Ich hätte Zeit zum Lernen. Ich könnte neu anfangen.

Im Moment ist das *Flywheel* das Einzige, was mich noch in Sydney hält. Was habe ich denn hier noch? An meine alte Schule will ich nicht mehr zurück. Mit Rosa habe ich nur meine Zeit vergeudet. Charlie hat die Schnauze voll von mir, Lauren treibt mich in den Wahnsinn.

»Okay, machen wir's«, sage ich schließlich.

Mandy packt mich beim Arm. »Del, du musst das nicht sofort entscheiden.«

»Du hast bis … na ja, bis morgen früh Zeit«, sagt Tom.

»Tom«, sagt Mandy warnend.

Er schaut sie an, und es zeigt sich tatsächlich eine Regung in seinem ansonsten so ausdruckslosen Gesicht. »Es ist deren Deadline, nicht meine«, sagt er entschuldigend.

Ich hole einmal tief Luft. Wenn ich es nicht auf der Stelle entscheide, drehe ich bestimmt durch. Was macht es schon für einen Unterschied, ob ich morgen früh eine Entscheidung treffe oder jetzt? »Tu, was getan werden muss«, sage ich zu Tom.

Nachdem Tom losgezogen ist, um den Deal mit Adrian zu besiegeln, stoßen Mandy und ich mit einem Gläschen von Dads gutem Wein an. Es fühlt sich verkehrt an, den Tropfen aufzumachen, den er für eine besondere Gelegenheit aufgehoben hat, wenn diese besondere Gelegenheit darin besteht, dass ich beschlossen habe, das *Flywheel* hinter seinem Rücken zu verpachten. Aber Mandy überredet mich, dass mein Vater bestimmt nichts dagegen hätte.

Als sie nach Hause gegangen ist, rufe ich Lauren an und erzähle ihr, was ich getan habe.

»Du musstest diese Entscheidung treffen«, versichert sie mir. »Jetzt kannst du wieder zur Schule kommen. Das Zeug, das du mir für meine Erdkundearbeit letzte Woche gemailt hast – das war echt super. Du wirst einiges aufzuholen haben, aber das schaffst du schon. Du musst an deine Zukunft denken.«

Ich will ja, dass sie mich so bestätigt, aber die Gewissheit, mit der sie es tut, macht mich wütend. »So einfach ist das nicht.«

»Doch, ist es. Du musst das jetzt tun. Del, ich muss dir noch was sagen …«

»Aber was ist mit Dad?«, unterbreche ich sie, und mir fällt auf, dass ich lalle. Ich versuche mich zusammenzureißen. »Was soll er denn machen, jetzt, wo ich ihm sein Geschäft weggenommen hab? Wie soll er uns denn jetzt ernähren?«

»Er kann den Pachtvertrag immer noch kündigen, wenn er will. Oder woanders ein Café aufmachen. Du musst in erster Linie daran denken, was *du* willst.«

Ich lache bitter.

»Was?«, fragt Lauren.

»Das klingt ziemlich komisch aus dem Mund von jemandem, der nichts anderes tut, als es seinen Eltern recht zu machen.«

»Wovon redest du da?«

»Davon, dass du dir den Arsch aufreißt, um später mal Jura zu studieren, weil deine Eltern das so wollen«, brause ich auf.

Sie schweigt. »So denkst du also über mich?«, fragt sie schließlich.

»Jetzt erzähl mir nicht, dass du dich aus freien Stücken wie eine Anwaltsgehilfin anziehst und wie eine Besessene auf Jura hinarbeitest.«

Da legt sie auf.

Ich gieße mir den Rest Wein ins Glas.

Fünf Minuten später ruft sie zurück. »Ich wollte dir das eigentlich anders sagen, aber ich finde, du solltest es wissen. Charlie und ich sind zusammen.«

»Ha, ha, wie witzig.«

»Es ist die Wahrheit«, beharrt sie. »Wir sind an dem Abend im *Factory* zusammengekommen.«

»So ein Schwachsinn. Charlie hat die Nacht mit Stereo Girl verbracht.«

»Nein, er hat Alyssa abgesägt und die Nacht mit mir verbracht.«

Ich kann kaum fassen, wie sehr sie sich was vormacht. Selbst wenn Charlie tatsächlich den Abend mit ihr verbracht haben sollte – dass was gelaufen ist zwischen den beiden, glaube ich nie im Leben.

»Lauren«, sage ich mit fester Stimme und trinke den letzten Schluck Wein aus. »Er denkt, du heißt Karen. Außerdem bist du größer als er. Das können Männer nicht leiden. Sie finden es unattraktiv. Und übrigens, ich hab auch schon mal mit Charlie rumgemacht und kann dir sagen, er kann BHs in null Komma nix aufmachen, aber er küsst total feucht. Du kannst viel Bessere haben als Charlie.«

Da legt sie zum zweiten Mal auf.

Ich habe für heute die Nase voll von allen. Ich bin froh, dass ich beschlossen habe, den Abend allein zu verbringen.

Ich bestelle mir Pizza mit Tandoori-Hähnchen und ziehe sie mir vor dem Fernseher rein. Fühlt sich komisch an, mal abends nicht im *Flywheel* arbeiten zu müssen. So oft habe ich mir schon gewünscht, mehr Freizeit zu haben, aber irgendwie fühlt es sich nicht halb so gut an, wie ich gedacht hätte.

Erstens läuft im Fernsehen nichts außer irgendwelchen dämlichen Realityshows, und ich hab echt keine Lust, mir anzuschauen, wie jemand die Powerballade neu erfindet oder eine Meeresfrüchte-Tortilla zubereitet. Zweitens habe ich, je näher der Zeiger Richtung zwanzig Uhr rückt, immer mehr das Gefühl, als würde mich eine unsichtbare Macht zu meinem Aussichtspunkt an Dads Zimmerfenster ziehen.

Zweimal stehe ich auf und versuche, etwas anderes zu tun – das Bett zu machen, meine Bücher nach Farbe zu sortieren –, und zweimal breche ich wieder ab.

Als die Flamenco-Musik einsetzt, gebe ich auf. Ich nehme meinen Platz ein, die Arme auf das Fenstersims aufgestützt, und schaue zu, wie Rosa mit Angeline tanzt. Anmutig wirbeln sie herum, Rosas Rockschöße fliegen hoch. Mein Herz setzt einen Schlag aus, als sie einmal ihren BH-Träger hochzieht.

Oh, Rosa.

Sie ist zu schön, als dass ich *nicht* zuschauen könnte. Sie zu küssen war einfach unglaublich, und das macht es so schwer. Aber wenn sie nicht stark genug ist, zu sich selbst zu stehen, wie soll es dann mit uns beiden funktionieren? Ich wünschte, ich könnte sie einfach vergessen.

Aber die Erinnerung daran, sie geküsst, sie im Arm gehalten zu haben, will nicht weichen. Ich denke wieder an das, was Charlie im Streit gesagt hat.

Klar hätte sie mehr Rückgrat zeigen können, aber war es wirklich richtig, sie deswegen gleich fallenzulassen? Vielleicht gehört Rosa Barea zu den wenigen Menschen, die es wert sind, dass man sein Herz für sie riskiert. Vielleicht ist sie es wert, ein paar kleine Kompromisse zu schließen.

Der Gedanke an meinen Streit mit Charlie lässt mich wieder an ihn und Lauren denken. Kann das vielleicht doch sein? Dass meine zwei besten Freunde jetzt ein Paar sind? Es würde bedeuten, dass Charlie mich in Bezug auf den *Factory*-Abend angelogen hat und die beiden ihre Beziehung mit Absicht vor mir geheim gehalten haben. Der Gedanke schnürt mir die Brust zu.

Noch lange, nachdem die Flamenco Morgana vorbei ist, bleibe ich im Dunkeln am Fenster sitzen. Ich schaue zu, wie die Gäste im Restaurant ihr Hauptgericht aufessen und sich dem Nachtisch widmen, und denke dabei die ganze Zeit nach. Ich sehe zu, wie sie ihr Dessert aufessen und Wein bestellen. Und als sie den Wein ausgetrunken haben, sehe ich sie aufstehen und gehen, ein Tisch nach dem anderen.

Ich frage mich, ob Rosa immer noch im Hinterzimmer ist, sich abschminkt und übrig gebliebenes Essen futtert. Ich könnte rübergehen und versuchen, mit ihr zu reden.

Nein, widerspreche ich mir selbst. Das würde nicht gut enden. Außerdem ziehe ich sowieso bald nach Melbourne, also was soll's? Sobald ich mit June alles abgestimmt habe, bin ich hier weg.

Wahrscheinlich ist Rosa schon längst nach Hause gegangen.

Ich spähe wieder ins Restaurant rüber. Ein einziger Tisch ist immer noch besetzt.

Wenn ich mich beeile, erwische ich sie vielleicht noch.

Als ich die Straße überquere, sind auch die letzten Gäste gegangen. Rosas Tante steht an der Kasse, Elvio hievt die Stühle auf die Tische. Ich klopfe leise an die Scheibe, gleich unterhalb des Schildes, das mit der »Geschlossen«-Seite nach außen gedreht ist, und zwar vor so kurzer Zeit erst, dass es immer noch leicht hin und her schwingt. Adelina sieht von der Kasse hoch, lächelt und winkt. Dann sagt sie etwas zu Rosas Onkel, und der kommt zur Tür.

Er schielt durch die Scheibe zu mir heraus. Ich sehe, wie er mich erkennt. Und seine Stirn in Falten legt.

Rosas Tante ist in den hinteren Bereich des Restaurants verschwunden. »Geh weg«, murmelt Elvio durch das Glas und scheucht mich mit einer Handbewegung in Richtung des *Flywheel*. »Husch.«

Seine Reaktion überrascht mich, vor allem nachdem er auf der Kundgebung so freundlich gewesen ist. »Ich will nur kurz mit Rosa sprechen«, sage ich durch die Scheibe. »Ist sie noch da?«

»Du bist nicht gut für sie«, grummelt er und schickt mich wieder weg. »Von Mädchen wie dir sollte Rosa sich fernhalten.«

Seine Worte lassen mich erstarren. Mädchen wie ich? Elvio kennt mich seit meiner Kindheit. Er hat noch nie ein Problem mit mir gehabt. Ich umklammere die Klinke und rüttele an der Tür. Das Glas scheppert im Türrahmen.

»Geh weg!«, zischt Elvio.

Ich denke daran, wie viel Angst Rosa hatte, dass Adrian Elvio von uns erzählen könnte. Hat dieser Mistkerl vielleicht wirklich was ausgeplaudert? Ich stemme mich gegen die Tür und versuche, sie aufzudrücken, aber sie gibt keinen Millimeter nach.

Elvio steht auf der anderen Seite, die Arme vor der Brust verschränkt. »Geh weg!«, zischt er wieder leise.

In seinen Augen brennt Verachtung. Ich kenne diesen Ausdruck. Er lag in Ellas Blick. In Mark Wellingtons Grinsen. In Hamishs höhnischem Schnauben. Er sagt: *Du bist nichts wert.*

Ich spüre, wie sich in meiner Brust Druck aufstaut. Und plötzlich kann ich ihm einfach nicht mehr standhalten. Wie ein Strom glühend heißer Lava bricht es aus mir heraus.

»Lass mich rein, du blöder alter Mann!«, brülle ich.

30. An Strohhalmen festklammern

Elvio weicht zurück, als hätte ich ihn geschlagen. Er legt sich sogar eine Hand an die Wange. Er ist so bestürzt, dass ich es bis hierhin spüren kann, durch die Glasscheibe.

Adelina kommt aus dem Hinterzimmer angerauscht, das Gesicht totenbleich. Sie hat mich gehört.

Ich wirbele herum und renne weg.

Zu Hause angekommen, setze ich mich auf mein Bett und bleibe dort lange sitzen. Ich bin zu erschöpft, als dass ich mich bewegen könnte. Ich muss mit jemandem reden, aber ich weiß weder mit wem, noch was ich sagen soll.

Dad würde dafür sorgen, dass es mir schnell wieder bessergeht. *Das kriegen wir hin, meine Süße*, würde er sagen. *Mach dir absolut keine Gedanken.* Charlie hat recht: Als Ernährer taugt mein Vater vielleicht nicht viel, aber eines ist sicher: Er liebt mich.

Wenn er bloß nicht in der bescheuerten Mongolei herumkurven würde.

Ich denke an die Schockstarre in Elvios Gesicht. Das Bild will mir einfach nicht aus dem Kopf gehen.

Mit Lauren kann ich unmöglich reden. Nicht nach dem Telefonat vorhin. Sie würde mich sowieso nicht verstehen. Ich muss mit Charlie sprechen. Er wird besser als jeder andere nachvollziehen können, wie sehr ich neben der Spur bin.

Ich nehme das Telefon in die Hand.

Und lege es wieder weg. Bin ich verrückt geworden? Ich kann Charlie nicht anrufen, nicht nach unserem Streit neulich. Nicht jetzt, wo er mit Lauren zusammen ist – worüber er mich quasi angelogen hat.

Da macht es Klick, und ich begreife es: Ich habe alle Menschen verloren, denen ich wichtig war.

Alle – bis auf einen, vielleicht.

*

»Schätzchen?«, sagt June, als sie meine Stimme am Telefon erkennt.

»Mum!« Ich unterdrücke einen Schluchzer. Ich bin so erleichtert, dass ich sie zu Hause erreiche. Ich stelle mir vor, wie sie neben Mungo auf der Couch sitzt, sich eine Oper anhört oder auf BBC einen späten Krimi anschaut. Was normale Eltern halt so tun. Angetrocknete Reste von angeschlagenem Geschirr runterzukratzen und vor Erschöpfung wie betäubt ins Bett zu wanken – das gibt es nur bei anormalen Eltern. Ich sehne mich nach einem Tapetenwechsel und einer Weile normalem Familienleben – ja, genau das brauche ich jetzt.

Ich stelle mir vor, wie ich in meinem neuen Zimmer am Schreibtisch sitze und an einem Aufsatz über die Roten Khmer schreibe und dabei so wunderbar vorankomme, wie ich es am vollgestellten Küchentisch in der Wohnung über dem *Flywheel* nie hingekriegt hätte. Ich frage mich, wie schnell man wohl einen Umzugswagen mieten kann. Wahrscheinlich brauche ich noch ungefähr eine Woche, um alles zu packen und so weiter, aber ich denke, am nächsten Wochenende könnte ich einen Flug nach Melbourne nehmen.

Dann stelle ich mir vor, wie Dad in unsere leere Wohnung zurückkommt und mit einem dumpfen Aufprall seinen Rucksack abstellt. Und wie ihm klar wird, dass ich ihn verlassen habe.

Ich schüttele das Bild weg. Ich bin doch nur vier Flugstunden entfernt, ich kann ihn alle paar Wochen besuchen kommen.

»Schätzchen, ich hab dir doch schon so oft gesagt, nenn mich *June*.« Meine Mutter hört sich genervt an.

Aber das geht in meiner Erleichterung unter. »Rufe ich gerade ungünstig an?«

»Es ist spät, und ich bin sehr müde.«

»Ich hab Neuigkeiten«, verkünde ich. »Und ich glaube, du wirst dich darüber freuen.«

»Was für ein Zufall«, sagt June gedehnt. »Mungo und ich haben nämlich auch Neuigkeiten zu erzählen. Ich wollte dich sowieso schon anrufen deswegen.«

In meinem Magen klumpt sich ein Knoten zusammen. »Worum geht's?«

»Nein, erzähl du zuerst.«

»Schon gut, mach du.«

»Wir ziehen um!«, sagt Mum fröhlich.

»Wohin?«

»Nach Amerika! Mungo hat ab September eine Stelle an der Universität von Chicago. Ist das nicht fabelhaft? Wir haben eine kleine Wohnung in der Innenstadt gefunden, genau in der Gegend, wo was los ist.«

»Und wie lange werdet ihr dort leben?«

»Der Vertrag geht erst mal über zwei Jahre, und danach schauen wir mal, wie es weitergeht.«

Meine Vorstellung vom seligen Leben in Melbourne, mit Platane vor dem Fenster und allem Drum und Dran, platzt wie eine Seifenblase. Nach Melbourne zu ziehen ist das eine, ans andere Ende der Welt hingegen ... schon was anderes.

»Chicago soll eine tolle Stadt sein«, fährt June fort. »Im Winter ist es natürlich sehr kalt da, aber diese kulturelle Vielfalt ... Stell dir bloß mal vor, Delilah, wenn wir uns da erst mal richtig eingelebt haben, kannst du uns besuchen kommen! Die Wohnung ist zwar sehr klein, du wirst auf der Couch schlafen müssen, aber für ein paar Wochen geht das doch sicher, oder? Delilah? Bist du noch dran?«

»Ja, klingt super«, murmele ich.

»Ja, nicht wahr? Wir würden uns wirklich freuen, wenn du uns besuchst, weißt du. Wirklich. Es wird bestimmt sehr seltsam, nicht mehr im selben Land zu wohnen wie du.«

»Das sind tolle Neuigkeiten, June. Echt toll.«

»Aber jetzt hab ich genug geschwärmt. Was wolltest du mir erzählen, Schätzchen?«

Auf einmal fühle ich mich so unfassbar müde. »Ach nichts. Ich ruf dich ein andermal an, wenn es nicht so spät ist.«

»Sicher?«, fragt sie nach einer kleinen Pause.

»Ja.«

»Versprochen?«

»Versprochen.«

»Okay, Schätzchen. Dann gute Nacht.«

Eine Sekunde später spuckt die Leitung leise Pieptöne aus.

31. Hallo, Selbstmitleid

Kurz vor Mitternacht liegt die Café-Meile wie ausgestorben da. Bis auf das *7-Eleven*-Schaufenster sind alle schwarz. Vom Schlafzimmerfenster aus schaue ich zu, wie ab und an ein Scheinwerferpaar das *Charada* flutet. Die Stühle, die Elvio auf die Tische gehievt hat, werfen lange Schatten auf die Dielenbretter.

Wenn ich erst mal so weit bin, dass ich über die Länge von Schatten auf dem Boden sinniere, weiß ich, dass ich den Stimmungsmodus erreicht habe, den Dad gerne das Selbstmitleidsbad nennt. Zuerst bin ich hochgradig anfällig für kitschige Verzweiflungsklischees wie lange Schatten oder heulende Hunde. Als Nächstes hege ich tragisch-romantische Gedanken über Situationen, in denen ich extreme Gewalteinwirkung erleide. Ich hocke also allein in der Dunkelheit und stelle mir vor, wie es wäre, wenn jetzt eine Bombe explodieren würde, genau in diesem Zimmer, genau in diesem Moment, und wie glücklich ich darüber wäre. Ich sehe regelrecht den Satz in meinem Kopf aufleuchten: *Hallo, Bombe, ich heiße dich willkommen.*

Danach fange ich an, mir meine Beerdigung vorzustellen. Ich finde tröstliches Vergnügen darin, mir die traurigen Gesichter der Leute vorzustellen, die mich im Stich gelassen haben: Lauren schluchzt an Rosas Schulter, Charlie kauert vornübergebeugt neben meinem Grab, Dad heult sich in den Armen des Pfarrers die Schuldgefühle aus dem Leib, June stürzt sich bäuchlings auf meinen Sarg, bevor er in die Erde hinabgelassen wird.

Die Vision verschafft mir Genugtuung, aber noch ist das Selbstmitleidsbad nicht beendet. Ich haue gedanklich alles in Stein, was mir im Leben Schlimmes widerfahren ist, dann hebe ich den Stein auf und schlage mir damit selber auf den Schädel.

Meine Eltern haben mich praktisch zur Waise gemacht.

DONG.

Ich habe das mit Rosa verkackt.

DONG.

Ich habe den Familienbetrieb an die Wand gefahren.

DONG.

Ich bin pleite und habe keine Freunde mehr.

DONG.

Ich denke an Hamish, der es irgendwie geschafft hat, mein Leben zu zerstören, trotz seines offensichtlichen Mangels an Talent in irgendwas. Ich denke daran, wie die Leute aus meiner Klasse *tanzende Lesbe* auf dem Flur gejohlt haben. Ich denke daran, wie Georgina Trump die Meute angeführt hatte.

Stöhnend knalle ich mir den imaginären Stein frontal gegen die Stirn.

Aber selbst jetzt, wo ich all das denke und Tränen mir

über die Wangen strömen (zumindest als Ausrede für eine gesunde Heularie ist Selbstmitleid perfekt geeignet), höre ich diese Jetzt-reiß-dich-zusammen-Stimme in meinem Kopf.

»Du bist total melodramatisch«, sagt sie. Und ich erkenne darin Toms vertrauten flachen Ton.

Ich blinzele.

»Du bist nicht unfähig, Del«, sagt eine zweite, sanftere Stimme. Die von Mandy.

Ich setze mich auf dem Stuhl aufrecht hin.

Dann schaue ich wieder zum *Charada* rüber. Schatten kann ich keine mehr erkennen, nur schlichte, unmissverständliche Dunkelheit. Der Bann der Schwermut ist gebrochen. Immer mehr ermunternde Worte anderer Menschen, die ich liebe, fallen mir auf einmal ein.

»Du bist meine beste Freundin, Del«, höre ich Charlie sagen.

»Du bist mein Engel«, sagt Dad.

»Du hast so viel Potential«, sagt Lauren.

»Ich finde dich sehr mutig«, sagt Rosa, und es ist, als hätte dieser unsichtbare Stein eine Blockade in meinem Hirn gelöst, denn die Erinnerung an ihre Worte lässt mich wieder über das nachdenken, was Charlie gesagt hat. Ich habe Rosa für ihre Feigheit verurteilt, aber jetzt bin ich mir nicht mehr sicher, ob ich überhaupt so mutig bin, wie sie meint.

Was, wenn Charlie recht hatte? Was, wenn doch eigentlich ich diejenige war, die den Rückzieher gemacht hat?

Was, wenn ich nur so reagiert habe, weil ich Angst davor hatte, wieder verletzt zu werden?

Vielleicht besteht echter Mut nicht darin, einem Fremden, der dich beleidigt, auf die Fresse zu hauen (merk dir das, Charlie), oder einen bigotten alten Mann anzubrüllen – vielleicht ist echter Mut eher, sein Herz aufs Spiel zu setzen.

Wenn Rosa mich für mutig hält, dann bin ich es mir und allen Leuten, die ich liebe, schuldig, mich auch mutig zu verhalten.

32. Bekenntnisse einer Verrückten

Die Erste, mit der ich meine Erleuchtung zu teilen beschließe, ist Mandy. Ich finde sie am nächsten Morgen im Wartezimmer ihrer Krankengymnastik-Praxis. Zufällig ist auch Tom da. Die beiden stecken gerade die Köpfe zusammen, zwischen ihnen eine Packung Croissants. Als sie mich sehen, setzt Mandy sich ruckartig auf, und Tom springt so hastig von seinem Stuhl hoch, dass es eine Sekunde lang so aussieht, als würde er abheben.

»Del!«, schreit Mandy eine Spur zu enthusiastisch. »Was für eine schöne Überraschung!«

Toms sonst so ausdrucksloses Gesicht lässt diesmal deutlich erkennen, wie peinlich berührt er ist.

Ich schaue von einem zum anderen. »Was ist denn hier los?«

»Was meinst du?«, fragt Mandy unschuldig zurück. »Wir sind nur gerade am Frühstücken.«

»Croissants«, fügt Tom hinzu, als könnte ich das nicht selber sehen.

»Du siehst so hübsch aus!« Mandy klatscht in die Hände. »Ist heute irgendwas Besonderes?«

Ich blicke an mir herunter. Ja, ich habe mir heute etwas mehr Mühe mit meinem Outfit gegeben als sonst. Das Ergebnis beinhaltet unter anderem ein gebügeltes Oberteil und ein bisschen Schminke. Möglicherweise habe ich mir sogar die Haare gebürstet.

»Ich muss mich bei ein paar Leuten entschuldigen. Und ich fange am besten gleich mit euch beiden an.«

»Aber wofür denn entschuldigen?«

»Dafür, dass ich euch das ganze Elend zugemutet habe! Meine melodramatischen Auftritte und so«, sage ich und schaue Tom an. Dann hole ich tief Luft. »Ihr habt mir so viel geholfen, und ich habe mich nie richtig bedankt. Seit ich das *Flywheel* übernommen hab, wart ihr beiden immer so gut zu mir. Tom, Sie haben mir mit den Bilanzen geholfen. Und ihr seid beide zu den Krisengesprächen gekommen ...«

»Du weißt aber schon, dass du hier keine Preisverleihungsrede halten musst, ja?«, sagt Mandy.

»Ich wollte nur, dass ihr wisst, wie dankbar ich euch bin.« Meine Stimme zittert so, dass Tom ganz verunsichert wirkt.

Mandy drückt meine Hand. »Jederzeit gern, meine Liebe.«

Ich seufze. »Danke. Jetzt müsst ihr mich bitte entschuldigen, ich hab eine lange Liste von Leuten, die ich heute noch um Verzeihung bitten muss.«

»Ein Croissant als kleine Stärkung?« Tom hält mir eins der wabbelweichen Dinger hin.

»Nein danke. Genießt ihr beiden mal weiter euer Frühstück.«

*

Das *Charada* ist nur fünf Minuten zu Fuß entfernt. Und ich habe meinen Auftritt perfekt getimt. Als ich vor dem Restaurant ankomme, lässt Rosa gerade ihre Eltern aussteigen. Ich kauere mich verstohlen hinter einen Müllcontainer, bis die beiden drin sind, dann hechte ich zum Wagen und reiße die Beifahrertür auf.

Rosa erschrickt total, als ich mich neben sie auf den Sitz plumpsen lasse. »Del!«

Sie sieht umwerfend aus. Mit dem weißen Tanktop, den schwarzen Schnürstiefeln und dem silbernen Ballonrock, der perfekt zu ihrem silberfarbenen Lidschatten passt, scheint ihr Outfit-Motto heute »Intergalaktischer Krieg« zu sein.

»Hi«, raune ich atemlos.

Neben jemandem im Auto zu sitzen hat eindeutig was Intimes an sich: Man ist auf kleinem Raum zusammengepfercht, Türen und Fenster gegen den Verkehrslärm geschlossen, und nur eine Handbremse weit voneinander entfernt. So nah neben Rosa zu sitzen erinnert mich sofort an unseren Kuss im *Factory*. Und ich bin sicher, dass sie auch daran denkt.

»Was zum Teufel, hast du hier zu suchen?«, fragt sie wütend.

Okay, dass es nicht einfach werden würde, konnte ich mir schon denken. Sie ist wohl immer noch sauer wegen unseres Streits, und bestimmt hat sie von meinem Auftritt bei Elvio gestern Abend erfahren. Ich hole ein paarmal tief Luft, um mein wummerndes Herz ein bisschen zu besänftigen. »Ich möchte nur eine Minute mit dir sprechen.«

»Ich habe aber keine Minute. Ich stehe in einer Ladezone.«

Hm, das wird also noch schwieriger als befürchtet. *Wie konnte ich was anderes von ihr erwarten?*, denke ich wütend und strecke die Hand nach dem Türgriff aus.

Dann erinnere ich mich an meinen Entschluss von gestern Abend, und an das, was Charlie gesagt hat.

Sag Rosa, was du empfindest.

Der Gedanke macht mir eine Heidenangst. Wenn Rosa mich am Ende auch so verarscht wie Georgina, werde ich wohl den Rest meines Lebens auf einem Eisberg in der Antarktis verbringen müssen, bis mein Herz komplett erfroren ist. Aber ich muss trotzdem tun, wofür ich hergekommen bin.

»Vielleicht könnten wir um die Ecke fahren und eine Minute dort anhalten«, schlage ich vor.

Rosa antwortet nicht, fädelt aber vorsichtig wieder in den Verkehr ein.

Und dann folgen die längsten fünf Minuten meines Lebens.

Ehrlich, es sollte ein Gesetz geben, dass Sattelschlepper nicht durch die Stadt fahren dürfen. Und warum sammelt der Müllwagen die Tonnen ausgerechnet im Berufsverkehr auf? Während Rosa um so ziemlich jedes Hindernis herumkurven muss, das man sich auf der Straße nur vorstellen kann, sitzen wir schweigend nebeneinander, der Duft ihres Haars benebelt mich, und mein rechter Arm ist nur Zentimeter von ihrem linken entfernt.

Endlich biegen wir um die nächste Ecke. Rosa fährt an den Straßenrand und stellt den Wagen ab.

Dann löst sie ihren Sicherheitsgurt und dreht sich zu mir um. Ich sehe, dass ihr mein Lippenstift und das gebügelte Oberteil auffallen. »Ich hab in zehn Minuten einen Termin, also mach's bitte kurz«, sagt sie, aber irgendwo in der Mitte des Satzes wird ihr strenger Ton milder, was mir wieder einen Funken Hoffnung schenkt.

»Ich wollte mich für die Szene entschuldigen, die ich dir letzte Woche hingelegt hab«, sage ich. »Du hattest recht, ich hab überreagiert. Weißt du, es ist nämlich so, dass …«

Sag es einfach, Delilah.

Ich räuspere mich nervös. »Ich weiß, ich tu immer so cool … Na ja, bis auf das eine Mal, wo ich Kaffee über dich drübergekippt hab. Und wo ich auf der Tanzfläche hingeknallt bin. Und wo ich deine Topfpflanze umgerissen hab. Und … Egal, also die Wahrheit ist: Du bist mir schon vor langer Zeit aufgefallen. Ich … ich hab dir ein paarmal zugeschaut, wie du im *Charada* getanzt hast. Okay, das war leicht untertrieben. Ich schau dir schon seit Monaten jeden Abend zu, von Dads Zimmer aus. Die im *Flywheel* haben mich deswegen ausgelacht.« Ich ringe mir ein Kichern ab.

Und warte auf eine Antwort. Aber Rosa sagt kein Wort.

»Und dann hast du diese Rede auf der Kundgebung vor

der Bücherei gehalten, und … deine …«, stammele ich mich weiter durch den Text. »Deine Leidenschaft … Das hat mich echt umgehauen. Na ja, nicht wörtlich«, füge ich hastig hinzu. »Ich meine … okay, ähm … Lass es mich anders formulieren. Manchmal hattest du, wenn du ins Café gekommen bist, diese Jeansjacke an, und wenn du die ausziehst und hast diesen Gymnastikanzug drunter, der hinten richtig tief ausgeschnitten ist, weißt du …? Das war immer mein Highlight der ganzen Woche.«

Ich mustere ihr Gesicht, aber es ist komplett ausdruckslos.

Reiß dich zusammen, Delilah. Irgendwie läuft das hier gerade total verkehrt. »Ich glaube, was ich damit sagen will …«, haspele ich weiter. »Ich finde dich einfach unglaublich. Als Tänzerin, als Aktivistin, als … Mensch. Ich bin nicht so mutig, wie du vielleicht denkst, oder wie ich selber gedacht hab, oder wie ich gerne wäre. Ich hätte dir das schon letzten Samstag sagen sollen, aber … ich weiß nicht … ich hab die totale Panik gekriegt.« Ich hole tief Luft. »Ich weiß, dass ich Fehler gemacht hab. Ich hab mich im *Factory* wie der letzte Vollhonk benommen. Und wahrscheinlich hat Adelina dir erzählt, was gestern Abend passiert ist. Was ich zu deinem Onkel gesagt hab, das war … schrecklich. Ich hab zur Zeit nur so viel Wut in mir. Weil meine Mutter abgehauen ist, weil in der Schule dieser ganze Mist passiert ist … Aber es ist auch so, dass du mich ein bisschen … wahnsinnig machst.« Ich schlucke trocken. »Eins wünsche ich mir mehr als alles andere – mit dir zusammen zu sein«, flüstere ich.

Stille. Rosa senkt den Blick, ihr silberner Lidschatten blitzt wie ein Silberstreif am Horizont. Als sie mich wieder anschaut, ist ihr Gesichtsausdruck weicher geworden.

Ich greife nach ihrer Hand. Sie ist ganz warm.

Ich versuche zu erahnen, was hinter ihrer schönen Stirn vor sich geht.

Rosas Stimme zittert, als sie spricht. »Nicht du bist der Vollhonk, sondern ich«, sagt sie sanft. »Ich wünschte, ich hätte nicht immer so viel Angst. Wegen dir und mir … Davor, dass die Leute das rausfinden könnten. Ich sollte mir nicht so einen Kopf machen, was meine Familie davon hält, aber ich möchte ihnen einfach nicht weh tun. Und ich weiß, dass ihnen das weh tun würde. Das tut es ja jetzt schon.« Sie sieht mir in die Augen. »Ja, Adelina hat mir erzählt, was gestern Abend war …«

»Ich hab mich total bescheuert aufgeführt. Das weiß ich. Ich kann dir gar nicht sagen, wie leid mir das tut.«

»Ich hab mich halt nur gewundert …« Rosa streicht sich den Rock glatt. »Ich meine, ich hatte dir ja erzählt, wie problematisch das Thema in meiner Familie ist. Und trotzdem gehst du zum Restaurant und machst so eine Szene!«

»Ich mach das wieder gut, versprochen. Ich werde mich entschuldigen.«

»Elvio ist ein sehr stolzer Mann, Del …«

»Und er hat sehr altmodische Ansichten, die er dringend mal überdenken sollte«, sage ich ungeduldig. »Komm schon, Rosa, das weißt du doch selber, oder nicht? Du solltest es wirklich nicht so schwer nehmen, was ein Mann über dich denkt, der irgendwo im letzten Jahrhundert hängen geblieben ist. Und ganz ehrlich, ist das wirklich so wichtig? Er ist nur dein Onkel, nicht mal dein Vater. Und du bist neunzehn …«

Sie schüttelt den Kopf. »Du verstehst nicht, wie wichtig das für mich ist. Mein Onkel gehört zu meinem Leben dazu. Er und mein Vater sind so.« Sie hält zwei überkreuzte Finger hoch. »Elvio ist älter als Dad und das Oberhaupt der Familie. Ob wir ihn altmodisch finden, ist unwichtig, alle hören auf ihn. Mein Vater. Meine Mutter. Mein kleiner Bruder – der ganz besonders. Er hält Elvio für den lieben Gott. Glaub mir, ich würde so gerne beim nächsten Familienessen der Bareas mit dir auftauchen und dich als meine Freundin vorstellen, aber das wird leider nie möglich sein.«

Ein Bus dröhnt auf der Fahrerseite nur Zentimeter von uns vorbei und lässt den Wagen wackeln. Ich versuche Rosas Worte zu verdauen. »Niemals? Das heißt, wenn wir zusammen wären, müssten wir das auf ewig geheim halten?«

Rosa wirkt hin- und hergerissen. »Del, das zwischen uns, das hat doch gerade erst angefangen. Ich kann nicht sagen, wie sich das in Zukunft für mich entwickeln könnte, aber im Moment ist das alles, was ich dir anbieten kann, ja. Mehr geht gerade nicht.«

Ich denke an Charlies Worte und gebe mir Mühe, die Sache aus Rosas Perspektive zu betrachten. Aber ich kann nicht anders, ich finde, wenn sie genug für mich empfinden würde, würde sie mir mehr anbieten als das. Es kommt mir vor, als wären wir wieder genau da, wo wir im *Factory* aufgehört haben.

»Ich glaube nicht, dass ich mich mit einer heimlichen Beziehung zufriedengeben könnte«, sage ich. »Ich möchte ehrlich zu dem stehen, wer ich bin und was ich bin. Das gehört einfach zu mir, egal, welche Konsequenzen es hat. Was erwartest du denn jetzt von mir?«

Ich sehe ihr an, dass in ihr ein Gefühlskrieg tobt. »Nichts«, sagt sie schließlich. Und zieht ihre Hand aus meiner.

»Rosa …«

Sie sieht durch die Windschutzscheibe starr geradeaus.

Ich steige aus und schlage die Tür hinter mir zu.

33. Mein ruiniertes Leben – ein Leitfaden in unzähligen Kapiteln

Ich sitze im Vorraum des Gerichtssaals auf einem Plastikstuhl und lese einen Artikel auf dem Handy. Neben dem Text ist ein Foto von einer hochaufragenden Gestalt, der Blick fest, die Rockschöße flatternd.

LOKALE BERÜHMTHEIT RETTET BÜCHEREI, lese ich zum tausendsten Mal.

Rosa hat es geschafft. Sie hat die Schlacht gewonnen. Ihr Protest hat Früchte getragen, zumindest fürs Erste. Gestern Abend hat der Stadtrat gegen den Plan gestimmt, die Bücherei zu schließen.

Einerseits würde ich sie gern anrufen und ihr gratulieren. Andererseits schrumpfe ich schon bei dem Gedanken daran zusammen. Ich denke wieder daran, wie wir uns vor dem *Factory* geküsst haben. Die Szene läuft immer wieder vor meinem inneren Auge ab – wie sie ihren Mund auf meinen gedrückt hat, ihren Körper gegen den meinen.

Ein Gerichtsdiener öffnet die Tür zum Verhandlungssaal. Ich schalte mein Handy aus und gehe hinein.

*

Es ist das erste Mal, dass ich bei einem Gerichtsverfahren dabei bin, und ehrlich gesagt, finde ich es ziemlich enttäuschend.

Ich hatte auf einen Saal mit hoher Decke, Zedernholzpaneelen und einem Hauch der Verderbnis gehofft. Stattdessen ähnelt der Raum eher Mrs Cronenbergs Erdkunde-Klassenzimmer – fröhlich blauer Teppichboden, jede Menge Neonröhren und ein Richterpult an der Stelle, an der Mrs Cronenbergs Tisch stehen würde. Ich setze mich in die hinterste Reihe und hoffe, nicht entdeckt zu werden. Der Gedanke, Charlie nach zwei Wochen Entfremdung wiederzusehen, spannt meine Nerven bis zum Zerreißen. So, wie unser letztes Treffen gelaufen ist – mit welchem Recht kreuze ich jetzt an seinem entscheidenden Tag als quasi unbeteiligte Zuschauerin auf?

Eigentlich sollte ich überhaupt nicht hier sein, angesichts dessen, was ich sonst so alles zu tun habe. Ich muss das Café rechtzeitig räumen, damit Adrian Hibbert sich breitmachen kann. Ich muss das Zeug irgendwo einlagern, aber diese ganze Geschichte ist so deprimierend, dass ich mich kaum aufraffen kann, irgendwas zu tun.

Ein berauschender Duft dringt in den Raum. Ich drehe mich um und sehe, wie Marina Bitar durch die Tür kommt.

Charlie und Lauren schlurfen hinter ihr her. Charlie sieht so aus, als würde er sich in seinem Anzug und den steifen Lederschuhen ziemlich unbehaglich fühlen. Lauren hingegen wirkt so, als wäre sie in ihrem Bleistiftrock, ihrer Kragenbluse und ihren High Heels auf die Welt gekommen. Mit einer Hand hält sie Charlies Hand umklammert, mit der anderen glättet sie ihm die Falten am Jackett. Als sie mich erblickt, raunt sie ihm etwas ins Ohr.

Die Parfumwolke schwebt näher heran. Marina bleibt neben mir stehen. »Sind Sie gekommen, um für Charles auszusagen?«, fragt sie mich leise.

Ich schaue an ihr vorbei zu Charlie und Lauren. Sie sehen mir beide in die Augen, Charlie mit einem leicht flehenden Blick, Lauren mit einem leeren Ausdruck, der irgendwie an mir abgleitet.

Ich schüttele rasch den Kopf.

Marina dreht sich um und flüstert Charlie etwas zu.

Ohne einen weiteren Blick zieht die Dreierkarawane an mir vorbei.

*

Die Richterin, die zu meiner großen Enttäuschung gar keine Perücke trägt (ich würde mit keiner Wimper zucken, wenn sie anfangen würde, uns die Hauptstädte aller US-amerikanischen Bundesstaaten abzufragen), geht die Tagesordnung systematisch durch. Einer nach dem anderen treten die Rechtsanwälte vor, um die Fälle vorzutragen, die vor Charlies dran sind. Charlie und Lauren sitzen in der Stuhlreihe direkt hinter den Anwälten und reden miteinander, die Köpfe eng zusammengesteckt. Einmal dreht Charlie sich nach mir um und sieht mich an, dann wendet er sich schnell wieder ab.

Ich schaue mich im Gerichtssaal um. Ob Charlies Nachhilfelehrerin hier ist? Ich weiß immer noch nicht, ob der Mann, den Charlie geschlagen hat, ihr Vater ist. Ich beschließe, Charlie später zu fragen, ob er sie vielleicht gesehen hat. Falls er überhaupt je wieder mit mir reden will. Und falls er nicht in den Knast wandert.

Nach etwa dreißig Minuten ruft die Richterin schließlich Charlies Fall auf. Charlie sitzt kerzengerade auf seinem Stuhl, während die Richterin mit Marina ein paar Worte über die Sache wechselt.

»Bitte erheben Sie sich, Mr McFarlane«, sagt die Richterin schließlich. »Plädieren Sie auf schuldig oder nicht schuldig?«

Charlie streicht sich das Jackett glatt, als er aufsteht, dann räuspert er sich. »Nicht schuldig, Euer Ehren«, sagt er.

Mein bester Freund, der Wahnsinnige.

*

Der Anwalt beginnt die Fakten aufzuzählen. Lauren umklammert Charlies Schulter und raunt ihm hektisch etwas zu, woraufhin Charlie noch mal in meine Richtung schielt.

O Gott. Bestimmt wird er mich gleich anflehen, doch noch für ihn auszusagen.

Er beugt sich nach vorn und flüstert Marina etwas in ihr perfekt proportioniertes Ohr.

Ich bereite meinen überstürzten Abgang vor.

Marina steht auf und legt Charlie sachte vier Finger auf den Arm. Dann dreht sie sich um, aber nicht zu mir, sondern zur Richterin. »Bitte entschuldigen Sie, Euer Ehren«, sagt sie und lässt ihre makellos weißen Zähne aufblitzen.

»Tut mir leid, dass ich meinen werten Kollegen unterbrechen muss, aber mein Mandant hat mich gerade davon in Kenntnis gesetzt, dass …« Sie hält inne. »Mein Mandant, Charles McFarlane, hat mir soeben mitgeteilt, dass er sich für schuldig bekennen will.«

Die Richterin mustert Charlie über den Rand ihrer Brille hinweg. »Stimmt das, Mr McFarlane?«

»Ja, Euer Ehren.«

Sie nickt flüchtig. »Dann können wir ja jetzt zur Verkündung des Strafmaßes übergehen.«

*

Das ist mein Stichwort, den Saal zu verlassen. Mitzuerleben, wie Charlie verurteilt wird, ist mehr, als ich ertragen kann. Ich warte lieber draußen auf dem Flur, erleichtert darüber, dass Charlie sich umentschieden hat, aber besorgt, wie es jetzt mit ihm weitergehen wird. Zwanzig Minuten lang kauere ich auf einem Plastikstuhl und zerfetze einen Kein-Alkohol-am-Steuer-Prospekt in tausend winzige Stücke.

Endlich kommt Marina heraus, aber sie ist allein. Wo bleibt Charlie? Was haben die mit ihm gemacht? Ich wusste zwar, dass ihm Gefängnis drohen könnte, aber ich hatte mich geweigert zu glauben, dass es wirklich dazu kommen würde.

»Er ist doch nicht … Sie haben ihn nicht …«, stammele ich.

Marina schüttelt den Kopf. »Dreihundert Stunden gemeinnützige Arbeit. Der Junge hat großes Glück gehabt. Daran sollten Sie ihn immer wieder nachdrücklich erinnern«, sagt sie grimmig.

Als Charlie aus dem Gerichtssaal kommt, geht Marina zu ihm. Lauren hat sich bei ihm untergehakt und gemeinsam sprechen sie mit einem elegant gekleideten Mann, der alt genug ist, um sein Vater zu sein.

Ich brauche eine Sekunde, um zu begreifen, dass es wirklich sein Vater ist. Er hat die gleiche Nase und die gleichen Augen wie Charlie, und vermutlich hatte er auch mal die gleiche Haarfarbe. Auch wenn ich nach allem, was Charlie über ihn erzählt hat, nicht anders kann, als ihn zu hassen, bin ich um Charlies willen doch froh, dass er gekommen ist.

»Und wenn Sie die Klos im Hauptbahnhof putzen müssen«, sagt Marina. »Wenn Sie auch nur eine einzige Stunde schwänzen, rufe ich eigenhändig die Polizei.«

Sie schüttelt Mr McFarlane die Hand. Während die beiden sich unterhalten, nimmt Charlie Laurens Gesicht in beide Hände und küsst sie auf die Lippen.

Meine zwei besten Freunde tun's miteinander. Der Satz dreht eine ganze Minute lang in meinem Kopf Loopings, untermalt von dem Alarmsignal, das durch Gebäude dröhnt, wenn sie evakuiert werden müssen.

Ich gebe den beiden noch eine Minute, bis ich mir sicher sein kann, dass ich jetzt hinschauen darf. Da halten Lauren und Marina auch schon auf die Aufzüge zu, während Charlie und sein Vater auf mich zukommen. Als Charlie mich sieht, ist es zu spät, um einen anderen Weg einzuschlagen.

»Dad, das ist Delilah«, sagt er widerstrebend, als sie vor mir stehen.

»Die berühmte Miss Woolwich-Green«, sagt Mr McFarlane lächelnd und streckt mir seine Rechte hin. »Charlie hat mir schon viel von Ihnen erzählt.«

Charlie räuspert sich lautstark.

Sein Vater sieht auf sein Handy. »Ich lass euch beiden jetzt mal allein«, sagt er abwesend. »Charlie, wir sehen uns dann heute Abend. Aber warte nicht mit dem Essen auf mich, es könnte spät werden.« Damit macht er sich eilig auf den Weg zur Treppe.

Charlie und ich stehen Schulter an Schulter nebeneinander und schauen ihm schweigend hinterher. Ich wringe mir das Gehirn nach den passenden Worten aus.

»Scheint aber nett zu sein«, sage ich schließlich, obwohl ich es gar nicht ernst meine.

Charlie brummelt. »Wenn er will, kann er charmant sein.«

»Da kenne ich noch so jemanden.«

»Ach tatsächlich?«

Wir wechseln einen bösen Blick, der zum Anstarr-Wettbewerb ausartet. Charlie schaut als Erster weg und läuft Richtung Lift.

Er ist schon auf halbem Weg dahin, als ich seinen Namen rufe.

Er dreht um und kommt langsam wieder zurück.

»Ich weiß, du hältst mich für eine schlechte Freundin, weil ich nicht zu deinen Gunsten aussagen wollte.«

Charlie schüttelt den Kopf und murmelt irgendwas vor sich hin.

»Wie bitte?«

»Ich sagte, ich hätte dich nicht bitten dürfen, für mich zu lügen«, sagt er seufzend. »Und es war nett von dir, dass du heute hergekommen bist. Auch wenn du dich bei unserem letzten Treffen wie das letzte Arschloch benommen hast«, fügt er brummelig hinzu.

»Hast du echt gedacht, ich lass mir deine Anhörung entgehen, nur weil *du* bei unserem letzten Treffen so arschig zu *mir* warst?«

Charlie muss unwillkürlich grinsen. »Dass du gekommen bist, hat mich umgestimmt. Wie hätte ich vor deinen Augen lügen können, wo du doch dabei warst und die Wahrheit kennst? Dann hätte ich mich noch beschissener gefühlt als eh schon.«

»Auf einer Skala von eins bis fünf, wobei eins Mutter Teresa und fünf Hamish Creel ist …« Charlie legt erwartungsvoll den Kopf schief.

»… schneidest du gar nicht mal so übel ab.« Ich lächle ihn an.

»Selbst für einen Feuchtküsser?«

Ich zögere. »Hat Lauren dir erzählt, dass ich das gesagt hab?«

»Keine Sorge, das war direkt, nachdem ich ihr erzählt

habe, dass du keinerlei Talent darin hast, einem Kerl einen runterzuholen.«

Ich klatsche ihm meine flache Hand auf den Hintern, und er quiekt in gespieltem Entsetzen auf.

»Ich hab dich vermisst«, sage ich geradeheraus. »Und ob du's glaubst oder nicht – ich bin froh, dass du nicht in den Knast musst. Diese waldgrünen Jogginganzüge, die man da tragen muss … Die würden echt nicht gut zu deinem Teint passen.«

Charlie zieht mich am Ohr. Ich ihn an den Haaren. Wir knuffen und schubsen einander, aber die anderen auf dem Flur scheint das nicht zu jucken. »Und wann wolltest du mir eigentlich von dir und Lauren erzählen?«, frage ich, als wir genug herumgealbert haben.

Er senkt schuldbewusst den Blick. »Ich wollte es dir wirklich sagen, ehrlich …«

»Ach ja?«

Er denkt nach. »Ich glaube, ich wollte erst abwarten, dass das mit mir und Lauren … sich … verfestigt oder so, bevor ich es verkünde.«

»Das klingt auf verstörende Weise poetisch, Charlie. Du scheinst dich verändert zu haben.«

Statt zu lachen, bleibt er still. Schweigend gehen wir die Stufen vor dem Gerichtsgebäude hinunter.

»Und, ist es jetzt so?«, frage ich, als wir unten angekommen sind.

»Ist jetzt was so?«

»Hat es sich jetzt verfestigt?«

Charlie zuckt mit den Schultern. »Geht auf jeden Fall in die Richtung, ja. Sie ist echt erstaunlich. Hat mir bei dem ganzen Gerichtsmist immer beigestanden. Sie ist einfach … Ich meine …«

»Ich weiß schon«, sage ich mit einem tapferen Lächeln. »Du bist unsterblich in sie verliebt. Hast noch nie im Leben so was für eine Frau empfunden.«

Statt mir irgendeine schlaue Antwort entgegenzuschleudern, starrt Charlie nur grinsend vor sich hin.

»Ich hoffe, dir ist klar, dass Lauren schon seit Ewigkeiten in dich verschossen ist«, sage ich wieder ernst, bleibe an der Ampel stehen und drücke auf den Knopf. »Wenn du sie genauso mies behandelst wie deine anderen Flammen vorher …«

Er schaut mich an. »Sie hat dich in den letzten Wochen genauso vermisst wie ich, weißt du.«

»Lass es, Charlie«, warne ich ihn, während wir die Straße überqueren.

Sofort wechselt er das Thema. »Und was hast du sonst noch so getrieben in letzter Zeit, außer mit deinen ganzen Freunden Streit anzuzetteln? Ich hoffe, du hast dir keinen neuen Ärger eingehandelt.«

Ich zögere. »Zählt es als Ärger einhandeln oder als Ärger vermeiden, dass ich das *Flywheel* an Adrian Hibbert verpachtet hab?«

Charlie bleibt wie vom Donner gerührt stehen. »*Was* hast du getan?!«

»Außerdem hab ich nicht nur mit meinen Freunden Streit angezettelt. Was ich zu Lauren und dir gesagt hab, ist nicht mal halb so schlimm wie das, was ich Rosas Onkel an den Kopf geworfen hab.«

»Del!«

»Ich bin durchgedreht«, gestehe ich. »Ich wollte mit ihr sprechen und Elvio hat mich behandelt, als wäre ich der letzte Dreck, und da bin ich ausgeflippt. Du kennst das ja.«

Charlie greift nach meinem Arm. »Wir haben nur zwei Wochen keinen Kontakt, und schon ruinierst du dein ganzes Leben? Ich fasse es nicht!«

»Das kommt davon, wenn du mich im Stich lässt, Charlie McFarlane.«

»Aber wir kriegen das wieder hin. Es muss einen Weg geben. Vor allem das mit Rosa.«

Ich würde ihm so gern glauben, aber ich muss realistisch bleiben und ihm die Wahrheit sagen. »Ich glaube, wir sind einfach nicht kompatibel. Das muss ich wohl einsehen, hilft alles nichts.«

Und obwohl Charlie mich auf dem ganzen Weg zum Bahnhof leidenschaftlich vom Gegenteil zu überzeugen versucht, weiß ich tief in mir, dass ich recht habe. Ich bin schon so lange in Rosa Barea verliebt, aber jetzt kann ich zum ersten Mal den Gedanken an eine Zukunft ohne sie zulassen.

34. Frei und ungebunden

So ein Frühstück gibt es sonst nur für Superstars. Omelett mit Trüffeln auf Sauerteigbrot. Salat aus Zitrusfrüchten. Quinoa-Waffeln mit Bio-Jogurt, alles wie ein Kunstwerk auf dem Teller angerichtet. Messer und Gabel in der Luft, schwebe ich über den Waffeln, weil ich es nicht wage, ihre Symmetrie zu zerstören.

»Möchtest du noch etwas Bio-Orangensaft, Delilah?«, fragt Petra, die Haushälterin der McFarlanes.

»Ja, bitte, einen Schluck noch, vielen Dank.«

Eine Brise weht vom nahe gelegenen Wasser herüber, und ich klemme eine Ecke meiner Serviette unter den Übertopf einer Orchidee, damit sie nicht davonfliegt.

»Und, was steht heute auf dem Programm?«, fragt Petra fröhlich.

Im hinteren Bereich des Gartens der McFarlanes, am tiefen Ende des Swimmingpools, erhebt sich eine mit Japanischem Blauregen überwachsene Mauer, über deren Rand hinweg man gerade so den Hafen sehen kann. »Vielleicht ein kleiner Spaziergang am Strand«, sage ich. »Und am Nachmittag ein Nickerchen, wenn ich vorher das Kreuzworträtsel schaffe.«

»Wunderbar«, murmelt sie und stapelt die Teller aufeinander. »Du könntest ja Charlie mitnehmen. Sonst verschläft er noch den ganzen Vormittag.«

Ich nehme noch einen Schluck Saft und versuche zu genießen. Warum auch nicht? Ich sitze an einem sonnigen Tag in einem wunderschönen Garten und habe gerade ein herrliches Frühstück serviert bekommen. Und ich habe nichts, womit ich die Stunden bis zum Abendessen füllen könnte.

Vielleicht habe ich nur einfach noch Probleme mit der Umstellung. Die letzten anderthalb Wochen seit Charlies Anhörung habe ich damit zugebracht, die Sachen im Café einzupacken.

Als ich Charlie erzählte, wie es mir davor graust, dass Adrian unter mir einzieht, hat er seinen Vater überredet, mich ein paar Wochen lang bei ihnen wohnen zu lassen, um einfach mal aus der blöden Situation rauszukommen – außerdem ist er mir in Sachen Kostenlos-Wohnen-Lassen noch was schuldig, wenn man es genau nimmt. Unterm Strich: Ich bin jetzt hier, muss mir weder um die Schule noch um das *Flywheel* Sorgen machen und habe jede Menge Zeit, die wirklich großen Fragen des Daseins zu klären, wie zum Beispiel: Soll ich Charlie jetzt aus dem Bett schmeißen? Soll ich noch eine Waffel essen? Und: Wie zum Teufel soll ich mein verkorkstes Leben wieder in Ordnung bringen?

*

Ich habe gerade mein nachmittägliches Nickerchen beendet, als mein Handy klingelt.

»Was ist denn bei dir los?«, kreischt Misch hysterisch. »Ich hab seit zehn Tagen nichts von dir gehört, da bin ich zum *Flywheel* – und es ist leer!«

Ich erhebe mich von der Matratze. »Komm doch am besten gleich zu Charlie rüber.«

*

Drei Stunden später sitzen Charlie, Lucas, Misch und ich auf der hinteren Veranda der McFarlanes, essen Moussaka und trinken Wodka aus dem Barschrank von Charlies Vater. Ich bringe Misch und Lucas auf den neuesten Stand, was die Finanzen des *Flywheel* angeht, und meine Entscheidung, es unterzuvermieten. Als ich ihnen erzähle, dass Hamish Creel mir in die Bestellungen reingepfuscht hat, wird Misch so wütend, dass der ganze Tisch zu wackeln anfängt. Dann erwähne ich, wie die vom *Crunch* uns die Idee mit dem Strand-Shuttle geklaut haben, und sie bebt so vor Wut, dass Lucas sie festhalten muss, sonst würde sie unser Essen vom Tisch fegen.

Ein paar tiefe Atemzüge später erzählt sie mir, was sich in der Zwischenzeit in der Schule so getan hat. Eins der Highlights besteht darin, dass Mr Hammer Georgina gezwungen hat, in Englisch die Rolle der Lady Macbeth vorzutragen (»Anscheinend hat sogar er endlich erkannt, was sie für eine Hexe ist«, sagt Misch), ein anderes darin, dass Carl MacDonald im Chemieunterricht Sophie Murrays Haare in Brand gesteckt hat. Lucas macht mir vor, wie Sophie versucht hat, Carl zu ohrfeigen und gleichzeitig ihren Kopf unter den Wasserhahn zu stecken. Am Ende der Geschichte liegt Charlie vor Lachen am Boden, dabei kennt er weder Carl noch Sophie persönlich.

Ich sitze meinen Freunden am Tisch gegenüber und mir wird klar, wie sehr ich es vermisst habe, sie jeden Tag zu sehen. Für einen Moment schleicht sich ein Gefühl des Wohlbefindens ein. Nicht mal die Erwähnung von Georgina hat meine Stimmung dämpfen können.

Doch dann frage ich mich, was Rosa wohl zur Zeit so macht.

»Wäre es okay, wenn ich nachher Petra entführen würde?«, wendet sich Misch an Charlie und häuft sich einen dicken Nachschlag auf den Teller. »Das Moussaka ist ein Traum. Lucas …« Sie stupst ihn mit dem Ellbogen an. »Beim Essen das Atmen nicht vergessen.«

Lucas hängt mit seiner Nase dicht über dem Teller und verschlingt gierig seine Portion.

»Petra ist nicht diejenige, die du entführen solltest«, erkläre ich Misch. »Charlie hat das gekocht. Hab ich mit eigenen Augen gesehen.«

Misch starrt ihn an. »Un-fucking-fassbar«, sagt sie ehrlich beeindruckt.

Charlie strahlt.

»Das ist echt ein perfekter Abend«, verkünde ich, nippe an meinem Wodka-Limo-Gemisch und lasse mir davon den Brustkorb wärmen. »Gutes Essen, gute Getränke, gute Freunde. Was will man mehr?«

Dann sagt Charlie: »Weißt du, es gibt da jemanden, der sich auch sehr gewünscht hätte, heute hier dabei zu sein.«

Lucas rutscht unbehaglich auf dem Stuhl hin und her, Misch weicht meinem Blick aus.

Ich starre Charlie an. »Und ich nehme an, dieser Jemand heißt Karen oder so ähnlich …?«

35. Meine älteste Freundin

In den Monaten bevor June sich nach Melbourne abgesetzt hat, war sie auf einmal völlig überfürsorglich. Das war so ein krasser Kontrast zu ihrer Laissez-faire-Haltung vorher, dass es für mich total überraschend kam. Wahrscheinlich hatte sie gerade ihre Affäre mit Mungo angefangen und war sich darüber bewusst geworden, dass sie nach ihrem Wegzug nur noch bedingt Einfluss auf mein Leben haben würde.

Wie auch immer – jedenfalls verpasste sie mir plötzlich einen Crashkurs in Beine-Waxing, Augenbrauen-Zupfen und Sonnenbräune aus der Tube. Und sie versuchte mir zumindest rudimentäre Kochkünste beizubringen. Ich sagte mir, das alles sei mal wieder eine ihrer Phasen, und ertrug die ganzen Demütigungen mit stoischer Gelassenheit. Aber als sie darauf beharrte, mich die ganzen Sommerferien in ein Tennis-Camp zu stecken, obwohl ich schon seit langem geplant hatte, einen Kunstkurs im Gemeindezentrum zu besuchen, riss mir dann doch der Geduldsfaden. (Dabei ging es mir weniger um die Kunst als um ein Mädchen namens Melissa, das ich im Jahr davor bei einem der Kurse kennengelernt hatte.) Ich weigerte mich, am Tennis-Camp teilzunehmen, aber June wollte nicht nachgeben. Tagelang haben wir uns deswegen gestritten.

Und Lauren ergriff für mich Partei. Sie wusste, wie sehr ich mich auf den Kunstkurs gefreut hatte, auch wenn sie den wahren Grund dafür nicht kannte. Ich sehe sie immer noch, wie sie dasteht in unserer Küche, mit ernstem Gesicht und schwingendem Pferdeschwanz. Sie erklärte June, welche Leidenschaft ich für Kunst entwickelt hätte, wie gut es sei, die kreative Hälfte meines Gehirns zu fördern, und dass heutzutage sowieso niemand mehr Tennis spielen würde. June, die Lauren gern mochte und fand, sie übe einen guten Einfluss auf mich aus, gab schließlich nach.

Meine gute alte Lauren.

Als Misch und Lucas weg sind und Charlie vor dem Fernseher sitzt, rufe ich sie an. Es klingelt zweimal, bevor sie drangeht.

»Ich weiß gar nicht, ob ich schon dazu bereit bin, wieder mit dir zu reden«, sagt sie steinern, aber ich höre ihr an, dass sie es nicht wirklich ernst meint.

»Komm doch einfach rüber, ja? Dauert auch nicht lange. Außerdem will Charlie dich unbedingt sehen.«

Der Trumpf zieht sofort. Ich schlage zwanzig Uhr vor, was in Lauren-Zeit neunzehn Uhr fünfundvierzig bedeutet. Als sie um halb acht kommt, fegt gerade ein abendlicher Sturm über die Küste hinweg. Ich lasse Charlie die Tür öffnen und warte, bis die beiden die erste Knutscharie absolviert haben. Nicht mal die zentimeterdicke Mahagonitür zum Wohnzimmer kann die Geräusche ganz dämpfen. Als Lauren endlich reinkommt, sind ihre Haare feucht vom Regen und ihre

Knöpfe schief zugemacht. Hastig bringt sie alles in Ordnung und schlüpft aus ihren High Heels, ohne mich auch nur eines Blickes zu würdigen.

»Möchtest du einen Tee?«

Sie runzelt störrisch die Stirn.

»Wir haben schwarzen Russian Caravan.« Ihre Lieblingsteesorte.

»Na ja, in dem Fall ...«

Ich mache den Tee und lotse Lauren auf die Couch. Der Soundtrack der Kochshow, die Charlie sich nebenan ansieht, dröhnt lautstark durch die Wand zu uns herüber. Lauren sitzt steif auf ihrem Stuhl und nippt anmutig an ihrem Tee, als säße sie mit jemandem zusammen, den sie noch nie im Leben gesehen hat.

Ich beschließe, dass es keinen kürzeren Weg zu ihrem Herzen geben kann, als einen Teller von Charlies Moussaka und einen Kniefall.

»Ich hab mich wie die totale Zicke benommen«, sage ich, während ich ihr den Teller in die Hand drücke. »Ich könnte es dir nicht übelnehmen, wenn du nie wieder was mit mir zu tun haben willst. Ich hätte nie diesen ganzen Mist sagen dürfen, von wegen dass deine Eltern dich unter Druck setzen und so.«

Lauren schiebt sich eine Portion mit Käse überbackener Aubergine in den Mund. Was genau den auflockernden Effekt hat, auf den ich gehofft habe. »Warum hast du es dann getan?«, fragt sie.

»Weil ich eine blöde Kuh bin.«

»Nein, du hast es gesagt, weil du wirklich dieser Meinung bist.« Sie isst gierig noch ein paar Bissen, dann stellt sie den Teller beiseite. »Du kannst dir nicht vorstellen, dass ich von mir aus Jura studieren möchte, unabhängig davon, was meine Eltern wollen.«

»Ich hab wirklich gedacht, sie wollen dich ins Jurastudium drängen«, sage ich.

»Sie wollen, dass ich Jura studiere, weil *ich* das will, nicht andersrum! Meine Güte, Del, was ist daran so schwer zu kapieren? Ich verstehe doch auch die Sachen, die *dich* interessieren, auch wenn es nicht die gleichen sind, die *mich* interessieren. Wieso kannst du mich nicht genauso respektieren?«

»Das stimmt so nicht. Seit ich die Schule geschmissen hab, hast du ständig versucht, mich wieder dahin zurückzuzerren. Wo bleibt denn da der Respekt für das, was mich interessiert? Vielleicht lag mein Hauptinteresse eben darin, das Familiencafé zu betreiben.«

»Ach komm schon, Delilah.« Lauren beugt sich vor, die Lippen aufeinandergepresst. Ich kenne diesen Gesichtsausdruck bei ihr – den hatte sie schon mit zwölf, als sie unbedingt den Buchstabier-Wettbewerb der siebten Klasse gewinnen wollte, oder mit vierzehn, als sie sich vorgenommen hatte, es in das allererste Netball-Team zu schaffen. Überhaupt hat Lauren Crawley diesen Ausdruck immer, wenn sie fest entschlossen ist, ein angepeiltes Ziel zu erreichen.

»Ich kenne dich«, sagt sie. »Ich weiß doch, was du magst. Du fährst auf Erdkunde ab, auf irgendwelche Geländeformationen, auf Niederschlagsmengen und welches Land welche Hauptstadt hat. Du tanzt gern zu Rushmore-Songs. Du hängst gern mit Charlie ab. Du liebst deine Eltern, auch wenn du sauer bist auf deine Mum, weil sie abgehauen ist, und auf deinen Dad, weil er dich in den Wahnsinn treibt. Und du liebst dieses Flamenco-Mädel aus der Tapas-Bar gegenüber vom *Flywheel.*« Sie zuckt mit den Schultern. »Ich bin ja nicht blöd.«

Ich schaue zu Boden. »Seit ich mich vor dir geoutet hab, hast du das Thema immer vermieden«, sage ich. »Ich hätte dir gern von Rosa erzählt, aber du wolltest einfach nie über so was mit mir sprechen. Kein einziges Mal haben wir uns darüber unterhalten, wie schlimm es für mich war, von Georgina und ihrer Gang fertiggemacht zu werden. Kein einziges Mal hast du mich gefragt, warum sie das wohl losgetreten hat.«

»Ich dachte, du willst mit mir nicht über so was reden«, sagt Lauren überrascht. »Immer wenn ich davon angefangen hab, hast du das Thema gewechselt. Nachdem du mir gesagt hast, dass du auf Mädchen stehst, hab ich immer drauf gewartet, dass du mir erzählst, in wen du dich verknallt hast oder dass du die eine oder andere geküsst hast und so, wie man unter Mädchen auch drüber redet, auf welchen Typen man abfährt. An dem Tag, wo das Krisengespräch stattgefunden hat, hab ich versucht, dich nach Rosa zu fragen, aber du wolltest nichts sagen, da hab ich mir gedacht, vielleicht willst du eben nicht mit mir darüber sprechen. Seit du und Charlie Freunde geworden seid, hatte ich das Gefühl, du brauchst mich für solche Dinge nicht mehr.«

Das muss ich erst mal verdauen und schweige eine Weile. Und ich muss zugeben, mit manchen Sachen hat Lauren recht. Jetzt weiß ich wieder, warum sie meine älteste Freundin ist, und ich frage mich, wie es möglich war, dass ich das beinahe vergessen hätte.

Aber ihre Entschuldigung kann ich trotzdem nicht akzeptieren. »Du hättest mir doch einfach offen sagen können, was du denkst. So von Frau zu Frau.«

»Ich hatte Angst, dass das genau das Problem sein könnte. Dass ich eben nicht offen für Frauen bin …«

Ich schnappe theatralisch nach Luft. »Lauren Crawley, hast du gerade einen Scherz gemacht? Einen ganz, ganz schlechten Scherz?!«

Sie grinst.

»Hör zu«, sage ich, wieder ernst. »Tut mir leid, was ich dir an den Kopf geschmissen hab, nachdem du mir gesagt hast, dass du mit Charlie zusammen bist. Das war echt fies von mir. Ich hatte Angst um dich, weil ich wusste, mit wie vielen gebrochenen Mädchenherzen Charlies Weg gepflastert ist. Aber ich hätte mir keine Sorgen zu machen brauchen. Diesmal ist alles anders, das seh ich ihm an. Er liebt dich abgöttisch.«

»Schon okay, Del. Ich kann mir gut vorstellen, dass es

nicht einfach ist, wenn deine zwei besten Freunde ein Paar werden. Auf einmal hängen die nur noch zusammen, statt ihre Zeit mit dir zu verbringen. Wahrscheinlich hast du gedacht, wir hätten einander deine tiefsten, verborgensten Geheimnisse verraten.«

Ich warte darauf, dass sie es abstreitet. »Und? Habt ihr?«

»Also, wenn es dich tröstet – Charlie fand die Geschichte, wie dir in der achten Klasse mitten in der Gymnastikprüfung der BH abhandengekommen ist, nicht mal ansatzweise spannend.«

»Das hast du nicht getan!« Ich grapsche mir ihren Teller und versuche ihn außerhalb ihrer Reichweite zu halten, aber so was funktioniert bei Lauren nie. Sie greift mit ihrem langen Arm nach dem Teller und schaufelt sich einen großen Brocken Moussaka in den Mund.

»Charlie!«, flötet sie verführerisch und tänzelt auf den Zehenspitzen, während ich versuche, an den Teller heranzukommen. »Schatz, dein Moussaka ist einfach köstlich!«

36. Der Sessel des Grauens

Ich fasse es nicht, dass ich hier sitze. Ja, der Sessel ist echt bequem, aber es ist nun mal der Sessel, um den ich immer einen großen Bogen machen wollte. Es ist der Sessel des Grauens.

Mir gegenüber, auf einem ergonomisch geformten Drehstuhl, sitzt Mrs Cronenberg unter einer Karte von New Yorks U-Bahn-Netz. Sie verteilt Krümel eines Blaubeermuffins auf ihrem handgestrickten Pullover und mustert mich, als wäre ich ein unbekanntes Naturphänomen, das über Nacht durch den Boden ihres Büros gebrochen ist. Das Geräusch zuknallender Schließfächer dringt durchs Fenster herein, und mein Magen dreht sofort Loopings. Es ist noch nicht lange her, da war ich Teil dieses Geräuschkonzerts, habe meine Gedanken zwischen quadratischen Gleichungen, den Persischen Kriegen und Othello hin und her schwingen lassen und mich auf die Mittagspause auf der Grünen Insel gefreut, ungeduldig darauf harrend, meinen Freunden eine Million Neuigkeiten mitzuteilen.

»Ich bin nur hergekommen, weil ich es Lauren versprochen hab«, setze ich an. Ich will aber auch nicht, dass Mrs Cronenberg June anruft. Sie hat gesagt, wenn ich in ihre Sprechstunde komme, lässt sie das mit dem Anruf bleiben. »Ich komme nicht mehr zurück zur Schule.«

»Muffin?«, sagt Mrs Cronenberg und hält mir einen hin.

Ich beäuge das Bestechungsgeschenk voller Misstrauen.

»Ich hab zwei und kann nicht beide essen. Willst du ihn jetzt haben oder nicht?«

Ich nehme den Muffin und schäle das gewellte Papierförmchen ab.

»Ich bin froh, dass du gekommen bist, auch wenn es nur wegen Lauren ist«, sagt Mrs Cronenberg. »Ist ja längst überfällig, dass wir beide uns mal unterhalten.«

Am liebsten würde ich ihr sagen, dass ich null Bock habe, mich mit ihr zu unterhalten. Aber ich bin still, einerseits um den Anruf bei June zu verhindern, andererseits weil ich gerade auf einem Viertel Muffin herumkaue.

»Ich kann mir in etwa vorstellen, warum du nicht wieder zur Schule kommen möchtest, auch wenn euer Café jetzt geschlossen ist«, sagt Mrs Cronenberg. »Es hat was mit Georgina zu tun, und damit, wie deine Klasse dich behandelt hat, nachdem dieses Video aufgetaucht ist. Aber das ist noch nicht alles, oder?« Sie sieht mich fragend an. »Mit deinen Klassenkameraden würdest du locker fertig werden, das weiß ich.«

»Weil ich so wahnsinnig selbstbewusst bin, oder wie?«

»Ja, genau.«

»Ach stimmt ja, und ich führe andere, schwächere Leute gerne mal auf Abwege, nicht wahr?«, bohre ich eisig weiter. Die gleiche Nummer wie letztes Mal. Ich habe keine Lust, mir ihre bescheuerte Theorie noch mal anzuhören, von wegen ich hätte Georgina unter Druck gesetzt, weil ich mit ihr zusammen sein wollte. Ich habe auch keine Lust, mich von dem samtigen Polster des Sessels oder den bequemen Armlehnen einlullen zu lassen. Ich stehe auf.

»Setz dich, Delilah.«

»Warum sollte ich?«

»Weil ich noch nicht fertig bin. Hör zu, ich weiß, dass ich zum Teil selber für die Misere verantwortlich bin. Möchtest du dir nicht wenigstens anhören, was ich zu sagen habe?«

Ich sehe erst den Sessel an, dann Mrs Cronenberg. »Na gut. Aber ich bleibe lieber stehen.«

»In Ordnung, wie du möchtest.« Sie steht nun auch auf und lehnt sich mit dem Rücken gegen ihren Schreibtisch. »Als Georgina vor ein paar Monaten zu mir kam, hab ich das, was sie sagte, für bare Münze genommen.« Sie wischt sich ein paar Krümel vom Pullover. »Inzwischen weiß ich, dass die Dinge wesentlich komplizierter sind, als sie sie dargestellt hat.« Sie hält inne und sieht mir in die Augen.

»Ich höre …«

»Ich wusste nicht, was zwischen euch beiden gewesen ist und welche Gefühle ihr füreinander hattet. Es war falsch, dir etwas zu unterstellen. Das war absolut indiskutabel. Ich habe falsche Schlüsse gezogen, weil …« Sie schaut unbehaglich zur Seite. »Wahrscheinlich willst du das alles gar nicht hören.«

»Ich dachte, das hätten wir eben geklärt.«

»Du erinnerst mich an mich selbst, als ich so alt war wie du.«

Schnaubend mustere ich sie finster – die Zahnpastaspuren auf ihrem Pullover, ihre ungekämmte Zausmähne … Dann sehe ich auf meine Klamotten herunter und schnipse mit einem Finger hastig ein paar Muffinkrümel weg.

»Ich meine das ernst. Ich war auch schlau und eigensinnig, genau wie du. Schau mich nicht so an, als würde ich dir was Neues erzählen. Ich hab immer wieder Ärger gekriegt, weil ich so einen starken Einfluss auf andere hatte. Einmal wurde ich zum Direktor zitiert, weil ich einen Großteil des Chors überredet hatte, ein Musikfestival zu boykottieren. Aber ehrlich, wie unser Chorleiter *Oseh Shalom* arrangiert hatte, das war total abartig. Jedenfalls … Ich dachte, du hättest Georgina in irgendwas reingequatscht, was sie nicht wollte. Inzwischen weiß ich, dass ich mich absolut getäuscht habe. Ich hab dir unrecht getan.«

Natürlich hat sie sich getäuscht! Ein Teil von mir würde sie jetzt am liebsten anschreien, aber ein anderer Teil fühlt sich auf seltsame Weise erleichtert. Lehrer machen ja grundsätzlich keine Fehler, und wenn, dann geben sie es auf keinen Fall zu. Ich bin froh, dass sie es getan hat. Irgendwie kommt es mir vor, als hätte die Luft um mich herum an Gewicht verloren.

Ich bin auch froh, dass sie mir erzählt hat, wie sie selbst in der Schule Ärger hatte. Die Vorstellung, dass sie mal als jemand galt, der einen »schlechten Einfluss« auf andere hatte, ist echt witzig.

»Warum lächelst du?«, fragt Mrs Cronenberg.

»Ach, nur so.«

»Aber in einer Sache muss ich definitiv hart bleiben.«

Oh, jetzt geht's los.

»Weil du dir sicher bist, wer und was du bist – was ich wirklich wunderbar finde, versteh mich bitte nicht falsch –, kann es sein, dass du zu viel von anderen erwartest, die sich eben nicht ganz so sicher sind.« Sie rutscht mit dem Hintern auf ihrem Schreibtisch hin und her. »Das ist jetzt nur so eine Idee, aber … Vielleicht wäre alles anders gekommen, wenn du Georgina etwas mehr Zeit gelassen hättest, die Sache für sich selbst klar zu kriegen, bevor du … na ja, vor der ganzen Welt verkündest, wie ihr zueinander steht?«

»Ich hab das doch nur zu Ella gesagt!«

»Was in etwa aufs Gleiche hinausläuft, oder?«

»Und ich hab ihr nicht mal irgendwelche Details erzählt!«

»Du hast mehr als genug erzählt, darauf können wir uns doch sicher einigen, oder?«

»Sind wir jetzt fertig?« Grummelnd falte ich das Muffinpapier zusammen.

Mrs Cronenberg lehnt sich zurück und streckt die Beine aus. »Eine Sache noch. Lauren hat mir gesagt, du hättest ihr bei ihrem Erdkundeaufsatz geholfen. Solltest du beschließen, wieder zur Schule zu kommen, könnte ich das als Unterrichtsleistung in deine Benotung mit einfließen lassen. Dann wäre dein Rückstand nicht ganz so groß.«

»Wie gesagt …«

»War ja auch nur ein Gedanke.«

Die Frau weiß, wie sich mich packen muss, verdammt. Auf dem Weg zurück zu Charlie denke ich über alles nach, was wir besprochen haben. In Sachen Schule bleibe ich bei meinem Entschluss, aber was sie über meine Art gesagt hat, dass ich von anderen vielleicht zu viel verlange … Der Gedanke sitzt mir quer in der Kehle und will nicht weichen.

Also schreibe ich Rosa nach dem Abendessen eine SMS, bevor ich es mir anders überlegen kann. Ich gratuliere ihr zur Rettung der Bücherei. Ich entschuldige mich dafür, dass ich so unvernünftig war. Ich schreibe, ich wäre gern mit ihr zusammen, zu ihren Bedingungen, auch wenn das heißt, dass wir das mit uns erst mal geheim halten müssen. Ich drücke auf Senden und warte auf ihre Antwort, aber es kommt keine. Die ganze Nacht checke ich ständig mein Handy und komme kaum zum Schlafen.

37. Ein unglaubliches Mädchen, das ich kenne

Der ganze Vormittag verstreicht, ohne dass eine Antwort von Rosa kommt. Ich schaue so oft nach, dass der Akku meines Handys ganz schnell leer ist und ich es zum Aufladen einstöpseln muss. Heute ist der wärmste Tag seit März, und ich überlege, ob ich im Pool der McFarlanes ein paar Runden schwimmen soll, entscheide mich aber dagegen, weil der Pool zu weit weg ist von der nächsten Steckdose.

»Vielleicht liegt sie ja im Krankenhaus«, mutmaßt Charlie fröhlich, als ich ihm beim Mittagessen von Rosa erzähle.

Wahrscheinlich sollte ich nicht mit ihm darüber reden, weil ich Rosa doch versprochen habe, unsere Beziehung geheim zu halten, aber es ist doch nur Charlie, und da Rosa und ich ja noch gar keine Beziehung führen, wird das hoffentlich schon okay sein. Außerdem braucht Charlie sowieso dringend eine Ablenkung. Sein Vater kommt morgen mal wieder aus den Staaten zurück und will Charlie zu ein paar neuen Schulen zerren, in der Hoffnung, dass eine davon sich bereit erklärt, Charlie zum nächsten Schuljahr aufzunehmen (für das laufende hat er die Aufnahmeprüfung längst verpasst). Seine letzte Schule hat ihm endgültig die Tür vor der Nase zugeschlagen.

»Das wäre ja schrecklich! Außerdem gibt's in Krankenhäusern auch Telefone.«

»Aber sie könnte im Koma liegen«, hält Charlie dagegen.

Am Nachmittag beschließe ich, mir Verstärkung zu holen. Lauren, Misch und Lucas erklären sich bereit, auf dem Heimweg von der Schule in der Nähe des *Charada* nach Rosa Ausschau zu halten. »Ich will ja nur wissen, ob sie im Lande ist – und in Handy-Reichweite«, erkläre ich ihnen.

Lucas gelingt die erste Sichtung. Sofort ruft er mich an.

»Du errätst nie, wo ich sie gesehen hab.« Er klingt entsetzt.

»Wo?«

»Willst du nicht raten?«

»Sag's mir einfach!«

»Im *Crunch*. Bei einem Burger und einem Milchshake mit Hamish Creel.«

Mit Hamish Creel??

»Unfassbar, oder?«, keucht Lucas. »Und sie sah aus, als würde sie sich super unterhalten.«

Er muss sich irren. Das kann ich einfach nicht glauben.

»Bist du sicher, dass es Hamish war?«

»Das ist doch der Blödmann mit den Dreadlocks, oder nicht?«

»Ja.«

»Dann war er das.«

Aber vielleicht war es ja nicht Rosa. »Was hat sie angehabt?«

»Keine Ahnung! Irgendein wildgemustertes Kleid oder so? Und Stiefel, glaube ich.«

O Gott. Ich weiß sofort, von welchem Kleid er spricht. Das Teil von Jenny Kee, das ihre Beine bis in den Himmel wachsen lässt.

Die nächste Stunde verbringe ich reglos unter der Bettdecke. Warum sollte ich mich auch je wieder bewegen, wenn Rosa ihre Zeit mit Hamish Creel verbringt? Mein Leben ist sinnlos geworden!

Um sechs Uhr kommt eine SMS.

Atemlos drücke ich mit einer Fingerspitze auf Rosas Namen auf dem Display.

Es ist gar keine richtige Nachricht, sondern nur ein YouTube-Link.

Mein Magen rumort. Auf YouTube war ich nicht mehr, seit Georgina das Tanzvideo hochgeladen hat. Was zum Teufel hat Rosa mir da geschickt? Doch hoffentlich nicht auch so lebenzerstörende Aufnahmen mitsamt Kommentaren von allen Vollidioten dieser Welt?

Nein. So was würde Rosa nie tun. Da bin ich mir sicher.

Aber vielleicht hat mir das jemand geschickt, der sich für Rosa ausgibt? Jemand, der sich heute irgendwie ihr Handy geschnappt hat und …

Jemand, der mit ihr einen Burger gegessen hat, zum Beispiel.

Ich schalte mein Handy aus und schleudere es quer übers Bett.

Dann dusche ich, helfe Charlie, das Abendessen zu kochen, und gebe mir alle Mühe, die Nachricht zu vergessen.

Ich schaffe es, während der folgenden vier Stunden nur ungefähr zwölfmal pro Minute dran zu denken.

*

Schlafen ist unmöglich. Ich liege auf meiner Matratze, lausche dem Rascheln der Dattelpalmen im Wind und gehe im Kopf meine Optionen durch.

Der Link *muss* von Hamish gewesen sein. So etwas Hinterfotziges wäre genau seine Art. Dann muss ich die Nachricht sofort löschen.

Aber wenn ich sie mir nicht anschaue und es ist tatsächlich so was wie Georginas Tanzvideo, werde ich das sowieso bald von irgendeinem Vollpfosten erfahren, dem Hamish den Link auch geschickt hat. Wenn ich jetzt gleich nachschaue, habe ich wenigstens noch genug Zeit, das Land fluchtartig zu verlassen, bevor die öffentliche Demütigung wieder losgeht.

Zu dieser Jahreszeit ist es bestimmt schön in Chicago.

Andererseits – wenn es wirklich gegen mich gerichtet ist, darf ich Hamish nicht die Genugtuung verschaffen, meine Aufmerksamkeit erregt zu haben. Ich sollte bei meinem ursprünglichen Plan bleiben und die Nachricht ungelesen löschen.

Ich schalte das Licht an. Ich stehe auf. Ich schalte mein Handy ein und scrolle zu der Nachricht runter. Drei Minuten lang schwebt mein Finger zwischen Link und Löschtaste.

Dann klicke ich auf den Link.

Und tatsächlich – ein Video. Ich scrolle zur Beschreibung runter.

Hochgeladen von **RosaB** am 6. September

Kundgebung Stadtteilbücherei Glebe. Check out
1.15–1.40 – ein unglaubliches Mädchen, das ich kenne
Alle Kommentare (15)

Um zu posten, hier **einloggen** oder **anmelden**!

RosaB vor 9 Stunden
Hi Delilah, das Video hat eine Freundin von mir auf der Kundgebung gedreht. Guck mal rein.

RosaB vor 9 Stunden
Außer dir hat niemand den Link. Hab ich nur für dich gepostet.

RosaB vor 9 Stunden
Ich wollte, dass du mal ein GUTES Video von dir siehst. Eins, das zeigt, wie unglaublich du bist.

RosaB vor 9 Stunden
Bei 1.24 lächelt der Mann, der mit dir redet – siehst du das?

RosaB vor 9 Stunden

Und dann wirft er 20 Dollar in deinen Eimer.

RosaB vor 9 Stunden

So geht's mir auch immer, wenn ich mit dir rede.

RosaB vor 9 Stunden

Du machst mich glücklich.

RosaB vor 9 Stunden

Danke für deine Hilfe bei der Kundgebung.

RosaB vor 9 Stunden

Danke für deine SMS gestern. Es bedeutet mir so viel, dass du versuchst, meine Situation zu verstehen und warum ich so bin, wie ich bin.

RosaB vor 9 Stunden

Tut mir leid, dass ich ausgeflippt bin, als du neulich mit mir gesprochen hast.

RosaB vor 9 Stunden

Ich will auch mit dir zusammen sein. Natürlich will ich das!

RosaB vor 9 Stunden

Ich hab gerade tierisch viel um die Ohren, aber ich melde mich so bald wie möglich und erklär dir alles.

RosaB vor 9 Stunden

Du bist meine Inspiration.

RosaB vor 9 Stunden

Und eine Wahnsinnsküsserin.

RosaB vor 9 Stunden

Und … Del? Ich LIEBE deine Art zu tanzen.

38. Im Rausch

Ich könnte regelrecht aus dem Fenster schweben. Rosa Barea will mich! Der Gedanke ist das totale Rauschmittel.

Okay, sie hat im Moment nicht viel Zeit für mich, aber egal. Ich muss sie sehen, so schnell wie möglich. Ich muss es zum *Charada* schaffen, bis sie ihre Eltern dort absetzt.

*

Als ich um sieben aufstehe, habe ich kaum eine Minute geschlafen. Meine Einschätzung, dass ich mehr als genug Zeit habe, um es pünktlich zu schaffen, stellt sich als komplett falsch heraus – der Berufsverkehr aus Richtung Osten ist viel schlimmer, als ich dachte, und macht meinen Plan zunichte. Ich komme genau eine Viertelstunde zu spät an. Wahrscheinlich ist Rosa schon längst unterwegs zur Uni. Trotzdem lungere ich noch eine Weile vor dem Restaurant herum in der Hoffnung, sie könnte wie durch ein Wunder doch noch auftauchen.

Leer und dunkel liegt das *Flywheel* auf der anderen Straßenseite da. Nach einer weiteren Viertelstunde, die ich damit verbringe, auf das Symbol meines Versagens zu starren, entscheide ich, dass es extrem unwahrscheinlich ist, Rosa heute noch abzufangen. Ganz offensichtlich haben die Mächte des Universums heute kein Wunder für mich vorgesehen.

Doch als ich am Friseurladen neben dem *Charada* vorbeigehe, geht auf einmal die Tür auf, und eine der Friseurinnen ruft nach mir.

»Delilah?« Sie wedelt mit ihrem Kamm Richtung Saloninneres. »Ich hab hier eine Kundin sitzen, die gerne mit dir sprechen möchte.«

Ich spähe verständnislos in den Laden hinein.

Vier Leute sitzen aufgereiht vor den Wandspiegeln. Ich kenne niemanden davon.

Moment. Wer ist denn das? Unter der Trockenhaube, den Kopf mit Alufolie und Kunststoff umwickelt …?

Mein Herz beginnt wie verrückt zu schlagen.

Rosa ist von Hals bis Fuß in einen schwarzen Friseurumhang gehüllt, nur ihr göttliches Gesicht schaut hervor. »Tonia, könnten Sie mich vielleicht für eine Minute samt Stuhl ins Hinterzimmer rollen?«, fragt sie die Friseurin, die mich hereingerufen hat.

»Klar doch, Schätzchen.« Tonia stöpselt die fahrbare Trockenhaube aus, greift nach der Stange und schiebt sie mit dem Sessel nach hinten.

Ich stehe mitten im Raum wie angewurzelt da.

Rosa dreht sich zu mir um. »Kommst du?«

»Oh!« Ich folge den beiden durch eine schmale Tür.

Das Hinterzimmer ist zur Hälfte Küche, zur Hälfte Lagerraum. Am entfernten Ende stapeln sich auf hohen Regalen

Schachteln mit Haarpflegeprodukten, und ihr Duft kommt mir sofort bekannt vor – Rosas Conditioner. Wie berauscht sauge ich ihn ein. Ich wünschte, Rosa wäre nicht in diesen Umhang gehüllt. Ich wünschte, Tonia würde nicht am Boden vor ihren Füßen nach einer Steckdose herumsuchen.

»Hast du meine Nachricht bekommen?«, flüstert Rosa.

Ich nicke stumm.

»Und, hat sie dir gefallen?«, fragt sie matt.

Ich schaue sie ernst an. »Und wie.«

Rosa grinst erleichtert und lässt den Blick über mein Gesicht schweifen. »Tut mir leid, dass ich nicht schneller geantwortet hab. Ich wollte dir unbedingt das Video schicken, und es hat ein bisschen gedauert, bis ich es von Tonia hatte.«

»Sie haben das Video gemacht?«, wende ich mich an Tonia, die inzwischen wieder aufrecht steht.

»Ich fand, das musste unbedingt festgehalten werden«, sagt Tonia lächelnd. »Weil es so ein denkwürdiger Tag war.«

»Und dann musste ich erst mal rausfinden, wie man das hochlädt«, sagt Rosa.

»Soll ich die Tür zumachen?«, fragt Tonia auf dem Weg nach draußen.

»Ja, danke.«

Rosa wartet, bis die Tür sich hinter Tonia geschlossen hat, dann sagt sie: »Ich wollte dir außerdem noch etwas geben.« Ich höre es unter ihrem Umhang rascheln, dann holt sie ihr Handy heraus und reicht es mir. »Schau mal bei den Audio-Dateien. Die eine, die ›HC‹ heißt.«

Ich blinzele verständnislos. »Was ist das?«

»Beweise von dem ganzen Mist, den Hamish Creel dir und dem *Flywheel* angetan hat, nachdem du ihn rausgeschmissen hast. Er hat mir alles erzählt, von den durcheinandergebrachten Bestellungen, der geklauten Strand-Shuttle-Idee … alles.«

»Deswegen hast du dich gestern mit ihm getroffen?« Meine Brust ist wie zugeschnürt.

Sie nickt. »Ich hab total auf nett gemacht, um sein Vertrauen zu gewinnen. Ich musste dafür ein paar blöde Sachen über dich sagen, tut mir leid.« Sie schaut mich unbehaglich an und errötet. »Aber nur, weil ich dir helfen will, das *Flywheel* zu retten, Del. Ich dachte, wenn ich Hamish zum Reden kriege und das Ganze auf Band aufnehme, dann könnten wir das als Beweismittel benutzen, um eine Kampagne zu starten. Wenn die Leute erfahren, was Hamish getan hat, werden sie sich garantiert vom *Crunch* abwenden. Ist vielleicht nicht illegal, was er angestellt hat, aber total hinterhältig. Und das *Crunch* steht für die großen seelenlosen Franchise-Ketten, während du einen kleinen Laden in Familienbesitz führst. Wenn wir es richtig anpacken, haben wir genug in der Hand, um einen ordentlichen Skandal anzuzetteln. Dann kriegst du vielleicht genug Publicity, um das *Flywheel* neu zu eröffnen.«

Ob wir doch noch eine Chance haben? »Meinst du echt, das könnte funktionieren?«

»Wenn alles bekannt wird, was Hamish gemacht hat,

werden dir die Leute die Bude einrennen.« Rosa grinst. »Ich hab schließlich schon ganze Büchereien gerettet. Da können wir doch auch ein Café retten, meinst du nicht?«

»Ich kann's nicht fassen, dass du das alles für mich tust.«

Sie sieht mich vielsagend an. »Ich wüsste niemanden, für den ich das lieber täte.«

Und da küsse ich sie, und zwar so leidenschaftlich, dass ihr Sessel nach hinten schlittert und der Haartrocknerständer gleich mit. Lachend packt Rosa mich beim Shirt, während sie sich mit der anderen Hand das folienumwickelte Haar festhält. Ich stolpere ihrem Stuhl hinterher, immer noch wild küssend, die Füße im Kabel verheddert. So verfolge ich ihren Sessel quer durch den Raum, bis wir schließlich allesamt – Sessel, Trockner, Rosa und ich – gegen die Spülmaschine krachen.

Jetzt, wo unsere Lage etwas stabiler ist, lassen wir es langsamer angehen. Unsere Küsse werden länger, tiefer ... Rosa schlingt mir einen Arm um die Taille und drückt sich eng an mich.

Zehn Minuten später klopft es an der Tür. »Wie sieht es bei dir aus, Schätzchen?«, ruft Tonia zu uns herein. »Nicht zu heiß?«

»Nein, alles perfekt«, ruft Rosa zurück, eine Hand auf meinen grinsenden Mund gepresst. Sie wartet, bis Tonias Schritte verklungen sind, dann greift sie nach meinem Kragen und zieht mich wieder zu sich herunter.

39. Der Geschmack des Sieges

Rosa Barea steht zu ihrem Wort. Sie hat versprochen, eine Kampagne zu starten, um das *Flywheel* zu retten, und genau das tut sie. Seit zehn Tagen sind wir dran. So weit, so gut.

Sie hat nur eine Woche gebraucht, um eine Website für unser Anliegen zu bauen und einen massiven Twitter-Sturm in Gang zu setzen. Dadurch konnte sie Multiplikatoren für unsere Sache gewinnen, und sie hat eine Reihe Web- und Radio-Interviews bekommen, in denen sie die Enthüllungsbombe platzen ließ.

Schon cool, welche Fachbegriffe ich auf einmal draufhabe, oder? »Multiplikatoren« und so. Das habe ich von Rosa. Hatte ich schon erwähnt, wie unglaublich diese Frau ist?

Heute konnten wir erstmals den süßen Geschmack des Sieges auskosten. Wir waren gerade dabei, ein Stück oberhalb des *Crunch* den Gehsteig anzumalen, da hörten wir plötzlich ganz in der Nähe Geschrei. Als dazu noch eine Tür aufgerissen wurde, schauten wir hoch.

Hamish Creel stand mit wippenden Dreadlocks auf der Straße. Er verpasste der *Crunch*-Tür einen Fußtritt, so dass sie mit einem ohrenbetäubenden Knall ins Schloss fiel.

Dann verharrte er sekundenlang, wutschäumend, die

Fäuste geballt. Er sah die Straße hoch und runter – und erblickte uns.

»Seid ihr jetzt zufrieden?«, schrie er zornig.

Hatte Adrian ihn wirklich wegen uns rausgeschmissen?

»Nicht hinschauen«, murmelte Rosa. »Mal einfach weiter und sag nichts.«

Also tat ich das. Ich führte die Kreide mit großen Schwüngen über das Pflaster und wartete darauf, dass Hamish noch mehr Verwünschungen ausstieß oder sein Schatten auf den Gehsteig vor uns fiel.

Aber als ich ein paar Minuten später aufschaute, war er verschwunden.

40. Neuigkeiten

Wir legen unsere Kundgebung auf einen Samstag, und fast einhundert Leute folgen unserer Einladung. Ich sehe viele vertraute Gesichter, aber auch viele, die ich nicht kenne. Erst traue ich mich nicht recht, mich zu freuen, aber tue es dann doch. Wenn sogar Leute, die uns überhaupt nicht kennen, sich die Mühe machen, herzukommen und uns zu unterstützen, dann können wir wohl nicht so falsch liegen.

Laut Plan soll das *Crunch* am darauffolgenden Montag den Mietvertrag des *Flywheel* übernehmen. Ich habe versprochen, die Schlüssel persönlich zu übergeben. Ich betrete das leere Café und setze mich auf den Boden, um zu warten.

Ich versuche mir vorzustellen, wie Adrian Hibbert bald hier rumwirbelt und die Leute bedient, aber der Gedanke zieht mich zu sehr runter.

Ich warte.

Und warte.

Keiner kommt.

Ich könnte jetzt den Makler anrufen, aber ich möchte keine schlafenden Hunde wecken. Vielleicht hat Adrian sich nur im Datum geirrt. Ich werde ihn garantiert nicht anrufen, um ihn an den Termin zu erinnern.

Am folgenden Morgen setze ich mich wieder hin und warte. Nichts.

Am übernächsten Morgen kommt Charlie auf einmal rein.

Rosa und ich sitzen nebeneinander auf dem Boden, den Hintern gegen die Fußleiste gedrückt, und trinken schlechten Kaffee aus dem *Charada*.

»Es gibt Neuigkeiten«, verkündet Charlie lächelnd. Er streicht sich eine blonde Haarsträhne aus dem Gesicht und räuspert sich. O nein, er setzt wohl wieder zu einer seiner salbungsvollen Ansprachen an.

»Es war ein langer, erbitterter Kampf«, beginnt er. »Wir hatten Erfolge, wir hatten Niederlagen, und besonders die Niederlagen haben ihren Tribut von uns gefordert.« Er tigert vor uns durch den Raum, hin und her, die Augen strahlend. »Wir haben der Habgier unsere Entschlossenheit entgegengesetzt, dem kranken Ehrgeiz unsere Leidenschaft«, fährt er fort. »Wir haben uns mit einem davidkleinen Regenschirm vor dem Sturm eines Goliath geschützt.«

Wow, diesmal übertrifft er sich selbst. Am liebsten würde ich Charlie abwürgen, aber ich bringe es nicht übers Herz, ihm den Spaß zu verderben.

»Doch genau wie bei David hat unser Mut sich ausgezahlt. Unsere Kampagne hat ihr Ziel erreicht!«

Rosa packt ihn beim Knöchel. »Worauf willst du hinaus, Charlie?«

Endlich erzählt er uns, was er gehört hat. Genau wie vermutet, hat Adrian Hamish entlassen, aber das *Crunch* konnte er dadurch trotzdem nicht mehr retten. Spätestens seit unserer Kundgebung laufen ihm die Kunden in Scharen davon. Und statt den Sturm der Empörung auszusitzen, hat Adrian beschlossen, seinen Laden dichtzumachen.

»Ich weiß aus zuverlässiger Quelle, dass sie erstens den Plan aufgegeben haben, das *Flywheel* zu übernehmen, und zweitens ihr Geschäft in ein komplett anderes Stadtviertel verlagern wollen«, berichtet Charlie. »Womit sich das *Flywheel* – Sydneys neuer Lieblings-Underdog – jetzt in der perfekten Startposition befindet, um neu zu eröffnen und seinen Schuldenberg abzutragen!«

*

Wir feiern schon den ganzen Vormittag.

Sobald Mandy die guten Neuigkeiten erfuhr, kreuzte sie mit einer Flasche Champagner auf. Rosa hängte Papiergirlanden an die Deckenventilatoren, Tom besorgte ein paar Gläser. Charlie hievte die Sofas aus dem Lager rüber, und ich drehte die Stereoanlage bis zum Anschlag auf.

Und jetzt gehe ich mit Rosa über die Straße zum Restaurant rüber. Wir wollen Essen für alle holen. Mir ist ganz schwummrig vom Geschmack des Sieges und des vormittäglichen Schampus-Genusses. Und die Kampagne hat mich ziemlich viel Kraft gekostet.

Aber da ist noch ein anderes Gefühl; ein dumpfes, merkwürdiges Gewicht, das auf mir lastet, das ich aber zu verdrängen versuche.

Während wir uns durch den Verkehr zwängen, streift Rosas Arm meinen. Heute sind es zwanzig Tage, seit wir uns im Hinterzimmer des Friseursalons geküsst haben, und ich habe mich immer noch nicht dran gewöhnt, mit ihr zusammen zu sein. Werde ich mich je daran gewöhnen? Daran, einen Raum zu betreten und zu sehen, wie ihre Augen aufleuchten? Daran, sofort die Hand auszustrecken und ihr Gesicht zu streicheln, sobald wir allein sind? Außer Rosas Cousins, meinen Schulfreunden und Charlie weiß niemand von unserer Beziehung. Aber Rosa will darauf hinarbeiten, irgendwann offener und mutiger damit umzugehen. Im Gegenzug habe ich versprochen, diskret zu bleiben, solange sie es braucht. Doch jetzt, als wir die Straße überqueren, würde ich viel darum geben, ihre Hand nehmen zu können. Ich würde ihr so gern einen Arm um die Taille schlingen und sie an mich ziehen, nur um zu spüren, dass das, was für mich so lange nur ein Hirngespinst war, ein schöner Traum, jetzt endlich Realität ist. Am liebsten würde ich sie auf der Stelle in die Arme reißen, gleich hier, zwischen den hupenden Autos.

Aber ich weiß, dass das nicht geht. Nicht in der Öffentlichkeit und schon gar nicht in Sichtweite vom *Charada*. Also widerstehe ich der Versuchung.

Im Restaurant ist Adelina gerade damit beschäftigt, Gläser zu polieren. Seit dem Abend, als ich Elvio angeschrien habe, bin ich ihr nicht mehr begegnet. Ich bleibe wie angewurzelt stehen.

Vor einer Woche habe ich den beiden einen Brief geschrieben, in dem ich sie um Verzeihung bat. Rosa hat mir geholfen, den Brief zu schreiben, und ich kann nur hoffen, dass es was gebracht hat. Adelina nickt mir freundlich zu. Ich atme langsam aus.

Elvio ist nicht so entgegenkommend. Wir begegnen ihm im Hinterhof, und als ich ihn begrüße, grummelt er nur etwas Unverständliches. Rosa schaut mich besorgt an, aber ich schüttele nur den Kopf – macht nichts. Ich schlucke meinen Ärger herunter.

Wir gehen in die Küche, wo Rosas Eltern alles für den Abend vorbereiten, und auf einmal wird mir richtig schlecht. Wir haben uns so oft hier in der Gegend gesehen, aber nie richtig bewusst wahrgenommen. Was, wenn Elvio ihnen von Rosa und mir erzählt hat? Oder von meinem Ausraster? Was, wenn sie mich vom ersten Augenblick an hassen?

Ich streiche mir die Hose glatt und hoffe, dass keine Krümel dranhängen.

Dann gehen wir hinein. Rosas Eltern heben den Kopf.

»Mi niña«, raunt ihre Mutter und streckt ihre langen, schlanken Arme nach Rosa aus. Sie hat sich das Haar aus dem Gesicht gekämmt. Sie ist genauso wunderschön wie Rosa, auch mit Schürze und Spülhandschuhen.

Ich schiele zu Rosas Vater rüber. Sie hat seine Augen geerbt.

Rosa begrüßt ihre Eltern mit einem Kuss auf jede Wange. »Del, darf ich dir meine Eltern vorstellen?«

Ich bin erleichtert, als die beiden mich anlächeln. Elvio hat ihnen also nichts erzählt, Gott sei Dank. »Mama, Papa, das ist meine liebe Freundin Delilah.«

Meine liebe Freundin. Für den Anfang gar nicht mal so schlecht.

*

Es ist Freitag, meine Schulfreunde versammeln sich also wie immer bei Lauren – Englischgruppe und so. Ich beschließe, sie mit ein paar übriggebliebenen Flaschen Champagner zu überraschen. Als ich dort ankomme, steckt Misch in einer ausgewachsenen Lektüre-Trance und doziert leidenschaftlich über Shakespeares Gebrauch von Ironie. Lauren und Lucas, die im Halbschlaf auf der Couch liegen, springen sofort auf. Ich erzähle ihnen die guten Neuigkeiten über das *Flywheel*. Lauren rennt los, um aus der Porzellanvitrine Gläser ihrer Eltern zu stibitzen.

Innerhalb einer Stunde sind wir beschwipst und mit Pizza vollgefressen.

»Wir brauchen Musik!«, grölt Lucas. »Irgendwelche Wünsche?«

»Rushmore, was sonst«, sage ich.

Er rümpft die Nase.

»Dann frag doch nicht.«

»Du hast gehört, was die Dame gesagt hat«, schimpft Misch. »Also leg mal Rushmore auf, und ein bisschen zackig!«

»Dir ist schon klar, dass er in dich verknallt ist, ja?«, sage ich zu Misch, nachdem Lucas abgedampft ist. »Also sei nicht so fies zu ihm.«

»Genauso deswegen bin ich ja so fies zu ihm«, sagt Misch entschieden. »Das ist viel weniger grausam, als wenn ich ihm falsche Hoffnungen machen würde.« Sie starrt vielsagend zu Lauren rüber, die nur stumm zurückstarrt.

»Was ist?«, frage ich.

»Das wollte ich dich gerade fragen.« Lauren mustert mich eindringlich. »Du hast dein Deprigesicht auf.«

»Ich? Warum sollte ich denn depri sein?« Ich lache.

»Doch, stimmt«, sagt Misch. »Du siehst irgendwie niedergeschlagen aus.« Sie stemmt die Hände in die Hüften. »Ist irgendwas mit Rosa passiert?«

»Nein! Mit Rosa läuft alles bestens.« Ich erzähle ihnen von dem Treffen mit Rosas Eltern, wie gut das war und so. Und ich gebe zu, dass es nur deswegen so gut war, weil sie nicht wissen, dass Rosa und ich zusammen sind. »Aber für den Augenblick ist das schon okay. Wird ja nicht bis in alle Ewigkeit so bleiben.«

»Bist du sicher, dass dir nicht noch was anderes auf der Seele liegt?«, bohrt Lauren weiter.

Ich seufze. Die Wahrheit ist: Als wir neulich im *Flywheel* den Schampus geköpft haben, hatte ich irgendwie nicht so das Triumphgefühl, wie ich es erwartet hätte. Ich hatte gedacht, unser Sieg würde mir ein riesiges Gewicht von den Schultern nehmen, aber so war es nicht.

Ich versuche, das Misch und Lauren zu erklären. »Als wir das *Flywheel* zumachen mussten, da hab ich mich gefühlt wie der größte Versager aller Zeiten. Ich dachte, okay, du hast zwar in allem anderen verkackt, aber wenn du wenigstens das Café retten könntest, kommt alles wieder in Ordnung. Aber dann ist auch das den Bach runtergegangen.«

»Aber doch nur vorübergehend«, sagt Lauren.

»Ja, schon … Aber bis Dad zurückkommt, muss ich mich trotzdem um alles alleine kümmern. Und selbst wenn er wieder da ist, werde ich ihm ständig aushelfen müssen, genau wie vor seiner Reise, wenn wir wollen, dass der Laden halbwegs lukrativ läuft. Und ich hab ihm früher echt viel ausgeholfen. Aber inzwischen hab ich festgestellt, dass es andere Sachen in meinem Leben gibt, die ich eigentlich viel lieber tun würde«, sage ich leise.

»Und zwar?«, hakt Lauren sanft nach.

»Lernen.« Stöhnend schlage ich die Hände vors Gesicht. »Ich würde gern wieder zur Schule gehen.«

»Aber du willst doch diesen widerlichen Schlampen nie wieder über den Weg laufen?«, sagt Lauren und wird rot, weil sie so unflätige Wörter in den Mund genommen hat.

»Die haben mich mehr fertiggemacht, als ich zugeben wollte.« Ich nehme ein Stück Pizza und ramme es mir unglücklich in den Mund.

»Ach, mit denen kommst du schon klar«, versichert mir Misch. »Und was das *Flywheel* angeht – könntest du nicht Charlie eine Weile als Sklaven anheuern? Der Kerl schuldet dir noch was. Und er muss schließlich den Rest des Jahres nicht zur Schule, oder?«

Ich starre die beiden an.

»Hat er dir das etwa nicht erzählt?«, fragt Lauren.

»Ach, so läuft das jetzt, oder wie? Ich erfahre Charlies Neuigkeiten immer erst aus zweiter Hand?«

»Ich hab keine Lust, sein Sprachrohr zu spielen, glaub mir«, sagt Lauren verschnupft. »Du kannst ihn jederzeit selber fragen.«

»Sag's ihr einfach, Lauren«, drängt Misch.

»Sein Vater meinte, er muss nicht wieder zur Schule«, erklärt mir Lauren. »Charlie hat ihn endlich davon überzeugt, dass das nichts für ihn ist. Vor allem nicht diese ganzen pädagogischen Maßnahmen der Schulen, auf die sein Vater ihn gerne schicken würde. Also haben sie über ein paar Alternativen nachgedacht. Das ist alles noch nicht spruchreif, aber eine der Möglichkeiten wäre, dass Charlie nächstes Jahr auf die Berufsschule geht. Und das hieße, dass er bis Ende Januar erst mal freigestellt ist.«

»Wow, das klingt gut. Und er hat seine Sache im *Flywheel* echt gut gemacht«, sage ich nachdenklich.

»Er liebt diesen Laden«, sagt Lauren. »Außerdem würde ihm das echt guttun.«

»Was meinst du damit?«

»Ach nichts«, murmelt Lauren.

Aber der Ton in ihrer Stimme macht mich irgendwie stutzig.

41. Was als Nächstes geschieht

Ich hole unsere Sachen aus dem Lager. Ich packe die Stühle aus, die Sofas und die Tische. Ich schleppe alles zurück an den ursprünglichen Platz im Café. Ich hänge die Karten wieder an die Wand hinter dem Tresen. Auch die Marx-Brothers-Silhouetten werden wieder angebracht.

Ich gebe Charlie die Schlüssel und übertrage ihm die Leitung des Cafés.

Und dann gehe ich wieder zur Schule.

An meinem ersten Tag passieren drei Sachen, die erwähnenswert sind:

Erstens meine Unterhaltung mit Lauren auf dem Weg zur Schule. Ich spreche das Thema Charlie an, was ein schwieriges Unterfangen ist, da sie, wie immer, mehrere Meter vor mir herrennt. Ich bin versucht, sie an meine kurzen Beine zu erinnern, beschließe dann aber, dass es jetzt wichtiger ist, ihren Beziehungsstatus zu besprechen.

»Läuft's gut mit euch beiden?«, rufe ich hinter ihr her. »Mit dir und Charlie, meine ich. Er behandelt dich doch hoffentlich gut, oder? Oder flirtet er etwa auch mit anderen?«

Lauren schwenkt herum und marschiert zu mir zurück. »Natürlich nicht«, antwortet sie grimmig.

»Aber was ist denn dann los? Bist du irgendwie sauer auf ihn?«

Sie rückt ihren Rucksack zurecht und schielt die Straße rauf und runter. »Ich fühl mich nicht wohl dabei, mit dir darüber zu reden.«

»Wieso, weil er mit mir befreundet ist? Komm schon, ich weiß doch, wie der Kerl ist.«

»Du weißt aber nicht, wie er zu *mir* ist«, sagt sie und zupft abwesend an ihren Haaren.

»Dann sag's mir.«

Wir setzen uns wieder in Bewegung, diesmal Seite an Seite. Lauren schlendert gemächlich, ich muss halb joggen. Sie runzelt die Stirn. »Er ist irgendwie so … intensiv.«

»Wie meinst du?«

»Wie er mich anschaut …«, sagt Lauren. »Auf so eine dümmliche Art, mit glasigen Augen. Außerdem hat er mir eine Liebeserklärung gemacht. Ich weiß, so was hat er schon zu anderen Mädchen vor mir gesagt, aber ich glaube, diesmal meint er es wirklich ernst.«

»Aber das ist doch gut, oder nicht?« Ich stupse sie mit dem Ellbogen an. »Ich meine, du stehst doch auch auf ihn, stimmt's?«

»Ja, natürlich.«

»Und wie läuft's … ähm … auf der körperlichen Ebene?«

»Oh, alles bestens«, sagt Lauren leichthin. »Echt großartig, um genau zu sein.«

»Dann fasse ich mal zusammen. Ein heißer Typ, auf den du schon seit Jahren abfährst, liebt dich heiß und innig, und ihr habt total geilen Sex. Du bist echt arm dran …« Ich grinse gespielt mitleidig.

Wir sind inzwischen bei der Schule angekommen und gehen durchs Tor. Wir sind zwar früh dran, noch ist außer uns fast niemand da, aber trotzdem ist mir total unwohl. Alles sieht genauso aus wie immer. Natürlich, wieso sollte sich irgendwas verändert haben? Ich werde mich mit dem gleichen Schwachsinn rumschlagen müssen wie früher, und es wird höchste Zeit, dass ich mich darauf einstelle.

Ich erinnere mich selbst daran, warum ich hier bin. Nicht für Lauren, nicht für Mrs Cronenberg und auch sonst für niemand anderen. Ich bin hier, weil ich hier sein will, und weil ich beschlossen habe, nicht zuzulassen, dass Georgina oder ihre Anhängsel mein Leben sabotieren. Ich hole tief Luft und versuche in die richtige Stimmung zu kommen.

»Es ist nur … Ich weiß nicht«, fährt Lauren fort. »Charlie ist mein erster fester Freund, wenn man das Knutschtechtelmechtel nicht zählt, das ich auf dem Abschlussball der Neunten mit Carl MacDonald hatte …«

»Das *was*?«

»… und irgendwie geht mir alles ein bisschen zu schnell. Ich meine, was haben wir denn schon gemeinsam? Außer dir, natürlich. Er ist nicht gerade der akademische Typ. Er hat keine Ahnung, was er mit seinem Leben anfangen will. Klar, es macht echt Spaß, mit ihm abzuhängen, aber reicht das?«

»Du denkst zu viel drüber nach«, sage ich, während wir die Stufen zum Eingang hochstiefeln. »Du bist erst siebzehn. Du musst ihn doch nicht gleich heiraten.«

Sie wirkt wenig überzeugt. »Er ist sich so sicher, was mich angeht. Was uns angeht. Ich aber nicht. Er ist schließlich der Erste, mit dem ich überhaupt zusammen bin.«

»Wenn man Carl MacDonald nicht mitzählt …«

»Außerdem ist da noch ein Problem. Saxon.«

Ich bleibe stehen. »Wie bitte?«

»Du weißt schon, Saxon«, wiederholt Lauren, als wäre es selbstverständlich, dass ich den kenne. Sie stopft ihren Rucksack in ihr Schließfach und holt ein paar Bücher heraus. »Wir gehen in denselben Mathekurs. Er war auch im *Factory* bei dem Konzert, weißt du noch?« Sie lächelt vor sich hin. »Ich glaube, er steht auf mich«, murmelt sie. »Und er ist echt süß. Und schlau. Im Unterricht weiß er immer die richtigen Antworten …«

Moment mal, Lauren Crawley ist auf einmal zur Herzensbrecherin mutiert? Vielleicht haben sich die Dinge ja doch komplett verändert. Plötzlich mache ich mir Sorgen um Charlie. Ich greife nach Laurens Arm. »Hör zu. Ich kenne Charlie, und ich hab gesehen, wie er mit dir umgeht. So ist er noch nie mit jemandem umgegangen. Und er war auch noch nie so lange mit jemandem zusammen. Eure Beziehung ist sein absoluter Durchbruch. *Du* bist sein Durchbruch.«

Lauren sieht mich ruhig an. »Ja, Del. Aber was, wenn er nicht meiner ist?«

*

Die zweite nennenswerte Sache passiert während der Pause. Ich laufe auf dem Flur Georgina Trump über den Weg. Ihr blondes Haar wippt, ihr Lidschatten glitzert, und sie hält eine potthässliche Leopardenmuster-Handtasche umklammert.

Als sich unsere Blicke kreuzen, läuft sie sofort genauso knallpink an wie ihr greller Lippenstift. Ich versuche, unbeholfen auszuweichen, und krache dabei fast gegen die Wand.

Ein paar Augenblicke später drehe ich mich wieder um, in der Erwartung, dass sie inzwischen sicher verschwunden ist. Ist sie aber nicht. Sie steht immer noch da und starrt mich an.

»Hi«, sagt sie. Sie wirkt nervös.

»Ähm … hi«, sage ich.

»Du bist also wieder da.«

»Sieht so aus.«

»Das ist gut. Ich meine, ich freu mich.«

»Okay«, sage ich gedehnt.

Georgina lächelt mich scheu an. An das Lächeln kann ich mich gut erinnern. Ist lange her, dass ich es gesehen habe. Es erinnert mich an unsere gemeinsame Zeit, daran habe ich schon lange nicht mehr gedacht. Wir hatten auch gute Momente, kein Zweifel. Ich überlege kurz, ob Mrs Cronenberg vielleicht recht hatte. Vielleicht wäre alles anders gelaufen, wenn ich meine Klappe gehalten hätte. Wenn ich Georgina mehr Zeit gelassen hätte.

Hinter uns schreit jemand auf.

»Georgie-Porgie!« Ella kommt angeschossen und schlingt Georgina einen Arm um den Hals. Sie hat Glitzer im Haar und ihr Uniformrock ist auf einer Seite mit einem Clip hochgesteckt – wahrscheinlich soll das topmodisch asymmetrisch aussehen.

»Ach du Schande«, sagt sie, als sie mich sieht. »Die kleine Lesbe ist wieder da.« Ihre Stimme klingt klebrig wie Zucker. Sie verzieht das Gesicht – vielleicht widert sie mein ekelhaft gerader Rocksaum an? »Aber so was darf man ja nicht mehr sagen, stimmt's? Sonst rennst du bestimmt gleich wieder zu Mrs C und heulst dich bei ihr aus, was? Ups.« Sie beugt sich zu mir und kräuselt die Lippen. »Tut mir so leiiiiid ...«

Kichernd dreht sie sich wieder zu Georgina um.

Dann ist da dieser lange Moment, in dem nichts passiert, und ich hoffe beinahe schon, dass Georgina sich endlich mal für mich stark machen könnte. Ich lasse sie nicht aus den Augen.

Dann schaut sie Ella an und kichert zurück.

Während sie Arm in Arm davonrauschen, mache ich mir klar, dass das wohl nicht meine letzte Begegnung mit den Schulhof-Girls gewesen sein wird. Am liebsten würde ich Ella den Kopf einschlagen, aber stattdessen nehme ich mir vor, der Beraterin, die mir von der Schulleitung zugewiesen wurde, von dem Treffen eben zu erzählen. Die soll mir helfen, mit meinem »Wutzeugs« klarzukommen, wie wir es nennen. Ich gehe jeden Donnerstag zu ihr und habe eine ganze Stunde Zeit, mich über meine Woche auszukotzen. Wirkt echt besänftigend, muss ich sagen.

Und Georgina? Als ich ihr so nachschaue, empfinde ich eher Mitleid als Wut. Und da weiß ich, dass ich über sie hinweg bin und sie keine Macht mehr über mein Leben hat.

*

Die dritte nennenswerte Sache passiert nach der Schule im *Flywheel*. Kurz bevor ich nach oben gehe, um Hausaufgaben zu machen, schaue ich noch schnell rein, ob Charlie und Dallas vielleicht Hilfe brauchen. Es ist halb fünf, und normalerweise schließen wir um vier, aber der Laden brummt immer noch. Charlie kritzelt die Specials für morgen auf die Tafel, während Dallas wie wild Rechnungen ausdruckt, um ein paar Gäste zum Zahlen zu bringen.

Ich habe mir gerade eine Schürze umgebunden, um schmutziges Geschirr abzuräumen, als plötzlich die Tür aufgeht und ich mich frage, ob wir wirklich noch einen neuen Gast reinlassen sollten.

Aber es ist kein Gast.

Es ist Dad.

Er hat seinen Rucksack über der Schulter und trägt den Flanellpullover, in dem er damals hier losgezogen ist. Sein

Bart muss dringend gezähmt werden, aber ansonsten sieht er genauso aus wie immer.

Ich laufe auf ihn zu.

»Hallo, Liebes«, sagt er lächelnd, und ich breche in Tränen aus.

Er schüttelt seinen Rucksack ab und reißt mich in die Arme. Er duftet nach Pfefferminz-Tic-Tacs und Aftershave, wie immer.

»Wisch dir die Nase ruhig an meinem Ärmel ab«, sagt er, als ich ihn vollschniefe. »Das macht mir gar nichts aus.«

Wir halten uns eine halbe Ewigkeit umarmt. Als wir uns endlich voneinander lösen, schaut er sich gründlich um, sieht das Secondhand-Mobiliar, das Marx-Brothers-Motiv an der Wand, die vollbesetzten Tische: Alles ist genau wie früher. Charlie kommt grinsend aus der Küche und holt sich auch eine Umarmung ab. Dann lehnt Dad sich gegen den Tresen und streicht mit einer schwieligen Hand liebevoll über die Platte. Zufrieden seufzt er auf. »Wie es aussieht, ist hier alles in bester Ordnung. Ganz schön volles Haus für einen normalen Werktag. Und, irgendwelche Katastrophen, während ich weg war?«

Charlie und ich wechseln einen Blick.

Ich mache den Mund auf, schließe ihn aber gleich wieder.

»Nö«, sagt Charlie und grinst.

42. Die Neueröffnung

Ich liege auf meinem Bett und schaue durchs Fenster auf die Gasse darunter. Die Äste eines Kampferbaums rauschen vor dem Hintergrund des blauen Himmels hin und her. Sonnenstrahlen ziehen sich über den Teppich, und Rosa hat ihren Arm um mich gelegt. Es ist ein perfekter Morgen, ein perfekter Augenblick. Am liebsten würde ich für immer hier liegen bleiben, im Sonnenlicht, mit Rosa neben mir, das leise Rauschen des Verkehrs über uns hinwegschwebend.

Rosa stemmt sich auf einen Ellbogen hoch, streicht mit einer Hand über meine Hüfte und drückt langsam ihren Mund auf meinen Hals. Ihre leicht geöffneten Lippen wandern auf meiner Haut entlang zu meinem Ohrläppchen, meinen Wangenknochen, meinem Mund. Ich fahre ihr mit beiden Händen durchs Haar, und als wir uns küssen, wummert es in meinem Brustkorb so laut, dass es von den Wänden als Echo widerhallt.

»Del! Es wird Zeit!«

Oder vielleicht war das auch nur Charlies Faust, die gegen meine Tür hämmert?

Stöhnend vergräbt Rosa ihr Gesicht an meiner Schulter. »Müssen wir wirklich?«

*

Unglücklicherweise lautet die Antwort »Ja«. Heute ist der Tag, an dem das *Flywheel* nach zweiwöchiger Renovierung neu aufmacht, und es wird Zeit für die Eröffnungsparty. Wir steigen aus dem Bett und streichen unsere Klamotten glatt. Wir sind nämlich beide dem Anlass entsprechend aufgebrezelt. Rosa sieht mit ihrer Buddy-Holly-Brille, dem taillierten T-Shirt unter den Hosenträgern, ihrer Baggypants und ihren spitzen Schuhen wie ein Hipster aus. Ich trage ein Kragenhemd zu Skinny Jeans, und auf keinem der beiden Kleidungsstücke ist auch nur der kleinste Fleck zu sehen.

Ich bin schon ein bisschen aufgeregt wegen der Neueröffnung. Charlie hat Dad überredet, einige Sachen zu verändern, und ich hoffe, dass das den Leuten gefällt.

Auch ich werde den neuen Look heute zum ersten Mal sehen. Ich gehe in meiner schicken Montur die Treppe hinunter und bleibe auf halber Höhe wie angewurzelt stehen, um den Anblick zu genießen.

Ein langer Tisch aus recyceltem Holz bildet das Zentrum des Raumes. Darüber baumelt eine Reihe tiefhängender Glühlampen. An den Seiten stehen schmale Bänke, auf denen mit Vintage-Stoffen überzogene Kissen liegen.

An einer Wand hat Charlie ein bis zur Decke reichendes Bücherregal aufgestellt, das als Schaukasten für jede Menge Schnickschnack fungiert, von einer Schiffsleuchte über einen riesigen Porzellanigel bis hin zu einer Darth-Vader-Maske. Daneben hängt das *Skidoo*-Filmplakat, das ich beinahe ins Lager verbannt hätte.

Auf Brettern entlang der Fenster stehen mehrere Terracottatöpfchen mit Kakteen.

»Dekoration?«, startet Charlie unser altes Spiel.

»Fünf Sterne, eindeutig. Sieht alles hammermäßig aus, Charlie.«

*

Zur Feier des Tages hat Dad verkündet, dass es heute kostenlosen Kaffee für alle gibt, also rechnet er mit einem mehr als vollen Haus. Und tatsächlich, schon eine Stunde nach dem Öffnen fläzt sich die halbe Bevölkerung des Hostels auf den Sofas. Buck hat sich schon halb durch ein Stück Schokokuchen gefressen, das in Form und Größe an einen Türstopper erinnert. In der linken Ecke haben Studenten ein Pokerspiel angefangen. Lauren hilft als Kellnerin aus. Als sie aus der Küche kommt, lacht sie gerade über etwas, was Charlie gesagt hat.

Ich habe Charlie nichts von meiner Unterhaltung mit Lauren erzählt, und ich vermute, Lauren hat ihm auch kein Wort davon gesagt. Wahrscheinlich lässt sie sich Zeit zu entscheiden, wie es mit ihnen beiden weitergehen soll. Charlie liebt sie, das steht fest, aber mal sehen, ob das für Lauren nicht noch ein bisschen zu viel ist. Um Charlies willen hoffe ich sehr, dass es mit ihnen funktioniert, aber jetzt, wo ich Laurens Bedenken kenne, bin ich mir nicht sicher, ob das am Ende alles gutgeht.

Dad ruft mich aus der offenen Küchentür zu sich. »Das

Vanilleeis ist uns ausgegangen, und ich hab noch etliche Eiskaffee-Bestellungen offen.«

»Okay, kein Problem«, rufe ich zurück. »Ich kümmere mich drum.«

Ich halte nach Rosa Ausschau. Sie versucht gerade den Pokerspielern zu entkommen, die sie in ihr Spiel reinziehen wollen. Als sich unsere Blicke begegnen, lächelt sie. Und es ist immer noch so, dass mir beim Anblick dieses Lächelns die Knie weich werden.

Ich gehe zu ihr. »Habt ihr im *Charada* drüben vielleicht zufällig etwas Vanilleeis in der Tiefkühltruhe?«, frage ich.

Rosa denkt derzeit ernsthaft darüber nach, die Tanzauftritte etwas runterzufahren, aber noch arbeitet sie sechs Abende die Woche drüben, was durchaus auch Vorteile hat.

»Ich schaue gern mal nach«, sagt sie.

Ich sehe ihr hinterher, wie sie mit schwingenden Hüften den Laden verlässt, während ich den nächstliegenden Tisch sauberwische.

Mandy und Tom kommen herein. »Wie kommt's, dass ihr in letzter Zeit immer zu zweit aufkreuzt?«, frage ich.

»Tun wir doch gar nicht«, sagt Tom.

»Purer Zufall«, sagt Mandy gleichzeitig.

Ich schaue sie von der Seite an, und sie lacht. Sie sieht schon lange nicht mehr blass und niedergeschlagen aus. Wirklich schon lange nicht mehr.

Zehn Minuten später ist Rosa wieder da und reicht mir eine Tüte. »Zwei Liter Vanilleeis. Im *Charada* hatten wir keins mehr, also bin ich zur Tankstelle rüber. Schöne Grüße von dem Typen da.«

»Ich kenne aber gar keinen Typen an der Tankstelle.«

Sie schaut mich vielsagend an »Lange schmuddelige Dreadlocks? Finsterer Blick? Obwohl ich glaube, das finstere Stirnrunzeln könnte neu sein in seinem Repertoire.«

»Hamish Creel arbeitet an der *Tankstelle*?«

Irgendwie tut er mir doch leid. Ich denke daran, wie er von einer Karriere als DJ geträumt hat, denke an seine Plattensammlung, die in irgendeinem Lagerraum verrottet. Das war's dann wohl mit seinen Musikveranstaltungen. Ich habe gehört, Adrian hätte schon einen neuen Laden in Alexandria gefunden, aber ich bezweifle, dass er Hamish noch mal einstellen wird. Fast schade, eigentlich. Als Barista ist er gar nicht so übel. Ob ich Dad vorschlagen soll, dass wir ihm eine zweite Chance geben?

Der Gedanke lebt genau zwei Sekunden lang.

Bis plötzlich Musik aus der Stereoanlage schallt.

Ich schaue mich um. Charlie rückt Stühle beiseite, um Platz zum Tanzen zu schaffen. Dann beginnt er mit den Hüften zu wackeln und in die Hände zu klatschen und winkt Rosa und mich zu sich heran.

Rosa schiebt sich auf der improvisierten Tanzfläche zu ihm rüber. Mit erhobenen Armen tanzt sie um ihn herum. Immer mehr Gäste drehen sich zu den beiden um, und dann gesellen sich auch schon die ersten Leute zu ihnen. Keine Minute später ist die Tanzfläche gut gefüllt.

Als der Song zu Ende ist, kommt Rosa zu mir an die Seite und greift nach meiner Hand.

»Was hast du denn vor?«, frage ich entsetzt.

»Jetzt sei kein Weichei. Du wirst schon nicht dran sterben.«

»Da bin ich mir nicht so sicher.«

»Diesmal lass ich dich nicht fallen, versprochen.« Sie grinst.

Den Song kenne ich nicht, aber er ist schnell und melodisch und hat einen richtig guten Beat. Rosa führt mich in das Meer der Tanzenden hinein. Neben uns versuchen sich Charlie und Lucas an ein paar unbeholfenen Hip-Hop-Moves. Misch führt ihren Queen-Latifah-Hüftschwung vor, während Lauren mit geschlossenen Augen hin und her schwingt. Rosa wirbelt mich herum, und zu meiner eigenen Überraschung halte ich mich auf den Füßen.

Und in diesem Augenblick bin ich glücklich. Keine Ahnung, was mich morgen erwartet, aber das ist mir auch egal. Was ich hier und jetzt fühle, ist das Einzige, was zählt. Meine Freunde sind da, mein Vater ist da, Musik liegt in der Luft. Ich bin mit einer wunderschönen Frau zusammen, nach der ich absolut verrückt bin. Und wir tanzen.

Danksagung

Ich danke allen, die mir Feedback zu meinen ersten Entwürfen gegeben haben: Rachael Cann, Lilly Gerlach, Cath Hunt, Kate O'Donnell und Rani Young. Vielen Dank an das Australia Council for the Arts für die Unterstützung. Danke auch an das großartige Team von Hardie Grant Egmont, insbesondere Karri Hedge, Hilary Rogers und Marisa Pintado aus dem Lektorat. Und mein allergrößter Dank gilt Emma Kersey.